묘한 수리점,
마음까지 고쳐드립니다

ONAOSHI DOKORO NYAAN OKOMARI NO ANATA HE NIKUKYU
KASHIMASU
©Yutaka Amano 2018
First published in Japan in 2018 by KADOKAWA CORPORATION, Tokyo.
Korean translation rights arranged with KADOKAWA CORPORATION,
Tokyo through Danny Hong Agency.

이 책의 한국어판 저작권은 대니홍 에이전시를 통한 저작권사와의 독점 계약
으로 (주)바이포엠 스튜디오에 있습니다. 저작권법에 의해 한국 내에서 보호
를 받는 저작물이므로 무단전재와 복제를 금합니다.

묘한 수리점, 마음까지 고쳐드립니다

아마노 유타카 지음
지소연 옮김

일러두기

• 외래어는 국립국어원의 외래어 표기법을 따랐으나 일반적으로 통용되는 경우에는 관용에 따라 표기했습니다.

• 본문 속 해당 기호(| |) 안에 들어간 설명은 전부 옮긴이 주입니다.

• 본문 속 방점은 원서의 표기를 따랐습니다.

• 이 책에서 등장인물을 부르는 표현은 보통의 경우 성을 부르고 가까운 사이일 경우 이름을 부르는 일본의 문화를 반영하여 표기했습니다.

차례

1장

주눅 든 어깨를 펴주는
고양이 스트랩

　시모다 유나는 못하는 일이 아주 많다. 운동(던지기, 달리기, 점프하기 수준부터 이미 힘들다), 요리(채소 껍질을 깔끔하게 벗겨내는 것조차 어렵다), 스마트폰 화면 캡처(음량 버튼과 전원 버튼을 동시에 누르는 데 자꾸 실패한다) 등 각양각색이지만, 그중에서도 가장 못하는 일은 바로 '말하기'다.

　어릴 적부터 말주변이 없어서 사람이 많든 적든 일대일이든 말을 유창하게 하지 못했다. 타이밍, 발음, 말하는 동안의 시선 처리…… 온갖 요소에 모두 서툴렀다. 만약 전국 말하기 능력 선수권 같은 대회가 있었다면 서류 심사 단계에서 실격당해 애초에 출전하지도 못했을 것이다.

프로그래머라는 직업이 존재하는 시대에 태어난 것은 유나에게 엄청난 행운이었다. 적어도 작업 중에는 다른 사람과 대화할 일이 거의 없기 때문이다.

물론 언제나 입을 다물고 있어도 되는 것은 아니다. 고객과 논의하랴 상사에게 업무 확인 받으랴 몸이 너덜너덜해질 듯한 상황도 종종 있다. 하지만 그 정도는 사회에서 살아가기 위해 지불해야 하는 최소한의 대가일 것이다.

실은 그런 유나에게도 남자 친구가 있다. 그렇다, 남자 친구. 스스로도 놀랍다.

이름은 이가와 가쓰야. 유나와 달리 사교적인 타입이다. 게다가 영업직. 얼마나 많은 사람을 상대할 수 있느냐가 중요한 직종이다. 어떻게 하면 다른 사람과 대화하지 않고 지낼 수 있을지 궁리하며 살아온 유나에게는 완전히 다른 차원의 존재다.

유나는 대체 어떻게 그런 상대와 사귀고 있을까. 각기 다른 차원의 간극을 어떻게 극복하고 있을까.

"그래서 말이야, 그 거래처 사람이 내가 무지 마음에 들었나 봐."

"그랬구나."

"아이 공부 좀 봐달라고 하질 않나, 이번 가족 여행에 같이 가자고 하질 않나. 이제 거의 한 식구처럼 대하지 뭐야."

"우와, 대단하다!"

바로 이런 식이다.

"우리 세대에는 그러면 공사 구분 못 한다고 싫어하는 사람이 많지만, 나는 전혀 부담스럽지 않거든. 상사도 한 건 했다고 칭찬하면서 나한테 이것저것 상담하더라."

"아아."

맞장구치는 데 주력하며 철저히 듣는 역할에 집중하는 것이다. 가쓰야뿐만 아니라 누군가와 대화해야 할 때면 대부분 이렇게 한다.

이 '전략'을 고안해 낸 건 중학교 1학년 구기 대회가 열렸을 때였다. 무슨 무슨 부의 누구누구가 멋있다며 이야기꽃을 피우는 반 아이들을 도무지 따라가지 못해 계속 고개만 끄덕였더니, 그것만으로도 예상보다 쉽게 모두와 어울릴 수 있었다. 유나는 고개를 위아래로 흔드는 행위를 통해 '반 친구 A'라는 위치를 획득했다.

그 후 유나는 고등학생 A, 재수생 A, 대학생 A를 거쳐 회사원 A가 되는 길을 걸어왔다. 유나가 가족 이외에 본심을 털어놓은 사람은 정말 손에 꼽을 정도로 적다.

"다른 사람의 마음을 얻는 기술에는 솔직히 자신 있었는데, 이렇게까지 잘될 줄은 몰랐어. 스스로도 놀랄 지경이라니까."

"역시 대단해!"

어쨌든 그런 사정 덕에 다른 사람의 말을 들어주는 데는 일가견이 있었다.

"어차피 이것도 첫걸음일 뿐이지만. 나는 회사에서 칭찬받는 영업직으로 끝날 생각은 없으니까."

"더 높은 목표가 있구나."

말수는 적게. 새로운 무언가를 제시하지 않고 상대방이 한 말을 그대로 따라 하기. 목소리로 강약과 악센트를 줘서 되는 대로 적당히 둘러댄다는 인상을 주지 않도록 한다.

"응, 더 높은 곳을 노릴 거야. 쭉쭉 올라가야지!"

가쓰야는 기분 좋게 말을 이었다. 유나의 '전략'이 오늘도 제대로 효과를 발휘하고 있다는 뜻이었다.

유나는 자기 앞에 놓인 접시로 눈을 돌렸다. 큼직한 새우와 색깔이 선명한 꽈리고추, 먹기 좋은 크기의 호박 따위가 황금빛으로 반짝이는 옷을 입고 있다. 즉, 튀김이다.

두 사람이 있는 곳은 튀김 가게였다. 가쓰야가 추천한 집으로, 이곳에서 거래처 접대를 할 때도 있다고 한다. 다다미가 깔린 별실은 확실히 분위기가 차분하니 사업 이야기를 하기에도 안성맞춤일 듯했다.

꽈리고추와 새우를 살짝 옆으로 옮겨두고 호박을 한 입 먹었다. 튀김옷의 바삭한 식감에 이어 호박의 단맛이 부드럽게 흘러나왔다. 맛있다. 굳이 음식을 밀가루로 감싸 기름 속에 집어넣는 이유를 충분히 이해할 수 있는 맛이었다.

식사는 늘 가쓰야가 좋다는 가게에서 한다. 사람을 만나거나 식사하는 것이 업무의 일환인 만큼 가쓰야의 선택은 언제나 빗나가지 않는다. 맡겨두면 만사형통이다.

"역시 창업을 해야 하나. 하지만 이런 시국에 너무 리스크가 높은 선택을 하는 것도—"

가쓰야가 말하는 도중에 드르륵하고 진동음이 끼어들었다. 유나의 스마트폰이었다. 요리 사진을 찍고 나서 그대로 테이블 한쪽에 올려둔 채였다.

유나는 스마트폰을 손에 들고 가방에 집어넣으려 했다. 가쓰야는 자기가 말할 때 방해받는 걸 그리 좋아하지 않는다. 하물며 스마트폰을 만지작거리며 듣는 건 더 싫어한다.

"그러고 보니 말이야."

가쓰야가 입을 열었다. 유나는 움찔하며 눈치를 살폈다. 별로 기분이 상하지는 않은 듯 보였다. 안심한 유나가 다시 스마트폰을 넣으려고 손을 움직이자 가쓰야가 말을 이었다.

"그 스트랩 안 하는 게 낫지 않아? 유치해."

스스로도 놀랄 만큼 충격이었다. 그때는 어떻게든 적당히 얼버무렸지만, 속으로는 몹시 동요했다.

유나가 스마트폰에 단 액세서리는 딱 하나, 고양이 발 모양 스트랩뿐이었다. 새끼손가락 정도 되는 크기에 발바닥 젤리 부분이 말랑말랑하다.

확실히 유치하다. 역시 가쓰야 말을 따르는 편이 좋을지도 모른다.

사귀기 시작한 뒤로 유나는 어떤 일이든 가쓰야의 의견과 생각에 맞춰왔다. 유나가 스스로 생각해서 행동할 때보다 머리도 좋고 센스도 있는 가쓰야가 정해주었을 때 대부분 더 좋은 결과가 나오기 때문이다.

……하지만 어째서인지 이번만큼은 도무지 내키지 않았다. 아무리 생각해도 스트랩을 떼고 싶지 않았다. 이유는 전혀 모르겠지만.

그로부터 일주일 정도 지난 어느 날, 유나는 유급 휴가를 썼다. 뭔가 볼일이 있어서는 아니고 그저 쓸 타이밍이 되어서 휴가를 냈을 뿐이었다.

특별한 이유 없이 낸 휴가이니 특별한 목적도 없었다. 누군가와 대화를 나눌 일도 없었다. 평일이라 가쓰야는 일하는 중이고 다른 (몇 안 되는) 친구들도 마찬가지다.

그래서 심심하냐고 하면, 그렇지는 않았다. 오히려 해방감 비슷한 느낌이 들었다. 유나는 들뜬 마음을 안고 산책에 나섰다.

유나가 사는 아파트는 주택가의 한 모퉁이에 있다. 그래서 평일 낮에는 사람이 적어 느긋하게 걸을 수 있었다. 조금 후면 학교에서 돌아오는 초중고 학생들이 나타나니 그 전에는 돌아갈 생각이었다. 어린아이가 신기하다는 듯이 쳐다보면 조금 낯부끄러우니까.

누구를 만날 일도 없으니 옷차림은 최대한 가볍게 했다. 셔츠와 외투에 청바지 그리고 발에는 크록스를 신었다.

초봄의 햇볕이 포근포근하니 따뜻했다. 그야말로 산책하기 더할 나위 없이 좋은 날씨라 기분이 좋았다. 유나는 일할 때나 평소에나 내향적이지만, 바깥에 나가는 걸 싫어하지는 않는다.

"와."

사거리에서 마음 가는 대로 방향을 틀었더니 매화나무
와 마주쳤다. 가정집 마당에서 비죽이 튀어나온 채 청초한
꽃을 달고 있다. 봄꽃이라고 하면 모두 판에 박은 듯이 벚
꽃, 벚꽃, 벚꽃 하지만, 매화의 차분한 분위기도 생각보다
나쁘지 않았다.

유나는 사진을 찍으려고 스마트폰을 꺼냈다. 흔들흔들
스트랩이 흔들렸다.

'그 스트랩 안 하는 게 낫지 않아? 유치해.'

가쓰야의 목소리가 되살아났다. 더 이상 떠올리고 싶지
않은데 멋대로 재생되었다.

정말 대체 왜 이러는 걸까. 가쓰야가 이러쿵저러쿵하는
건 늘 있는 일이고, 거기에 유나가 맞추는 것도 늘 있는 일
이건만…….

"어."

생각에 빠진 유나의 눈앞을 무언가가 불쑥 가로질렀다.
한 아름 정도 되는 크기에, 다리는 네 개. 따스하고 부드러
워 보이는 털 달린 생물체였다.

"고양이다."

유나는 중얼거렸다. 그렇다, 고양이였다. 귀와 머리는
까맣고 미간 언저리부터 아랫부분은 한자로 팔자를 그리듯

이 하얗다. 5 대 5 가르마를 한 턱시도 고양이였다.

고양이는 힐끗 유나 쪽을 쳐다보았다. 노란색 같기도 황토색 같기도 한 눈. 밝은 햇살을 받은 동공은 세로로 가늘었다.

눈이 마주쳤다. 그 순간 어떤 추억 하나가 선명하게 되살아났다.

막 중학생이 되었을 무렵. (몇 안 되는) 소꿉친구와 반이 갈라진 데다 아직 필살의 '반 친구 A' 전략도 없어 유나의 인생에서도 손꼽게 고민이 많던 시기였다.

혼자 쓸쓸하게 집으로 돌아가던 유나의 앞에 고양이 한 마리가 나타났다. 5 대 5 가르마를 한 턱시도 고양이였지만, 검은 부분은 좀 더 잿빛을 띠었다.

처음에는 유나를 보자마자 '오지 말라냥' 하듯이 잽싸게 도망치기만 했다. 하지만 급식에서 나온 빵을 가지고 협상한 결과, 고양이의 태도는 '어쩔 수 없구냥' 하며 쓰다듬게 해줄 정도로 부드러워졌다.

"있잖아, 다들 아이돌 얘기만 해. 나도 자세히 공부해 둬야 할까?"

어느 가정집의 담벼락 위에 앉은 고양이를 쓰다듬으며

유나는 매일 푸념을 늘어놓았다. 고양이는 엉뚱한 쪽을 바라본 채 하품만 해대서 말을 들어주는 느낌은 아니었지만, 그럼에도 제법 위안이 되었다. 소꿉친구들은 새로운 반 친구들과 친하게 지내느라 바빠 보였고, 걱정할까 봐 가족에게 털어놓기도 어려웠다. 유나에게는 오직 고양이만이 스스럼없이 이야기할 수 있는 상대였다.

얼마 뒤 유나는 구기 대회 때 생각해 낸 '전략'으로 마음의 평안을 손에 넣었다. 그와 거의 동시에 고양이는 모습을 감추었다. 잘 지내고 있다는 말은 하지 못했다.

구기 대회는 학기 초에 열렸으니 고양이와 이야기를 나눈 것은 아주 짧은 시간이었다. 그러나 고양이는 유나의 마음에 강한 인상을 남겼다. 그 전까지는 고양이를 좋아하지도 싫어하지도 않았지만, 그때 이후로 유나는 열렬한 애묘인이 되었다.

기억의 급류에 휩쓸린 유나를 흘깃하던 고양이는 고개를 획 돌리고 자리를 떴다. 유나는 퍼뜩 정신을 차리고 뒤를 쫓았다.

고양이는 유나를 힐끔힐끔 돌아보며 걸었다. 도망가지도 기다리지도 않고, 다가가면 멀어지고 멀어지면 멈춰 섰다. 항상 일정한 거리를 유지하며 유나 앞에서 종종걸음 쳤다.

도무지 따라잡지 못할 것 같았다. 유나는 스마트폰을 들었다. 하다못해 사진만이라도 찍어두고 싶었다.

고양이가 향한 곳은 근처에 있는 공원이었다. 유나는 자기도 모르게 경계했다. 이 공원에서는 여생을 건강하게 보내고자 하는 노인들이 유독 천천히 시간을 들여 산책하거나, SNS로 일상을 공유하고 싶어 하는 대학생이 하늘이며 풀이며 온갖 풍경을 종종 SLR 카메라로 촬영하기 때문이다. 그런 사람들은 비교적 거리낌 없이 말을 걸어와서 매우 성가셨다.

"……좋았어."

공원 안에 들어가자마자 유나는 빙긋 웃었다. 아무도 없었기 때문이다. 마음 놓고 고양이 사진 찍기에 전념할 수 있는 환경이었다.

고양이는 꼬리를 치켜세우고 계속 걸었다. 아무도 없는 공원을 마치 제 집인 양 돌아다녔다.

그사이 유나는 몇 번이나 사진을 찍었지만 전부 실패했다. 화면 캡처조차 서툰 유나에게는 움직이는 고양이의 모습을 포착하는 것 또한 어려웠기 때문이다.

고양이는 공원을 순회하고는 가장자리에 있는 나무 그늘로 이동했다. 공간이 넓은데도 굳이 구석에 자리 잡는다는 점이 그야말로 고양이다웠다.

고양이는 으쌰 하고 자리에 앉았다. 다리를 접어 몸 아래에 숨기는, 이른바 식빵 자세다. 고양이가 편안한 상태일 때 취한다고 알려진 자세였다. 좋은 기회다.

유나는 나무에 몸이 닿지 않도록 조심하면서(소리가 나면 도망가 버리니까) 고양이에게 다가갔다.

"가만히 있으렴. 움직이면 안 돼."

작은 소리로 말하며 조금씩 고양이와의 거리를 좁혔다. 한껏 엉거주춤한 자세로 팔을 뻗어 스마트폰을 들이댄 채 서서히 다가갔다.

"앗."

그건 순전히 유나의 실수였다. 대화가 서툴다는 점에 신경이 쏠리기 쉽지만, 유나가 못하는 일은 또 있다. 바로 운동이다.

운동을 잘 못한다는 건 다시 말해 '자신의 신체를 다루는 능력이 현저히 낮다'는 뜻이다. 공을 던지거나 춤을 추는 데 서툴다는 뜻만은 아니다. 쪼그려 앉은 상태로 조금씩 이동하는 동작 또한 서툴다는 의미였다.

"아얏!"

결국 유나는 균형을 잃고 앞으로 넘어졌다. 양 무릎을 찧은 데 이어 양손을 땅바닥에 털썩 짚었다. 언뜻 보면 바닥에 납죽 엎드려 절하는 듯한 자세가 완성되었다.

한편, 고양이는 유나보다 몇백 배나 민첩한 움직임으로 자리에서 일어나 그대로 휙 달아나 버렸다.

"기, 기다려!"

그렇게 외친다고 멈춰 서줄 리 없었다. 고양이는 순식간에 사라졌고, 나무를 향해 엎드린 유나만 혼자 남았다. 아아, 대실패다.

유나는 슬픔에 젖은 채 자리에서 일어섰다. 무릎은 청바지 덕에 무사했고 손도 그다지 아프지 않았다. 바닥에 내팽개치듯 떨어뜨린 스마트폰도 문제없이 작동했다. 화면에 금이 가지도 않았으니 괜찮아 보였다.

"어?"

언뜻 위화감이 들었다. 유나는 다시 스마트폰을 보았다. 아무래도 평소와 달랐다. 뭔가가 부족했다. 마치 하나가 빠진 듯한……

"……앗!"

유나는 깨달았다. 스트랩. 고양이 발 모양 인형이 없다.

끈과 끈 끝에 달린 고리 모양의 금속 장식이 썰렁하니 매달려 있을 뿐이었다.

허둥지둥 주변을 둘러보았지만 찾을 수 없었다. 마지막에 본 건…… 아마도 가방에서 막 스마트폰을 꺼냈을 때였던 듯하다. 정신이 아찔해졌다. 고양이를 뒤쫓다가 떨어뜨린 모양이었다. 찾을 수 있을까?

……아니, 아니야. 유나는 땅바닥을 노려보며 걷기 시작했다. 찾을 수 있느냐 없느냐가 아니다. 반드시 찾아낼 것이다.

"찾았다!"

김빠질 정도로 금방 고양이 발 모양 인형을 발견했다. 조금 전에 지나친 나무에 걸려 있었다. 다행이다. 유나는 진심으로 마음이 놓였다.

스트랩에 달려 있던 인형을 손에 들었다. 나무 옆을 지나갈 때 걸려 떨어진 듯했다.

인형에 달린 금속 장식은 액세서리의 잠금장치에 자주 쓰이는 물건이다. 작은 돌기가 달려 있고 그 돌기를 밀어 내리면 장식의 일부가 열려 다른 금속 장식을 걸 수 있는 형태다.

유나는 바로 톡 튀어나온 부분을 밀어 내렸다. 그러자

금속 장식의 일부가…… 열리지 않았다.

"어?"

몇 번을 해도 금속 장식은 반응하지 않았다. 연거푸 밀어 보고 나서 결국 포기했다. 아무래도 장식이 망가진 듯했다.

산책을 계속할 기력은 더 이상 남아 있지 않았다.

유나는 고개를 숙이고 터벅터벅 걸었다. 아아, 아무 의미 없는 휴일이었다. 아니, 아무 일 없었다면 플러스마이너스 제로이니 오히려 낫다. 실제로는 마이너스였다. 스트랩이 망가졌으니 심리적인 면에서는 어마어마한 적자였다.

긍정적으로 해석해 보자. ……훌륭해! 이제 가쓰야에게 이러쿵저러쿵 잔소리 들을 걱정은 없다. 다음에 가쓰야를 만나면 말해야지. 스트랩이 끊어졌다고.

마침 잘됐으니 달지 않기로 했어, 라고. 좋아, 문제 해결이다!

"……으음."

그렇게 생각하는 것조차 싫었다. 대체 어떻게 된 걸까. 유나도 자신을 이해하기 어려웠다.

"안 된다! 하지 말라지 않느냐!"

답 없는 고민과 마주하던 유나의 귀에 외침이 날아들었

다. 나지막하고 힘 있는 남자 목소리였다. 풍부한 인생 경험을 쌓은 듯 연륜이 엿보이는 울림이었다.

신경이 쓰여 주위를 돌아보았다. "하지 말라지 않느냐"라니. 현대 일본 길거리에서는 거의 들을 일 없는 표현이 너무나 주의를 끌었기 때문이다.

목소리의 주인인 듯한 사람은 보이지 않았다. 그 대신 어떤 가게가 유나의 눈길을 끌었다.

갈색 문, 문 왼쪽에 쇼윈도. 쇼윈도 안에는 수제인 듯한 가방과 액세서리, 봄옷 등이 진열되어 있었다. 그리 특별한 가게는 아니었다.

유나의 관심을 끈 것은 바로 가게 앞에 놓인 간판이었다. 세련된 런치 메뉴를 선보이는 카페에서 쓸 법한 입간판이었다.

간판에는 가게 이름이 적혀 있었다. 네코안猫庵. 그렇다, 고양이였다|일본어로 '네코'는 고양이라는 뜻이며, '안'은 암자나 가게 이름 등을 뜻하는 말이다|. 그 글자만 보아도 가슴이 두근거렸다. 게다가 '안庵' 자는 위로 삐친 획 부분을 고양이 꼬리 모양으로 그려 놓아서 무척 감각 있어 보였다.

가게 이름 밑에는 "무엇이든 고쳐드립니다"라고 적혀 있었다. "털갈이 기간 할인"이라는 서비스도 있는 듯했다.

일반적으로 생각하면 엉뚱한 소리 같지만, 애묘인에게는 그런 부분도 설렘 포인트…… 아니, 잠깐. 무엇이든 고쳐드립니다?

유나는 가방에서 스마트폰 스트랩을 꺼내 망가진 금속 장식을 바라보았다. '무엇이든'이라면 이런 것도 고쳐줄까?

"에잇, 놔라!"

유나가 생각에 빠진 사이, 또다시 낮은 목소리가 울려 퍼졌다.

"놔라, 놓지 못할까!"

가게 안에서 나는 소리였다. 볼륨을 크게 키우고 사극이라도 보고 있는 걸까. 아니면 전국시대에서 타임 슬립한 무사가 현대인과 맞닥뜨려 소란이라도 벌어진 걸까.

유나는 자신의 상상에 저도 모르게 쓴웃음을 지었다. 그런 전개는 요즘 만화나 라이트 노벨에서도 좀처럼 보기 힘들 것이다.

"이 멍청한 녀석!"

문이 열리고 안에서 고양이 한 마리가 뛰쳐나왔다. 짙은 갈색도 회색도 아닌 어두운 색 털에 검은 줄무늬. 이른바 '고등어냥이'다. 턱 밑, 가슴 언저리 털이 복슬복슬한 것이 메인쿤이라는 고양이 같기도 했다.

눈은 색깔이 독특했다. 황금색도 갈색도 아니고, 석양에 빛나는 바다의 수면 같은 색이었다.

"이제 끝이다!"

고양이는 서 있었다. ……그래, 서 있었다. 뒷다리로 서서 두 발로 걸었다.

"이리 되었으니 병법의 진수를 보여주지."

고양이의 입에서 나지막하고 힘 있는 목소리가 튀어나왔다. 유나는 쓴웃음 지은 얼굴 그대로 그 자리에서 굳어버렸다. 고양이가 두 발로 서서 걷고 사람 말을 한다고?

"삼십육계 줄행랑이다!"

고양이는 문을 닫더니 부리나케 뛰기 시작했다. 물론 뒷발로 선 상태였다. 앞발을 흔들고 뒷다리를 들어 올리며 사람처럼 달렸다.

유나는 너무 놀라 어안이 벙벙해졌다. 대체 이게 뭐지? 타임 슬립한 무사가 오히려 더 현실적이다.

"앗, 점장님. 나가면 안 돼요!"

목소리가 들리고 문이 열렸다. 얼굴을 내민 건 앞치마를 두르고 손에는 빗을 든 청년이었다.

"읏차."

청년은 가게에서 나오더니 고양이를 붙잡았다. 고양이

의 전력 질주가 도무지 고양이라고 할 수 없을 만큼 느린 탓에 빠른 걸음만으로 금세 따라잡았다.

"영업시간 중에 가게를 비우다니, 점장님이 그러면 못 써요."

청년은 열심히 달리는 고양이의 양쪽 겨드랑이를 붙들고 그대로 가볍게 들어 올렸다.

"으윽, 이런 건방진!"

고양이는 발버둥 치면서도 도망치지 못했다. 유연한 고양이에게 몸을 휙 구부려 뒷발로 발차기를 날리는 것쯤은 식은 죽 먹기다. 하지만 이 고양이는 몸이 뻣뻣해서인지 둔해서인지 간신히 발만 버둥댔다.

"자, 그럼 돌아가서 다시…… 어?"

청년이 유나를 발견했다.

"아, 혹시 고칠 물건이 있으신가요? 마침 털갈이 기간 할인 중이라서 저렴하게 해드린답니다."

그러고는 고양이를 든 채 유나를 향해 돌아섰다.

"에헴. 고양이 손을 빌려주지."

청년의 손에 들린 채 고양이가 의기양양하게 말했다.

이럴 때 무심코 "네" 하고 대답해 버리는 것이 유나의 단점이었다.

‘네코안’의 인테리어는 한마디로 말하자면 전통 찻집 같은 느낌이었다.

오른쪽에는 벽을 따라 4인용 테이블 두 개가 세로로 놓여 있었다. 테이블도 의자도 나무여서 진한 갈색의 색감이 차분한 분위기를 풍겼다. 테이블 사이에는 대나무 소재의 칸막이가 놓여 있었다.

반대쪽은 앞에 공간이 있고 안쪽에 카운터가 있는 구조였다. 카운터도 테이블과 색이 같았고, 카운터 위에는 커다란 빨간색 일본식 우산이 펼쳐져 있었다.

카운터 뒤쪽 벽에는 선반이 있고 그 위에는 각종 물건이 놓여 있었다. 재봉틀, 카리브해의 해적이 쓸 법한 망원경, AI 스피커, 어째서인지 칼처럼 보이는 물건까지 있었다. 다른 부분은 모두 느낌이 비슷한데, 선반만 유독 분위기가 제각각이었다.

“편히 앉으세요.”

청년이 카운터 의자를 뒤로 빼며 말했다.

“감사합니다.”

유나는 허둥지둥 인사하고서 의자에 앉았다.

의자에는 아까 본 고양이 같은 줄무늬 쿠션이 놓여 있었다. 앉아보니 보드랍고 편안했다. 등받이는 좀 낮지만 몸을 단단히 받쳐주었다.

"이영차."

옆에 있는 의자 위로 고양이가 올라와 앉았다. 유나처럼 쿠션 위에 엉덩이를 걸치고 앉은 모양새였다. 이 의자는 사람뿐만 아니라 고양이도 앉을 수 있게 설계되었나 보다. 아니, 아니, 그럴 리가 없지.

"왜 그러느냐?"

어안이 벙벙한 유나에게 고양이가 물었다. 여전히 구수한 아저씨 목소리였다.

"놀라서 그러시겠죠. 우쭐우쭐 으스대는 고양이라니, 난생처음 볼 테니까요."

두 사람 뒤를 지나가면서 청년이 말했다.

"우쭐우쭐이라니! 꼬맹이 너야말로 우쭐대고 있지 않느냐. 제자 주제에 건방지게."

고양이는 뒤돌아보며 화를 냈다. 앞발로 카운터를 쾅쾅 두드린다. 화내는 중에 미안하지만, 솔직히 아주 귀엽다.

"저는 꼬맹이가 아니랍니다."

청년은 그렇게 대답하고는 가게 안쪽으로 들어갔다. 카운터 한쪽이 문처럼 되어 있었다.

"마실 거 준비해 드릴게요."

청년은 그 '문'을 밀어 열고 카운터 안으로 들어가더니 유나를 보고 미소 지었다.

"모처럼 와주셨으니 점장님 말동무 좀 부탁드려요."

"그 점장이라는 말은 그만두라지 않았느냐. 나는 암주庵主라고."

고양이가 못마땅한 듯이 말했다.

"그러면 손님이 이해하기 힘드시잖아요. 요즘 쓰는 말이 아닌걸요."

청년은 고양이의 지적을 적당히 흘려 넘기더니 이런저런 작업을 시작했다.

"고얀 놈. 요즘 쓰는 말이 아니라니. 다도의 길은 유행 따위에 아첨하는 것이 아니거늘!"

분하다는 듯이 말하던 고양이는 앞발을 솜씨 좋게 교차시켜 팔짱 끼는 듯한 자세를 취했다. 역시 귀엽다. 엉덩이 밑에 깔린 꼬리가 불만스러운 듯 탁탁 움직인다. 그것도 귀여웠다.

정말 근사한 광경이지만, 도무지 현실 같지 않았다. 유나는 생각했다. 사실은 아까 넘어졌을 때 머리를 세게 부딪친 게 아닐까? 이건 꿈이고, 진짜 나는 스마트폰을 한 손에 쥐고 공원에 기절해 있을지도 모른다.

"그래서, 뭐가 망가졌나?"

점장(암주라는 말이 너무 낯설어서 그렇게 부르기로 했다)이 물었다. 지금 가장 망가진 건 상식과 현실감이지만, 그걸 묻는 게 아닐 것이다.

"어, 그게……."

가방에 손을 넣어 스마트폰 스트랩을 꺼냈다.

"이건데요."

"음, 이리 줘보게."

점장은 팔짱을 풀고 한쪽 발을 내밀었다.

"아, 네."

유나는 머뭇거리며 점장에게 스트랩을 건넸다.

"어디 보자."

점장은 스트랩을 받아 들고 찬찬히 살피기 시작했다.

"그렇게 된 거로군."

이윽고 점장은 고개를 끄덕이더니 청년 쪽을 보았다.

"꼬맹이. 창고에 랍스터고리가 있었지? 가져오너라. 그리고 집게도."

"아이, 지금부터 콩을 갈려는 참인데요. 직접 가져와 주세요."

청년은 점장의 지시에 불만스럽게 대답했다.

"말대답하지 말고. 이것도 수행이니라."

점장이 스트랩을 들지 않은 다른 앞발로 카운터를 찰싹 찰싹 두드렸다.

"예, 예. 제자를 너무 막 부리신다니까요."

청년은 투덜거리며 카운터 안쪽으로 걸어 들어갔다. 막다른 곳에 문이 있어, 그 문을 열고 밖으로 나갔다.

"정말이지, 말대답하는 솜씨만 늘어가지고는."

점장은 흥 하고 콧방귀를 뀌었다.

유나는 그저 둘을 바라볼 뿐이었다. 사실대로 말하자면, 궁금한 건 아주 많았다. 고양이인데 어떻게 말을 할 수 있는지. 청년은 왜 고양이가 말하는 광경을 아무렇지 않게 받아들이는지. 제자라니 대체 무슨 말인지.

그러나 도저히 말을 꺼낼 수 없었다. 원체 다른 사람과 대화하는 데 서투른데, 하물며 사람이 아닌 존재와 대화를 하다니 아무리 생각해도 불가능—

"왜 그러지, 낭자? 하고 싶은 말이 있다면 해보게."

갑자기 점장이 곁눈질로 유나를 보았다.

"앗."

유나는 동요했다. 이 고양이, 말만 할 줄 아는 게 아니라 사람 마음도 읽을 줄 아는 건가?

"무얼 그리 놀라. 얼굴을 보면 무슨 생각 하는지 대략 알수 있지."

점장이 입술 끝을 올리며 웃었다. 원래는 꽤나 빈정대는듯한 표정이겠지만, 어쨌든 고양이여서 귀여워 보였다.

"이것도 다 써비스지, 써비스. 자, 말해보게."

점장이 재촉했다.

"그게……."

그런 말을 들어도 난처할 뿐이었다. 유나의 머릿속에서무수한 의문이 이리저리 뒤엉켰다. 무엇에 대해 물으면 좋을까.

"자, 자."

점장은 계속해서 답을 채근했다.

"랍스터고리 가져왔어요."

문이 열리고 청년이 돌아왔다. 뭐라고 한 것도 아니건만부담감이 한층 더 커졌다.

"그, 저기……."

마침내 유나의 혼란은 절정에 달했고, 입에서 질문이 튀어나왔다.

"네코안은 어떤 가게인가요?"

그게 가장 궁금한 점이었냐고 묻는다면, 그렇지는 않았

다. 덜그럭덜그럭 돌리는 제비뽑기 상자와 마찬가지로, 안에서 빙글빙글 돌던 내용물 하나가 랜덤으로 톡 하고 튀어나온 것뿐이었다.

"풋."

그 순간 청년이 웃음을 터뜨렸다.

"이번에도 마찬가지네요, 점장님. 그러게 말씀드렸잖아요. 역시 무리수라고."

청년은 웃으며 점장의 머리를 도닥도닥 두드렸다.

"음, 으으윽."

점장은 몹시 못마땅한 듯이 끙끙댔다.

"어, 저기. 제가 이상한 질문을 했을까요?"

유나는 당황했다. 당연히 궁금해할 만한 점이라고 생각했기 때문이다. 바깥에 있는 간판에는 '고쳐드립니다' 어쩌고저쩌고라고 적혀 있는데, 막상 들어와 보니 카운터가 있고 전통 찻집 분위기가 나지를 않나 고양이가 말을 하지를 않나. 이상하다고 생각하는 것이 자연스럽지 않을까.

"아뇨, 아뇨. 점장님이 못마땅한 건 가게 이름 때문이에요."

여전히 웃으며 청년이 말했다.

"네코안이 아니거든요, 이 가게. 실은 '냐앙|猫庵, 말장난처

럼 고양이 묘 자를 고양이의 울음소리를 뜻하는 '냐'로 읽은 것¹이라고 읽는답
니다."

"냐앙."

나도 모르게 앵무새처럼 따라 했다. 상상도 못 한 방식
이었다. 설마 그렇게 읽을 줄이야.

"어허, 농말 좀 던져봤건만 못 알아채다니. 쯧쯧."

어째서인지 점장이 뾰로통하니 성을 냈다.

"농말이 뭐였죠? 프랑스인지 어딘지의 귀족이었나요?
농마르 남작이라든지."

"그럴 리가 있겠느냐! 농말이란 익살맞게 농담한다는
뜻이다! 서마터폰으로 찾아보거라, 서마터폰으로!"

둘의 대화를 종합해 보면, 냐앙이라는 이름은 점장의 유
머 감각을 바탕으로 만들어진 듯했다. 펄펄 뛰는 점장에게
는 미안하지만, 마음속으로 한마디 했다. 역시 한 번 보고
알아채기는 어렵겠네요.

"애초에 어떤 가게냐는 질문도 필요가 없다. 바깥 간판
에 똑똑히 적혀 있지 않느냐."

카운터에 턱을 괴며 점장이 투덜거렸다.

"음, 단번에 알기는 어렵겠죠. 고쳐준다고 해도 정확히
뭘 고친다는 건지 모를 테고. ……아, 물이 다 끓었네요. 조

금만 기다려주세요."

청년이 커피콩을 갈기 시작했다. 근사한 향이 피어올랐다. 왠지 두근두근 설레는 향기다.

유나는 다시 청년을 관찰했다. 약간 곱슬한 머리칼에 기름한 눈매. 호리호리한 몸을 봄에 입기 좋은 셔츠와 고양이가 그려진 앞치마가 감싸고 있다. 말하는 고양이가 충격적이어서 미처 느끼지 못했지만, 꽤나 멋진 미남이다.

"자, 드세요."

청년이 유나와 점장 앞에 커피잔을 내려놓았다. 유나가 넋을 잃고 바라보는 사이 커피를 내린 듯했다.

"흐음."

점장은 커피잔을 들고 얼굴 앞으로 가져갔다.

"그럭저럭 괜찮군. 솜씨가 조금은 늘었나? 위화감 없는 향을 낼 수 있게 되었구나."

점장이 커피를 평가했다. 유나가 보기에는 위화감투성이였다. 고양이가 앞발로 커피잔을 드는 것도 기묘하고, 애초에 고양이가 커피 향을 즐긴다는 행위 자체가 자연의 섭리에 어긋난다. 고양이의 후각은 인간에 비해 몇십만 배 발달했다고 한다. 갓 갈아낸 콩으로 내린 커피 따위, 냄새가 너무 강렬해서 맡기 힘들 터였다.

"자, 어서 드세요."

유나가 망설이고 있자 청년이 커피를 권했다.

"아, 네."

유나는 허둥지둥 커피잔을 입에 댔다. 가까이에서 흘러드는 짙은 향기, 그리고 입으로 넘어오는 커피의 맛⋯⋯.

"⋯⋯읍!"

유나는 사레들려 콜록콜록 기침을 했다. 블랙커피였다. 유나에게는 못 마시는 음료가 몇 가지 있었다. 맥주, 생강차 그리고 블랙커피다. 쓰거나 매운맛으로 혀를 강하게 자극하는 느낌을 좋아하지 않아서였다.

"바보 녀석이로군."

점장이 청년을 보며 코웃음 쳤다.

"상대에게 어떤 음료가 맞을지 헤아려, 다시 말해 추측해서 내놓는 것이 다도의 길이거늘. 아직 멀었구나."

"죄송합니다. 블랙커피를 좋아하실 줄 알았어요."

청년이 사과했다.

"아, 아뇨. 괜찮아요."

블랙커피가 어울리는 어른으로 보였다고 기뻐해야 할지, 블랙커피 따위 써서 못 먹는 어린이 입맛이 들통나 부끄러워해야 할지. 어려운 문제에 봉착해 있는 사이 점장이 의자에서 내려와 걸음을 옮겼다.

"잠시 기다려보게."

좀 전에 청년이 지나간 길을 그대로 지나 카운터 안으로 들어가자 점장의 모습이 보이지 않게 되었다.

"웃차."

어딘가에 올라섰는지 점장이 카운터 맞은편에서 불쑥 얼굴을 내밀었다.

"자."

만세 하듯 들어 올린 양손 위에 쟁반을 얹은 채였다. 역기를 들어 올리는 데 성공한 역도 선수 같기도 하고, 혹은 애니메이션 〈사자에상〉 | 1969년부터 방영된 일본 최장수 애니메이션으로 오프닝 중 고양이 타마가 과일에서 튀어나오는 장면이 특히 유명하다 | 의 오프닝에서 고양이 타마가 과일 속에서 튀어나오는 자세 같기도 했다.

"이걸 먹어 보게."

점장이 쟁반을 카운터 위에 올려두었다. 쟁반에는 과자가 담겨 있었다.

과자는 손바닥쯤 되는 크기에 직사각형 모양으로 하나하나 개별 포장이 되어 있었다. 빨간 바탕에 금색 무늬가 들어간 포장지 중앙에는 '바세이타バ成夕' | 버터의 일본어 발음은 '바타'

로, '바나리타'라는 애칭으로도 불린다 라고 적혀 있다. 무슨 뜻일까?

"버터샌드군요."

과자를 본 청년이 이해했다는 듯이 고개를 끄덕였다.

"버터샌드?"

유나는 눈을 끔벅거렸다. 과자에 대해서는 잘 알지 못해서였다. 유나에게 과자란 슈퍼에서 사 먹거나 연휴가 끝나고 다른 사람에게 여행 선물로 받는 것이 전부였다.

"정확하게는 마루세이 버터샌드라네. 홋카이도 제과 회사 롯카테六花亭의 대표 상품이지. 홋카이도 여행 선물로 주로 사는 과자이기도 하고."

점장이 설명해 주었다. 듣고 보니 '세이成'라는 글자가 동그라미로 둘러싸여 있다. 이게 '마루세이' 일본어로 '마루'는 동그라미라는 뜻 이고, 양쪽에 있는 '바'와 '타'는 버터라는 뜻이었나 보다.

"어떤 과자인지는 먹어보면 알 수 있지."

점장은 그렇게 말하고서 두 앞발로 허리를 짚었다.

"아, 네."

시키는 대로 유나는 과자를 손에 들었다.

"어?"

그리고 당황했다. 어디를 뜯어야 하지?

"뒤쪽이에요."

망설이는 걸 눈치챘는지 청년이 가르쳐 주었다.

"뒤쪽이요?"

뒤집으니 뒷면에 칼집이 들어가 있었다. 뜯어보니 손재주가 없는 유나도 쉽게 열 수 있었다.

안에서 나온 건 이름 그대로 샌드형 과자였다. 그렇다고 샌드위치 같은 종류는 아니었다. 겉 부분은 식빵이 아니라 갈색 비스킷이고, 사이에는 달걀이 아니라 뽀얀 크림 같은 것이 들었다. 그리고 크림 같은 내용물에는 진한 자줏빛의 무언가가 섞여 있었다.

촉촉한 촉감에 내용물이 꽉 차 있어 제법 무게감이 느껴졌다. 유나는 과자를 살짝 베어 물었다.

촉감처럼 보드라운 식감. 비스킷이지만 주머니에 넣어 두면 수십 조각으로 부서지는 바삭바삭한 느낌이 아니라 좀 더 말랑말랑한 식감이었다.

이어서 사이에 끼워져 있던 크림이 배어 나왔다. 버터의 풍미가 감도는 아주 진한 단맛이 눈 깜짝할 사이 입 안에 퍼졌다. 이게 뭐야…… 엄청나다!

한 입 더 베어 먹었다. 진한 자줏빛의 무언가가 버터크림과 손을 잡고 입 안으로 들어왔다. 아아, 그건 건포도였다. 윤곽이 또렷하니 전혀 다른 종류의 맛이 새로운 하모니를 만들어내 혀를 황홀하게 했다.

한 입 더, 한 입 더. 그러는 동안 버터샌드가 어느새 사라져버렸다.

"맛있게 드셨어요?"

청년이 미소 지으며 물었다.

"네, 맛있었어요!"

마치 중학교 영어 교과서 같은 대화였다. '아 유 톰? 예스, 아이 앰 톰.' 이런 느낌이다. 하지만 어쩔 수 없다. 너무 맛있어서 어휘력이 통째로 날아가 버렸기 때문이다. 하나로는 부족했다. 더 먹고 싶어졌다.

"더 있으니 먹어도 된다네."

앞발로 쟁반을 누르며 점장이 과자를 권했다.

"그러고 보니 이런 과자를 만드는 가게가 또 있죠."

청년이 턱에 손가락을 대고 말하자 점장이 고개를 끄덕였다.

"오가와켄|小川軒, 1905년 문을 연 일본의 유서 깊은 양과자 전문점|이 유명하지. 분점을 내서 몇 군데로 나뉘었는데 이름도 맛도 각각 달라. 맛을 비교해 보는 것도 재미있지."

이렇게 굉장한 게 또 있다니, 과자는 대단하구나. 유나는 감격에 젖은 채 버터샌드를 먹어댔다.

"그렇게 서두르지 말고. 이제 슬슬 커피를 마셔보게."

점장이 말했다.

"앗."

유나는 시무룩해졌다. 모처럼 과자 덕에 마음이 훈훈해졌는데, 무뚝뚝한 블랙커피의 침입을 허락해야 한다니.

"고기는 씹어야 맛을 안다지 않는가. 어서."

점장이 거듭 권했다. 어쩔 수 없이 유나는 커피를 입에 대보았다.

"……아."

단맛으로 가득했던 입 안에 쌉쌀한 맛이 더해졌다. 지금껏 싫게만 느껴졌던 자극이 전혀 다른 느낌으로 다가왔다.

"맛있다."

난생처음 해보는 경험이었다. 블랙커피가 맛있다니.

"뭐든 조화가 중요한 법. 각기 다른 특징이 서로 만나 어우러지면 새로운 것이 탄생하지."

점장은 그렇게 말하고는 버터샌드를 들어 포장을 벗기더니 유나에게 내밀었다. 고양이 손으로는 불가능한 작업임에도 점장은 거뜬히 해냈다.

"그렇군요."

유나는 기쁘게 받아 들며 고개를 끄덕였다. 단것으로 가득 찬 입 안에 쓴 커피를 머금으면, 단순히 쓰기만 한 맛과는 달라진다는 뜻이리라. 단맛과 쓴맛, 정반대의 맛이 새로운 경지를 열어주는 것이다.

"그럼 이제 수리를 시작해 볼까."

점장이 유나의 스마트폰 스트랩과 풀린 끈 등을 카운터 위에 늘어놓았다.

"드디어 점장님의 수다 타임이 끝났네요. 어울려 주셔서 감사합니다."

과자 봉지를 정리하며 청년이 웃었다.

"아니에요. 저야말로 즐거웠어요."

유나는 손을 저었다. 빈말이 아니라 점장의 이야기는 정말 재미있었다. 뭔가 아주 중요한 이야기를 들은 것 같은 기분이었다.

"다행이네요, 점장님. 마음씨 착한 손님이셔서."

"시끄럽다."

청년이 놀려대자 점장이 고개를 홱 돌렸다.

"쓸데없는 소리 말고 랍스터고리랑 집게나 내놓거라."

"예, 예."

청년은 카운터 맞은편에서 작은 비닐봉지를 꺼냈다. 비

닐봉지 안에는 더 작은 물건들이 가득 들어 있었다.

"우선은 랍스터고리지요."

바로 유나가 망가뜨린 금속 장식이었다. 볼록 튀어나온 돌기를 내리면 열리는 그 부품 말이다. 이름이 있는 줄은 몰랐다.

"수공예 재료 전문점에 가면 낱개로 팔아요. 100엔 숍에도 있으려나."

물끄러미 쳐다보는 시선을 눈치챘는지 청년이 설명해주었다.

"참고로 랍스터고리는 모양이 랍스터 집게발을 닮아서 붙은 이름이에요."

"그렇군요."

유나는 끄덕끄덕 고개를 흔들었다. 듣고 보니 확실히 그런 느낌이었다.

"그리고 이게 집게고요. 보통 평집게라고 부르는 종류예요."

뒤이어 청년이 꺼낸 것은 펜치를 축소한 듯한 도구였다. 아마 펜치보다 섬세한 작업에 적합한 도구인 듯했다.

"여기요."

청년은 랍스터고리가 담긴 봉투와 집게를 점장 앞에 두

었다.

"음."

점장은 지그시 고개를 끄덕이고는 먼저 스트랩에 달려 있던 인형과 집게를 집어 들었다. ……그다음은 물 흐르듯 매끄러웠다.

집게를 이용해 인형에 달린 금속 장식에서 망가진 랍스터고리를 빼고 새로운 고리로 교체한 다음, 새로운 랍스터고리의 돌기를 내려 끈 끝에 달린 고리 모양의 금속 장식에 걸었다.

"좋아, 다 끝났다."

고리를 걸고 나서 점장이 말했다.

"대단해."

절로 감탄이 흘러나왔다.

절차를 짚어보면 두세 가지일 뿐이고 (유나가 할 말은 아니지만) 그리 어려운 작업도 아니었다.

눈길을 사로잡은 것은 능수능란한 솜씨 그 자체였다. 군더더기 없고 재빠르면서도 신중한, 일류 요리사의 칼질처럼 철저히 연마된 솜씨였다.

"뭐, 이 정도 수선은 아기랑 팔씨름하는 것보다 쉽지."

점장이 두 앞발을 허리에 짚고 가슴을 내밀었다.

"그런가요? 점장님하고 아기가 싸우면 점장님이 질 것
같은데요."

에헴 하며 뿌듯해하는 점장을 청년이 놀려댔다.

"뭐라! 무사에게 이 무슨 모욕인가! 꼬맹이, 거기 바로
서라!"

"저는 바로 섰는데요. 점장님은 쓰신 물건이나 바로바로
치워주세요."

왁자지껄 떠들어대는 한 명과 한 마리를 제쳐두고 유나
는 자신의 스마트폰 스트랩을 바라보았다. 이제 원래대로
돌아왔다. 그런데…… 마음이 편치 않았다.

'그 스트랩 안 하는 게 낫지 않아? 유치해.'

가쓰야의 말이 되살아났다. 아아, 그랬지. 스트랩을 고
쳐도 아무 소용이 없다. 그 한마디가 유나의 마음을 무거운
쇠닻처럼 붙들어 매 어디로도 갈 수 없게 만들었다.

"뭘 그리 울적해하는고?"

갑자기 점장이 말을 걸어 유나는 퍼뜩 고개를 들었다.

"혹시 고친 게 마음에 안 드나?"

어느새 점장은 다시 유나의 옆자리에 앉아 있었다. 동그
란 눈으로 유나와 스마트폰을 번갈아 본다.

"아뇨, 아니에요. 그런 게 아니라."

"그럼 왜 그러지?"

점장이 다시 물었다. 하지만 어떻게 대답해야 할지 몰라 고개를 숙였다.

늘 이런 식이다. 자기주장을 못 해서, 그보다도 뭘 주장하고 싶은지 잘 몰라서, 그리고 무엇보다 주장하고 싶은 뭔가가 있는지조차 분명치 않아서 그저 입을 닫는다. 상대방은 난처해하거나, 자기가 하고 싶은 대로 하거나 둘 중 하나다. 늘 그랬다.

"흐음."

……하지만 이번에는 달랐다.

"일단 말해두지만 '무슨 말을 하고 싶은지 모르겠다'든지 '하고 싶은 말이 있는지 없는지 모르겠다'든지, 그런 것도 제대로 된 '하고 싶은 말'이라네."

가슴속을 쿡 찔린 듯한 느낌이 들었다.

"어떻게……."

너무 놀라 어안이 벙벙해졌다. 고양이 점장은 어떻게 유나의 마음을 알았을까.

"흥흥. 이래 봬도 오래 살았으니 인간의 복잡미묘한 마음을 어느 정도 들여다볼 수 있지."

점장이 의기양양하게 말했다. 청년도 끼어들지 않고 조

용히 듣고 있었다.

"우선 자기 안에 있는 말을 꺼내보면 어떻겠나?"

점장은 유나를 바라보며 말했다.

"에어컨 필터를 청소하듯이 말이지. 무언가가 걸려서 막혀 있으면 동작도 느려지고 흘러나오는 바람도 깨끗하지 않아. 한번 정리하고 청소해서 말끔하게 만들어보는 게야."

점장의 말은 가슴에 깊이 와닿았다. 마음속에서 단단히 굳어지고 들러붙어 떼어낼 수 없었던 무언가가 스르륵 떨어져 나가기 시작했다.

"사실은 저……."

그걸 말로 표현해 보기로 했다.

"저……."

점장과 청년에게 전하고 싶었다.

"저……."

그러나 유나는 아무 말도 할 수 없었다. 너무 감동한 나머지 울음이 터지려는 상태는 아니었다. 떨어져 나온 것들이 한꺼번에 몰려들어 도리어 말문을 막아버린 탓이었다. 건물 안에서 불이 나면 당황한 사람들이 출구로 몰려들어 아무도 나가지 못하게 된다고 하는데, 그런 느낌과 비슷했다.

"그렇게 조급해하지 않아도 괜찮아요."

청년이 말했지만, 조급해서 그런 건 아니었다. 그저 제대로 말할 수 없을 뿐이었다. 어떻게 하면 전할 수 있을까.

"흐음."

점장이 잠시 생각하는 듯하더니 이렇게 물었다.

"자네, 마음이 편해지는 습관 같은 건 없나?"

"마음이 편해지는 습관이요?"

유나는 어리둥절했다. 혼란스러워서인지 말뜻이 잘 이해되지 않았다.

"좋아하는 노래를 듣는다든지, 뭔가를 먹는다든지. 그런 거 말이네."

점장이 덧붙였다.

"뭔가를 만지작거리는 습관도 있지 않을까요?"

청년이 물었다.

"음. 머리카락을 만진다든지 볼펜을 딸깍거리는 것도 마찬가지지."

점장은 고개를 끄덕였다.

"옆에서 보면 정신없어 보이지만, 의외로 그런 행동이 침착함을 유지하는 데 도움이 되기도 하는 법이라네."

"무언가를, 만지작거린다."

유나가 중얼거렸다. 뭔가가 떠오르려 했다. 그래, 그
건…….

"……아!"

순간 숨을 멈췄다. 아예 없지는 않았다. 중학교 시절의
아련한 추억.

"저, 어쩌면…… 고양이를 만지면 말할 수 있을지도 몰
라요."

"으윽."

점장이 못마땅한 듯 신음했다. 유나의 무릎 위에서.

"이야, 좋네요. 고양이답고."

청년이 손뼉을 치며 웃었다.

"이익."

점장은 꼬리를 탁탁 내리쳤다. 불만을 표현하는 방법이
다. 보통은 고양이가 이런 상태일 때 다가가는 건 그리 좋은
생각이 아니다. 하지만 유나는 이제 한계였다.

"실례하겠습니다."

그렇게 양해를 구하자마자 점장의 등에 손가락을 가져
다 댔다.

"하아."

절로 한숨이 새어 나왔다. 어쩜 이리 감촉이 좋은지.

점장의 털은 보기보다 훨씬 길었다. 윤기가 흐르고 매우 보드라우며, 바슬바슬하면서도 포근포근했다.

"점장님은 지금 털갈이 중이니 그 부분은 양해 부탁드려요. 빗질을 못 하게 하도 성화를 부리셔서요."

청년이 그렇게 말했다.

"괜찮아요."

유나는 헤헤 웃으며 점장을 쓰다듬었다.

몇 번이고 몇 번이고 빗질하듯 매만지고, 그다음 손가락 끝으로 머리를 쓰다듬었다. 털의 감촉도, 그 밑에 있는 머리의 감촉도 느껴졌다. 다음으로는 귀. 검지로 살며시 만지니 획획 움직이다가, 엄지와 검지로 지그시 잡으니 포기한 듯 힘이 빠졌다.

"점장님, 고집부리지 말고 골골골 소리 내셔도 돼요."

청년이 놀리듯이 말하자 "두고 보자, 이 맹꽁이 녀석" 점장은 또 꼬리를 탁탁 내리쳤다.

"어떤가. 얘기할 마음이 들었나?"

그러고는 유나에게 말해보라며 채근했다.

"너무 조급하게 굴지 마세요."

유나는 그렇게 말하며 손을 점장의 귀에서 다리로 옮겼

다. 그런 다음 발바닥을 엄지로 누르듯이 손에 쥐었다. 발바
닥 젤리다.

"와우."

다소 영어 같은 감탄사가 튀어나왔다. 유나를 미국 사람
처럼 반응하게 만들 만큼 점장의 발바닥 젤리는 촉감이 황
홀했다. 그거 참, 실로 그레이트하고 어메이징하다.

"이제 슬슬 말할 기분이 드나? 어떠냔 말이다."

점장이 다시금 말을 재촉했다.

"아이, 조금만 기다려주세요. 제 남자 친구처럼 다그치
지 말고요."

유나는 불만을 입 밖에 냈다.

"제 남자 친구는 말이죠, 자기 마음대로 하고 싶은 말은
전부 다 해요. 자기는 커뮤니케이션 능력이 높다고 자주 자
랑하는데, 늘 하고 싶은 말을 몽땅 내뱉는다고 해서 능력이
높다고 할 수 있을까요? 남자 친구랑 하는 대화는 캐치볼이
아니라 피칭이에요. 상대방이 전력투구한 공을 제가 받아
내기 급급한 느낌이죠."

처음으로 돌아가 다시 한번 점장의 등을 쓰다듬었다. 복
슬복슬, 보들보들. 행복하다.

"만족스러운 생활을 위한 도구로 취급하는 걸까요. 밥이

식으면 전자레인지, 옷이 더러워지면 세탁기, 수다 떨고 싶어지면 나. 가전제품 여자 친구라니, 완전히 새로운 장르 아닌가요?"

이번에는 고양이 점장의 가슴팍을 쓰다듬어 보았다. 털이 덥수룩해 유독 궁금했던 부분이다. 다른 부분과 모질이 조금 달랐다. 잡종 고양이 특유의 개성 넘치는 털이다. 혈통서 있는 고양이들은 '틀'이 정해져 있어서 이런 모습은 결코 찾아볼 수 없다.

"데이트도 마찬가지예요. 매번 남자 친구가 가고 싶은 곳을 정하고 저를 끌고 다니는 식인데, 여기저기 다니기 바빠서 어찌나 부산스러운지. 도장 없는 스탬프 랠리 같은 느낌이죠. 사실 저는 어딘가로 여행을 떠나서 며칠씩 천천히 둘러보는 걸 좋아하는데 말이에요."

"그렇군."

점장이 유나의 얼굴을 올려다보았다.

"잘하지 않느냐."

"네?"

유나는 손을 멈췄다. 그 틈을 타 점장은 유나의 손을 벗어나 카운터 위로 올라갔다. 좀 전까지 그랬듯 인간처럼 앉는 것이 아니라 고양이답게 벌러덩 드러누웠다.

"뭐야. 눈치채지 못했나? 자기 생각을 제법 똑 부러지게 말하더군."

"그랬, 나요?"

유나는 어리둥절했다. 점장을 쓰다듬는 데 열중하느라 자신이 어떻게 말했는지 기억이 나지 않았다.

"아니, 오히려 예리한 시선이 돋보였죠. 많은 생각을 하게 해주는 이야기였어요."

점장의 말에 청년도 부드러운 표정으로 고개를 끄덕였다.

"으으."

유나는 양손으로 얼굴을 가렸다. 왠지 너무나도 부끄러웠다.

"그게 바로 누군가에게 속마음을 드러내 보인다는 것이지."

점장은 유나의 마음을 꿰뚫어 본 듯이 말하더니 하품을 했다. 뾰족한 견치犬齒(고양이라 해서 묘치猫齒라고 말하지는 않는다) 즉, 송곳니와 까슬까슬한 혀가 잘 보였다.

"문제는 해결됐다네. 이제 아까 같은 기세로 그 남자 친구라는 녀석과 부딪치면 돼. 병법서에도 병사 개개인의 역량보다는 기세가 있느냐 없느냐가 더 중요하다고 했지."

"기세요?"

갑자기 그런 말을 들으니 난처하다. 좀 전에 유나는 유나이지만 유나가 아닌 듯한 기분이었기 때문이다. 갑작스레 전쟁터로 나가라니 말도 안 된다.

"어어, 저는, 그게 말이죠."

말이 나오지 않는다. 유나는 우물우물하며 아래만 쳐다보았다. 점장이 앉았던 무릎에는 털이 잔뜩 붙어 있었다.

"정말 점장님을 만지지 않으면 어려운 모양이네요."

청년이 눈을 끔뻑거렸다.

"으음. 역시 그리 쉬운 일은 아닌가 보군."

점장이 카운터에 턱을 괴었다. 정말 사람 같은 몸짓이다.

"그렇다고 다음 데이트에 내가 같이 갈 수도 없는 노릇이고. 어찌해야 할꼬."

"뭔가 대신할 수 있는 물건이 있으면 좋을 텐데요."

청년의 말에 점장은 앞 발바닥을 찰싹 맞댔다.

"그거야. 좋은 생각이 떠올랐다. 꼬맹이, 이전 털갈이 때 내가 만든 것을 가져오거라."

"아, 그게 있었죠!"

청년도 점장처럼 손과 손을 맞부딪쳤다.

"상자에 넣어뒀던가. 금방 다녀올게요."

그러고는 카운터 안쪽 문을 열고 바깥으로 나갔다.

"찾았어요."

청년이 돌아왔다. 손에 뭔가 작은 물건을 쥐고 있다.

"점장님이 자기 털을 모아서 만든 고양이 털 펠트 스트랩이에요."

그건 고양이 인형이 달린 스트랩이었다. 크기는 유나의 새끼손가락보다 작은 정도다. 인형이지만 눈, 코, 입이 달려 있지 않으니 고양이 실루엣 스트랩 같은 느낌이라고 해야 할까. 만듦새가 무척 사랑스러웠다.

털 색깔은 점장 그 자체였다. 검정 줄무늬도 그대로였다. 그런데 만져보니 복슬복슬, 보들보들이 아니라 꽤나 단단했다. 점장의 털로 만들었는데도 생각보다 튼튼하고 견고한 감촉이었다. 이 모양 그대로 흐트러지지 않게 만들었을 것이다.

"털을 둥글게 뭉쳐서 바늘로 찌르면 단단해져요. 재미있죠? 점장님 털은 부드러워서 고양이 털 그 자체인데 감촉이 이렇게 달라지니까요."

청년이 말했다.

"그걸 선물로 주지. 촉감은 달라도 내 털이니 분명 도움이 될 게야."

점장은 영차 하고 뒷발로 일어서더니 유나가 든 고양이

점장 스트랩에 앞발을 올렸다. 그 순간 신기한 일이 벌어졌다.

빛. 눈부신 하얀 빛이 스트랩에서 뿜어져 나왔다. 깜짝 놀라 하마터면 스트랩을 손에서 떨어뜨릴 뻔했다.

스트랩은 계속 빛을 뿜었다. 점장이 뭔가 알 수 없는 힘을 사용하고 있는 걸까. 두 발로 서서 걷고 말하는 고양이이니 물건을 빛나게 하는 것도 가능할지 모른다.

"음, 이제 됐다."

빛이 사라지자 점장은 만족한 듯 고개를 끄덕이며 손을 뗐다.

유나는 다시 한번 고양이 점장 스트랩을 뚫어져라 들여다보았다. 갑작스레 빛을 뿜어낸 것치고는 겉모습에 그다지 변화가 없었다.

"어? 무슨 표시가……."

아니, 그렇지 않았다. 자세히 보니 고양이 발바닥 같은 무늬가 인형 실루엣 아랫부분에 톡 찍혀 있었다. 방금 전까지는 없었던 것 같은데.

"나의 낙관이다."

점장은 그렇게 말하고는 흥흥 하고 콧소리를 내며 웃었다.

"낙관?"

유나는 무슨 뜻인지 몰라 당황했다. 점장은 확실히 비관적인 성격 같지는 않지만, 그런 의미의 낙관은 아닌 듯했다.

"공식 굿즈의 인증 마크라는 뜻이죠?"

청년이 말하자 점장은 조금 불만스러운 표정을 지었다.

"미묘하게 다르다만. 내 작품이라는 서명 같은 것이다."

"서명인데 왜 발자국 모양인가요? 혹시 수공예와 수리는 잘하지만 글씨는 잘 못 써서?"

"이런 무례한! 글씨 정도는 쓸 줄 안다! 먹과 붓을 가져오거라!"

"저, 저기."

낙관이 무슨 뜻인지는 대강 알았다. 하지만 모르는 것이 또 있었다. 도움이 된다니, 대체 무슨 뜻인지.

"뭘 굳이 붓글씨를 쓰겠다고 그러세요. 게다가 붓은 없어도 괜찮지 않아요? 점장님 꼬리는 거의 붓이나 다름없던데, 그걸로 쓰시죠."

"이 꼬맹이 녀석! 거기 바로 서라! 엄벌을 내려주마!"

그러나 둘은 한창 아옹다옹 티격태격하느라 바빠서 유나가 끼어들 틈이 없었다. 음, 방해하기도 뭐하니 입 다물고 있자…….

"잠시만요. 대화하시는 중에 죄송하지만, 저 궁금한 게 있는데요."

그렇게 생각만 한 줄 알았는데 저도 모르게 유나의 입에서 말이 술술 흘러나왔다.

"도움이 된다니, 구체적으로 어떤 일이 일어나나요?"

스스로도 놀랐다. 점장을 쓰다듬는 중도 아닌데 어떻게.

"그래. 그런 식으로 도움이 되느니라."

점장은 씩 웃고는 유나의 손으로 눈길을 주었다. 덩달아 자기 손을 본 유나는 깜짝 놀랐다. 어느새 고양이 점장 스트랩을 만지고 있었던 것이다.

"설마 이 스트랩을 만지고 있으면 고양이를 만질 때처럼 자연스럽게 술술 말할 수 있다는 말씀이세요?"

속에 있던 의문이 저절로 빠르고 매끄럽게 입 밖으로 튀어나왔다. 유나의 눈이 화등잔처럼 커졌다.

"그런 셈이지."

응, 하며 점장이 고개를 끄덕였다.

"어디까지나 도움이 될 뿐이네. 계속 효과가 있는 것도 아니고. 자신의 말은 자기 스스로 자아내야 하는 법이니까."

점장은 유나 앞에 서서 앞발을 머리에 톡 올렸다.

"말해보는 게야. 자신의 마음을 온전히 전해봐. 그러면 몰랐던 사실을 알게 될지도 모르지."

돌아온 일요일, 유나는 가쓰야와 외출을 하게 되었다. 한참 고민한 끝에 스마트폰에 고양이 발모양 스트랩과 냐 앙에서 준 고양이 인형 스트랩을 모두 달았다. 이제 유나의 휴대전화 스트랩은 사상 최고로 고양이 지수가 높아졌다.

먼저 두 사람은 영화를 보러 갔다. 가쓰야가 보고 싶다 고 한 독립 영화였는데, 처음부터 끝까지 이해하기 어려운 내용이었다. 영화가 끝난 뒤에는 카페에 가서 가쓰야에게 한바탕 해설을 들었다. 잘은 모르겠으나 원작을 재구축한 영화라고 했다. 역시 이해하기 어려웠다.

그 후에는 전망 좋은 건물에 갔다가, 아웃렛에도 들르 고, 볼링도 쳤다. 하나하나 찬찬히 음미할 여유도 없이 여기 저기 부산스레 돌아다니는, 변함없이 가쓰야스러운 스케줄 이었다.

저녁은 별실에서 숯불고기를 먹기로 했다. 가쓰야는 유 나에게 묻지도 않고 고기 다음 고기가 끊임없이 나오는 코 스를 2인분 주문했다.

그동안 유나는 고양이 점장 스트랩에 손을 대지 않았다. ……아니, 댈 수 없었다. 그날 냐앙에서 느닷없이 벌어진 따발총 토크. 그게 튀어나오면 어떻게 될지 상상조차 할 수 없어 무서웠기 때문이다.

점장은 말했다. '자신의 마음을 온전히 전해봐. 그러면 몰랐던 사실을 알게 될지도 모르지'라고. 그 몰랐던 사실이란 어쩌면 모르는 편이 나은 게 아닐까.

"그래서 말이야, 풋살 해본 사람이 별로 없어서 다들 나를 꽤나 의지하지 뭐야."

유나가 갈등하는 줄은 꿈에도 모른 채 가쓰야는 평소처럼 자기 자랑을 늘어놓았다.

"그랬구나."

유나도 평소처럼 맞장구를 쳤다.

"뭐, 실제로 에이스만큼 활약하긴 했지만. 해트 트릭도 달성했고."

"대단하다."

변함없는 대화. 오늘도 결국 이런 식으로 마무리되는 걸까.

냐앙에서 떠들어댔을 때 느낀 감정을 떠올렸다. 불쾌하지는 않았지만, 그렇다고 통쾌하거나 상쾌하지도 않았다. 그런 느낌을 한 번 더 맛보느니 이렇게 같은 루틴을 반복하는 편이 낫지 않을까…….

"근데, 아직도 그 스트랩 달고 있네."

별안간 화제가 유나의 스트랩으로 옮겨갔다.

"역시 유치해. 게다가 더 많아졌잖아."

'많아졌잖아'만 음정을 달리한 말투가 말 이상의 뉘앙스를 자아냈다. 그때 느낀 불쾌한 기분이 몇 배나 커진 채 밀려들었다.

"떼는 게 낫다니까. 어린애도 아니고."

고기 굽던 손을 멈추고 가쓰야가 말했다. 유나가 스트랩을 뗄 때까지 화제를 돌리지 않을 셈이었다.

뗄 것인가, 떼지 않을 것인가. 시키는 대로 할 것인가, 하지 않을 것인가.

'자신의 말은 자기 스스로 자아내야 하는 법이니까.'

점장의 말이 갑자기 되살아났다.

"이건, 이건……."

유나는 굳게 마음먹고 스트랩을…… 꽉 움켜쥐었다.

"이건 내가 마음에 들어서 산 내 물건이야. 왜 내 마음에 든 물건 때문에 이러쿵저러쿵 잔소리를 들어야 해? 물론 갑자기 프릴 잔뜩 달린 빅토리아 시대 같은 복장으로 나타난다든지, 소지품을 난데없이 전부 배트맨으로 통일했다든지 하면 한마디 들어도 어쩔 수 없겠지만, 이건 스트랩이잖아.

스트랩 정도는 괜찮지 않아?”

말이 흘러넘쳤다. 지금껏 억누르고 억눌러 스스로도 어떤 모양인지 알 수 없게 된 마음이 단숨에 넘쳐흘렀다.

“너는 네가 하고 싶은 대로 하잖아. 오늘 본 영화도 대체 뭐야, 그게. 원작의 재구축인지 뭔지 모르겠지만, 하나도 이해 안 돼서 어이없었거든. 그다음에도 스케줄은 어찌나 빡빡한지, 정신이 하나도 없을 지경이라고.”

가쓰야는 멍한 표정을 지었다. 갑작스러운 상황을 이해하지 못하는 듯했다.

“게다가 저녁은 숯불구이. 왜 매번 칼로리 높은 식당에만 데려가는데? 날 살찌게 하고 싶은 거야? 비싼 가게에 데려가면 여자가 무조건 좋아할 거란 생각은 큰 오산이거든.”

목소리에 서서히 힘이 실렸다. 별실이어도 너무 큰 소리를 내면 다 들린다. 알면서도 도무지 참을 수 없었다.

“자기 자랑만 늘어놓는 것도 이제 질렸어. 나는 무용담에 맞장구쳐 주는 기계가 아니거든. 그리고 젠체하면서 ‘나 참 대단하지’ 어필하는 사람치고 입는 옷은 대개 남성 패션 잡지 과월 호 특집 같은 느낌이라 시시하다고.”

거기까지 전부 말하고 나서 유나는 문득 정신이 들었다. 아무리 그렇다 해도 한 번에 너무 많이 쏟아낸 것 아닌가.

가쓰야의 상태를 살폈다. 얼떨떨한 표정으로 석쇠 밑의 숯불을 바라보고 있다.

유나는 겸연쩍음을 숨기려고 고기를 구워 먹었다. 그렇게나 불평해 놓고 이런 말 하기는 뭐하지만, 무척 맛있는 갈비였다.

"있잖아."

유나가 막 안창살을 올렸을 때, 그제야 가쓰야가 입을 열었다. 유나를 흘긋 보고 다시 고개를 숙인다. 지금까지와는 180도 다르게 소심한 느낌이었다.

"사실 전에 사귀던 여자가—"

"이 타이밍에 다른 여자 얘기?"

화가 치밀었다. 당최 무슨 뜻인지. 지금 뭐 하자는 건가.

"아, 아니. 확실히 그렇네. 이상한 소리를 했지. 미안."

당황한 모습으로 가쓰야가 손을 가로저었다. 나쁜 뜻으로 한 말은 아닌 듯했다.

"무슨 말인데? 이야기해 봐."

"그게, 학생 때 사귀던 여자애가 굉장히 엄격했는데, 이런저런 말을 듣고 차였거든."

띄엄띄엄 가쓰야가 말하기 시작했다.

"좀 더 적극적으로 리드해라, 여자가 사인을 보내면 눈치껏 알아채고 움직여라, 늘 자신감 없는 이야기뿐이라 듣기 싫다, 패션 감각이 없으니까 잡지라도 봐라. 그래서─"

"잠깐."

끝까지 잠자코 듣기가 힘들었다.

"전 여자 친구 말대로 행동하고 있다는 거야?"

역시 모르는 편이 나은 사실을 알아버린 걸지도 모른다.

"내가 어떻게 생각하는지가 아니라, 학생 시절 여자 친구가 뭐라고 했는지를 더 중요하게 여기는 거냐고."

최악이다. 요컨대 실연의 상처를 치유하기 위한 대용품이었던 셈이다. 유나는 스마트폰과 가방을 움켜쥐고 자리에서 일어났다. 그렇다면 더 이상 여기 있을 의미가 없다.

"아니, 아니야."

가쓰야는 유나에게 필사적으로 호소했다.

"그 애는 처음으로 사귄 여자 친구였는데."

부끄러운지 얼굴이 새빨갛다. 그 부분에 관해서는 그게 뭐 어떻다는 건가 싶은 기분이다. 유나는 가쓰야가 첫 남자 친구다.

유나를 놀라게 한 건 가쓰야가 필사적이라는 사실이었다. 늘 거만하게 자기 자랑만 하는 가쓰야가 체면 따위 아랑곳없이 유나를 붙잡으려 했다. 이런 일은 처음이었다.

"그 후로 마음이 가는 여자를 만나지 못했어. 일에 몰두했더니 좋은 성과가 나왔고, 다가오는 여자도 있었지만 왠지 아니라는 생각이 들었어. 그러다 유나를 만난 거야."

처음 만난 날의 기억을 떠올렸다. 회사 사람들과의 회식 자리. 이만 가보겠다고 말도 못 하고 2차로 따라간 바에서 가쓰야가 말을 걸었다. 능력 있고 잘생겨 보이는 가쓰야가 왜 자신 같은 사람에게 말을 거는지 이해할 수 없었던 유나는 다단계나 결혼 사기가 틀림없다며 그를 피했다. 그럼에도 가쓰야는 계속 다가왔고 결국 유나가 마음을 돌려 사귀게 되었다.

"그래서 전과 같은 실수는 하지 말아야겠다고 마음먹었어."

가쓰야의 눈빛은 몹시 진지했다.

"유나를 잃고 싶지 않았으니까."

정말 무슨 소리를 하는 건지. 유나를 잃고 싶지 않다면 유나에 관한 것을, 유나의 마음을 소중히 여겨야 한다. 방법이 완전히 틀렸다. 그런 사람이 어떻게 영업 일을 하고 있는지. 남녀 사이에 한해서 완전히 바보가 되는 사람도 있다고 들었지만, 이렇게까지 대단한 사람이 있을 줄은 상상도 못했다.

"……."

그런 생각을 한 마디도 꺼내지 못하고 유나는 그저 침묵했다. 귀가 너무 뜨거웠다. 가쓰야가 이렇게 직접적으로 마음을 전한 적은 한 번도 없었다. 대체 어떤 표정을 지어야 할까.

'몰랐던 사실을 알게 될지도 모르지.'

……역시 점장의 말은 틀리지 않았다.

그런데 한 가지 이상한 점이 있었다. 지금도 점장 스트랩을 만지고 있는데, 어째서 다시 말을 할 수 없게 된 걸까.

스트랩을 보면 딱히 변한 부분은 없었다…… 아니, 있다. 점장의 발바닥 무늬가 사라졌다. 그 빛에 담긴 힘은 이제 사라진 모양이다.

'어디까지나 도움이 될 뿐이네. 계속 효과가 있는 것도 아니고.'

점장의 말이 이제야 이해되었다. 아, 그런 뜻이었구나.

"스트랩 가지고 뭐라고 한 거, 정말 미안해. 생각 없이 한 말이었어. 아니, 깊이 생각하지 않은 것 자체가 잘못이지. 미안해."

가쓰야가 사과했다. 그저 말로만 사과하는 게 아니라 유나의 마음을 헤아리고 있다. 지금까지와는 달랐다. 제대로 대답해야 했다.

……아니, 제대로 대답하지 못해도 괜찮다. 좀 전까지 가쓰야는 어땠는가. 유독 청산유수 같던 평소 말투와 완전히 다른, 지나치게 힘이 들어간 말투였다. 그럼에도 가쓰야의 마음은 온전히 전해졌다.

"괜찮아. 아니, 괜찮지 않지만, 괜찮아."

잘하느냐 못하느냐가 아니라, 전하고 싶은 마음이 얼마나 있는지가 중요하다.

"신경 써줘서 고마워."

마음속에서 소용돌이치는 여러 마음을 한마디에 담는 것. 그것이 유나의 말이었다.

"응."

줄곧 굳어져 있던 가쓰야의 표정이 누그러졌다. 제대로 전해진 듯했다.

그 순간 유나의 안에서 말랑말랑 보드라운 기분이 솟아올랐다. 냐앙에서 느낀 부끄러움과는 다른, 그보다 간질간질하고 북받치는 듯한 기분.

그렇구나. 유나는 깊이 음미하듯 생각했다. 누군가와 마음이 통한다는 건 이런 거구나.

🐾

그 후 유나는 몇 번이고 냐앙을 찾으려 했지만, 결국 찾지 못했다. 그날과 같은 길을 걷고 주변을 샅샅이 뒤져도 그 신기한 가게에 다다를 수 없었다.

꿈이었을까? 가끔 그런 생각이 들었다. 하지만 말하는 이상한 고양이가 준 스트랩은 지금도 유나의 스마트폰에 달려 있다. 역시 실제로 있었던 일이라는 뜻이었다.

참고로 지금 유나의 스마트폰에는 스트랩이 세 개 달려 있다. 냐앙에서 받은 고양이 털로 만든 실루엣 스트랩. 예전에 직접 산 고양이 발 모양 스트랩. 그리고 여행 갔을 때 가쓰야가 사준, 투구를 쓴 지역 마스코트 캐릭터 고양이 스트랩이다.

세 가지 모두 고양이다. 고양이 지수가 지나치게 높다 싶기도 하지만, 유나는 모두 마음에 들었다.

2장

일상에 용기를 채워주는
특대 사이즈 인형

"휴우."

한숨이 나왔지만, 딱히 이유나 의미가 있는 것은 아니었다. 우에무라 슈지에게 한숨은 습관이었다.

일어설 때, 앉을 때, 아침에 눈뜰 때, 밤에 잠들 때. 행동 하나하나가 끝날 때마다 조금 커다란 소리를 내며 숨을 내뱉는다.

이번에는 근처 편의점으로 물건을 사러 갔다가 돌아오는 길이었다. 빨래나 목욕 못지않게 귀찮은 작업이다.

현관문을 잠그고 신발을 벗은 뒤 집으로 들어갔다. 불단에 놓인 놋쇠 그릇 모양 종을 댕 울린 뒤 탁자 앞의 정해진 위치로 이동했다. 좌식 의자에 앉아 리모컨으로 텔레비전을 켰다.

이리저리 채널을 돌렸다. 지상파 디지털 방송으로 바뀐 지 꽤 되었지만, 채널을 돌릴 때 시간이 걸린다는 점에는 여전히 적응이 되지 않는다. 화질이고 데이터 방송이고 뭐고 잘 모르니 솔직히 예전 그대로여도 상관없었다.

— 셋쓰 옥토퍼스, 헤어나지 못한 15연패. 자력 우승 가능성은 이제 사라졌습니다.
— 헤비메탈 밴드는 이제 세계 어느 나라에든 존재하지요. 튀니지 밴드가 메이저 레이블을 통해 일본에서도 CD를 발매하고, 그 후 일본 공연을 여는 등……
— 폭발까지 30초밖에 안 남았어! 빨간 선이나 파란 선 둘 중 하나를 잘라야 해!
— 꽃미남 아이돌 여행, 이번에는 시가현 고난시를 찾아왔습니다.

낮에 텔레비전을 틀면 볼 만한 방송이 하나도 없다. 뭐, 애초에 관심 있는 프로그램 자체가 거의 없기는 하지만.

— 장군님, 아니 됩니다. 그런 일은 이 할아범 눈에 흙이 들어가기 전에는 결코!

　결국 벌써 몇 번째 재방송인지 모를 사극에서 멈췄다. 딱히 예전부터 사극을 좋아한 건 아니다. 나이가 들고 나서 좋아하게 된 것도 아니다. 그저 화면과 대사가 자극적이지 않아서 덜 피로하다는 이유로 보는 것뿐이다.

— 그 가족이 행복하기를 바라는 요시무네였다.

　사극이 끝났다. 이번에는 와이드쇼로 채널을 돌리고, 얼마 지나지 않아 꾸벅꾸벅 졸기 시작했다.
　눈을 떠보니 이미 저녁때였다. 채널을 뉴스로 바꿔 잠시 이 뉴스 저 뉴스를 옮겨 다녔다. 배가 고파졌기에 아까 사 온 빵을 먹었다.
　황금 시간대. 민영 방송에서 두 시간 동안 하는 정보 방송으로 채널을 돌렸다. 특별히 관심이 있는 건 아니지만, 이 시간에는 어느 채널이든 시끌시끌하니 결국 NHK나 정보 방송을 보게 된다.

— 실은 도요토미 히데요시도 치매를 앓았을지도 모른다는 설이 있지요. 예전에 한 대하드라마에서도 이 새로운 설을 등장인물에 적용해 화제가 되었습니다.

진행자의 말을 들으면서 그러고 보니 그런 말이 있었다는 생각이 났다. 으음, 어느 드라마였더라. 배우 얼굴은 기억나는데. 드라마에서 자주 보는 배우다. 이름은 잊어버렸지만.

— 《겐지모노가타리》나 《만요슈》에도 치매 같은 증상에 대해 서술한 부분이 있지요 |《겐지모노가타리》와 《만요슈》는 일본의 대표 고전으로 손꼽히는 장편소설과 가집이다|. 이렇게 인류의 오랜 역사와 줄곧 함께했던 치매라는 병에 대해 최신 의학으로 메스를 대보고자 합니다.

하품이 나왔다. 세간에서 말하는 기준으로 따지면 고령이지만, 슈지는 이제 막 고령자 축에 들어섰을 뿐이다. 배우 이름 하나 기억나지 않는다고 걱정할 필요는 없었다.

멍하니 텔레비전을 보는 사이 다시 배가 고파져서 빵을 하나 더 먹었다. 그러는 동안 정보 방송은 끝이 났다. 채널을 돌려 주인공 배우만 바꿔가며 계속 방영하는 두 시간짜리 서스펜스 드라마를 보고, 그다음으로 뉴스를 보았다. 이제 슬슬 잘 시간이 되었다.

슈지는 자리에서 일어나 한숨을 쉬고서 목욕물을 데우고 욕실로 들어갔다. 목욕을 마친 뒤 옷을 입고 화장실로 가서 이를 닦은 다음, 불단에 가서 종을 댕 울리고 선향을 피운 뒤, 개지 않고 내버려 둔 이불에 들어가 잠을 청했다.

슈지의 평범한 일상이다. 아내가 죽은 뒤로는 대부분 매일 이런 느낌이다. 마음 편히 연금을 받아가며 생활하니 크게 불편할 것은 없었다. 욕심을 부리지 않으면 불만도 없다. 뭐든 적당한 게 최고니까.

특별할 것 없는 일상이지만, 달력에 동그라미가 그려진 날도 있다. 매달 13일. 아내가 세상을 떠난 날과 같은 날짜다. 만사가 귀찮은 슈지도 성묘만은 빼놓지 않고 간다. 아들 슈타로도 딸 교코도 멀리서 가정을 꾸려 살고 있으니 정기적으로 성묘를 할 수 있는 사람은 슈지뿐이었다.

'오늘은 아쉽게도 흐린 하늘입니다. 오후부터는 비가 오는 곳도 있겠습니다.'

아침 정보 방송의 일기예보에서 기상 캐스터가 말했다.

그렇군. 우산을 준비해 가야겠다.

우선 아침으로 빵을 먹고, 한숨을 내쉬며 일어난 다음, 불단의 종을 댕 울리고서 현관으로 갔다. 발을 신발에 끼워 넣고, 문을 열기 전에 한숨을 한 번.

"휴우."

생각보다 큰 한숨이 나왔다. 하지만 반응하는 사람은 없었다. 집에 있는 거라고는 인형들이 전부였다.

전철로 세 정거장 떨어진 곳에 마사코의 묘가 있다. 특별할 것 없는 터 안의, 별다를 것 없는 위치. 우에무라 집안 대대로 사용해 온 가족묘가 없어서 슈지가 만들었다.

슈지와 자식들도 함께 묻힐 수 있도록 가족묘 같은 느낌으로 비문을 새겼다. 지금 사는 집 다음으로 큰 지출이었다. 세 번째로 비싼 건 불단일 것이다. ⋯⋯아니, 마사코에게 선물한 반지일지도 모른다. 얼마였더라. 벌써 몇십 년도 더 전이라 기억이 흐릿했다. 아무튼 비쌌다는 건 기억나지만.

사 온 꽃과 공물용 과자를 올리고 선향을 태웠다. 집에서 하는 일과 다름이 없다. 하지만 아내의 뼈가 무덤 안에 들어 있으니 공물도 선향도 오롯이 전해지는 듯한 느낌이 들었다.

돌아가는 길에 편의점에 들러 빵과 주스와 인스턴트 야키소바 따위를 샀다. 모처럼 바깥에 나왔으니 겸사겸사 볼일을 봐두는 것이다.

봉투를 들고 편의점에서 나와 잠시 걸었을 때 '네코안'이라는 가게 앞을 지나쳤다. 간판을 보니 "무엇이든 고쳐드립니다"란다. 조금 의아했다. 이런 가게가 있었나? 늘 지나다니는 길인데 잘 기억이 나지 않았다.

고개를 갸우뚱했을 때 이마에서 차가운 것이 느껴졌다. 비다. 우산이…… 없다.

"어?"

목소리가 새어 나왔다. 집을 나설 때는 우산을 가져가야겠다고 생각했는데, 완전히 잊어버렸나 보다.

빗줄기가 점점 거세졌다. 슈지는 허둥지둥 달리기 시작했다.

아주 잠깐 뛰었을 뿐인데, 금세 숨이 차올랐다. 정말 잠깐이어서 이동한 거리가 겨우 10미터가 될까 말까 할 정도였다.

결국 도중에 빗발이 약해져서 몸이 흠뻑 젖지는 않았다. 오히려 마음이라 할지 정신에 더 심각한 타격을 입었다.

'실은 도요토미 히데요시도 치매를 앓았을지도 모른다는 설이······.'

텔레비전 방송 첫 부분에 나온 내용이 떠올랐다. 그다음 구체적인 내용은 정확히 기억나지 않지만, 아무튼 이렇게 사소한 일을 자꾸 깜빡깜빡하는 것이 치매 초기 증상 아니었던가?

생각해 보면 요즘 기억을 또렷하게 떠올리기 어려울 때가 많았다. 대하드라마에서 도요토미 히데요시 역을 맡은 배우 이름도 그랬다. 아내에게 사준 반지의 가격도 마찬가지였다.

주변에서 치매에 걸린 사람은 친척 중에 딱 한 명 있었다. 큰아버지의 아들의 처의 친척이니 거의 남이나 다름없지만, 큰아버지의 아들(거의 같은 세대)과 그 처가 '꽤나 고생했다'는 이야기를 들은 적이 있다. 구체적으로 뭐라고 말했는지는 역시 기억나지 않았다.

"휴우우."

현관에 들어섰을 무렵에는 깊디깊은 한숨이 흘러나왔다. 평소보다 훨씬 커다란 한숨이었다. 정말 치매일까? 치매에 걸리면 어찌해야 할지는 생각해 본 적도 없었다.

아이들에게 폐를 끼칠 수는 없다. 슈타로는 일 때문에

해외에 있고, 교코는 아이가 셋이다. 그러면 시설에 들어가야 할까? 하지만 슈지의 연금만으로도 해결이 될까? 아니, 아니, 애초에 들어가기조차 힘들다던가 뭐라던가, 텔레비전에서 본 것 같은데.

답을 찾지 못하고 끙끙 앓던 슈지는 문득 옆을 보았다. 거기에는 신발장이 있고 신발장 위에는 봉제 인형 여러 개가 늘어서 있었다. 언제나 변함없는 현관의 풍경. 전에는 인형의 구성이 바뀌곤 했는데, 지금은 더 이상 변하지 않는다.

무심코 그중 하나로 손을 뻗었다. 조금 색이 바랜 돼지 인형이다. 뒷다리를 쭉 뻗고 사람처럼 앉은 모양새다.

"응?"

슈지는 눈을 깜빡였다. 뭔가 촉감이 이상했다. 묘하게 폭신폭신했다.

"……앗."

반대쪽으로 뒤집어보고 나서 깜짝 놀랐다. 인형 등 부분의 솔기가 터진 듯 보였다. 그리고 거기에서 하얀 무언가가 넘쳐흐르듯 튀어나와 있었다.

슈지 나름대로 어떻게든 해보려고 이것저것 시도했다. 튀어나온 하얀 것, 솜인지 뭔지를 안으로 집어넣으려고도 해보고, 튀어나온 부분을 빼고 틈을 막아 보려고도 했다.

하지만 잘 되지 않았다. 집어넣으려 해도 잘 들어가지 않았고, 이미 튀어나온 부분을 빼면 인형이 흐물흐물하게 오그라들었다.

"큰일이구만."

슈지는 몹시 난감했다. 망가졌다고 그냥 버릴 수도 없는 노릇이었다. 아내가 남긴 인형이기 때문이다.

취미다운 취미도 없이 하루하루 밝고 쾌활하게 일상을 보내는 것만으로도 만족하는 듯했던 아내가 유일하게 관심을 가진 것이 바로 인형이었다.

종류는 각양각색이었다. 테디 베어나 디즈니의 강아지 캐릭터(옷을 입고 있는 쪽인데, 이름은 까먹었다)처럼 슈지도 어렴풋이 아는 유명한 것부터, 어디서 나왔는지도 모를 어설픈 마스코트 캐릭터, 나잇값 못하고 인형 뽑기 기계에서 뽑은 만화 캐릭터까지 아무튼 폭넓다. 아이들을 데리고 수족관에 갔을 때 마사코가 가장 큰 물범 인형을 산 적도 있다.

이 찢어진 인형은 인형들 중에서도 상당히 고참이다. 어렴풋이 기억난다. 결혼하기 전 나가노로 여행을 갔을 때 산 인형이다.

어찌 되었든 혼자 힘으로 고치기는 어렵다. 그럼 어디로 가져가면 좋을까? 업종별 전화번호부를 뒤져보면 될까?

거기까지 생각했을 때 떠올랐다. 물건을 고치는 가게가 있었던 것 같은데. 본 적이 있다, 방금 전에.

슈지는 집을 뛰쳐나왔다. 적당한 것이 없어서 인형은 가전제품 매장의 종이봉투에 담아서 들고 왔다. 소나기였는지 비는 이미 그친 뒤였다.

가게 위치는 기억이 가물가물했지만, 어찌어찌 찾아냈다. 가게 앞에 있는 칠판 같은 질감의 간판 덕분에 알아보았다.

간판에는 분필로 "네코안, 무엇이든 고쳐드립니다"라고 적혀 있었다. 과연 그 '무엇이든' 안에 인형도 포함될까, 포함되지 않을까. 알 수 없지만 일단 들어가 보는 수밖에 없다.

"실례합니다."

슈지는 문을 열고 안으로 들어갔다.

왼편에는 카운터, 오른편에는 테이블 자리. 마치 찻집 같은 구조였다. 카운터 위에는 일본식 우산이 펼쳐져 있어 시대극에 나오는 산마루의 찻집 같은 느낌이었다. 기다란 의자에 앉아서 메밀국수나 경단을 먹기도 하고, 각각 반대쪽을 보고 앉아 밀정과 눈을 마주치지 않은 채 정보를 교환

하기도 하는 거기 말이다.

"어서 오세요."

점원이 말을 걸었다. 어깨끈으로 기모노 소매를 걷어 맨 말괄량이 소녀……는 물론 아니고 앞치마를 두른 남자 점원이었다.

아이돌 가수처럼 잘생긴 청년이다. 나이는 20대 중반 혹은 초반쯤 될까.

머리는 천연 곱슬 같았다. 키는 슈지보다도 훨씬 컸는데, 반대로 체격은 슈지보다 꽤나 호리호리했다. 몸에 두른 앞치마에는 고양이 그림과 '네코안'이라는 글자가 적혀 있었다.

"이쪽으로 오세요."

청년이 카운터 의자를 가리켰다.

"예."

슈지는 꾸벅 고개를 숙이고 카운터로 가서 의자에 앉았다.

"휴우."

그리고 큰 한숨을 내쉬었다.

"피곤하세요?"

카운터 안쪽으로 들어간 청년이 걱정스레 물었다.

"아, 아니, 괜찮습니다."

슈지는 눈을 크게 떴다. 늘 쉬던 한숨이 무심코 나와버렸기 때문이다.

"당신, 이미 습관이 된 모양이구먼."

그 말을 듣고 움찔 놀랐다. 청년과 달리 나지막하고 힘 있는 목소리였다.

주변을 돌아보았다. 청년은 자기가 아니라는 듯이 고개를 저었다. 하지만 가게 안에는 그 말고는 아무도 없었다. 그럼 대체 누가—

"없니 마니 해도 일곱 버릇|누구에게나 버릇이 있다는 뜻의 속담|이라는 말이 있다네. 누구나 버릇이 꽤 있기 마련이지."

카운터 맞은편에서 고양이가 불쑥 얼굴을 내밀었다. 갈색 털에 검은색 줄무늬. 그야말로 잡종 고양이 그 자체다.

"하지만 너무 눈에 띄는 버릇은 한번 생각해 보는 편이 좋을지도 모르겠군. 특히 한숨은 몹시 부정적인 뜻을 가진 '제스처'지. 그 나이쯤 되면 지적해 주는 사람도 거의 없을 테고."

낮은 목소리가 고양이의 입에서 흘러나왔다.

"으아앗."

슈지는 소스라치게 놀랐다. 고양이가 사람 말을 한다!

"저희 점장님이에요."

청년이 그렇게 소개했다.

"틀렸네. 나는 암주일세."

점장이라 불린 고양이는 불만스러워 보였다. 암자의 주인이라서 암주庵主인 모양이다. 센노 리큐ㅣ일본의 다도를 정립한 역사적 인물ㅣ인지 뭔지 같은 건가.

"어, 저기."

그렇게 납득하고 있을 때가 아니었다. 이 가게는 대체 뭘까? 소위 말하는 서프라이즈 쇼라서 다른 방에서 탤런트가 웃으며 모니터를 보고 있는 건 아닐까? 아니, 하지만 요즘은 일반인을 대상으로 한 서프라이즈 쇼는 거의 없어졌으니 그것도 아닌 듯했다.

"차 드세요."

청년이 슈지 앞에 찻잔을 놓아주었다. 김이 나는 녹차다.

"점장님도요."

청년은 점장 앞에도 찻잔을 놓았다.

"음, 어디 보자."

점장이 양손(아니, 앞발이라 해야 할까)으로 찻잔을 쥐고 호로록호로록 차를 마셨다.

"다과도 드세요."

청년은 이어서 슈지와 점장 사이에 접시를 내려놓았다.

접시에는 흰 포장지에 든 과자 같은 무언가가 여러 개 놓였다.

"돗쿠리 모나카라고 해요. 기후현 도키시에 있는 '고케이虎溪'라는 화과자점에서 만드는 과자죠."

청년이 설명해 주었다. 확실히 돗쿠리│주둥이가 좁은 도자기나 금속 재질의 술병│같은 모양이었다.

"그러고 보니 그저께 우에노 씨가 왔을 때 이것도 들여왔지. 음, 나쁘지 않은 조합이구나."

점장은 그렇게 말하더니 찻잔을 내려놓았다.

"자, 그럼 먼저 하나."

그러고는 돗쿠리 모나카를 하나 들고 포장지를 벗겨 베어 물었다.

"흐음, 참으로 맛있도다."

점장은 만족스러운 듯 미소 지었다. 동작 하나하나가 꼭 사람 같다.

"자, 자네도 들어보게."

점장이 슈지에게 먹어보라고 재촉했다.

"아, 예……."

뭐가 뭔지 모르는 상태로 슈지는 돗쿠리 모나카라는 과자를 집어 들었다. 손바닥에 쏙 들어갈 만한 크기였다.

포장지에는 '돗쿠리 도소とっくり陶祖'라고 적혀 있다. 무슨 뜻일까?

"도키시는 도자기의 마을이라서 말이지. 돗쿠리나 사발 같은 도자기가 특산물이야."

물끄러미 보고 있으니 점장이 설명해 주었다.

"거기서 유래해 고케이라는 가게에서 만든 것이 바로 돗쿠리 도소 모나카, 통칭 돗쿠리 모나카라네."

"그렇군요."

포장지를 벗겨 보았다. 정말 돗쿠리 모양이었다. 양파 같기도 했다. 모나카 겉면에는 도소|陶祖, 처음 가마를 연 도공 또는 도자기를 부흥시킨 장인이라는 뜻|라는 글씨를 꾹 눌러 새겨 놓았다. 보일시변示을 간략한 형태가 아니라 본래 형태 그대로 썼다|祖가 祖로 표기되어 있다|. 왠지 분위기가 있어 좋았다.

슈지는 돗쿠리 모나카를 살짝 베어 먹었다. 겉은 바삭하니 모나카다운 식감이었다. 그리고 바로 이어서 안에 든 것이 넘쳐흘렀다. 팥소…… 으깨지 않은 팥소다.

팥소라고 하면 작은 팥 알갱이들을 떠올리기 쉽지만, 이 팥소에 든 통팥은 존재감이 있었다. 데굴데굴 입 안에서 굴러다닌다.

"하아."

베어 문 부분을 삼키고 나서 슈지는 숨을 내쉬었다. 평소처럼 땅이 꺼질 듯 내뱉는 숨이 아니라, 자연스럽게 흘러나온 부드러운 숨이었다.

"맛있네요."

슈지는 진심 어린 감동을 말로 표현했다.

앙금에도 팥 알갱이에도 진하고 강렬한 자극은 없었다. 전체적으로 부드럽고 온화한 단맛이 있어서 어깨의 힘을 빼고 편안하게 맛볼 수 있었다. 먹다 보면 행복이 온몸으로 천천히 스며드는 듯한 느낌이 드는 과자였다.

다만 가볍게 끝나버리지는 않았다. 보기보다 훨씬 묵직하고 양이 많았다. 팥소가 깜짝 놀랄 만큼 꽉꽉 들어차 있기 때문이다. 껍데기는 아주 얇은데 어떻게 이런 균형감을 만들어내는지 신기할 정도였다.

"마음에 드셨어요?"

청년이 물었다.

"아, 네."

슈지는 고개를 끄덕이며 나머지까지 모두 먹었다. 마지막에는 껍데기가 입천장에 달라붙어서 차를 마셨다.

"후아."

녹차 또한 모나카와 아주 잘 맞았다. 여리고 보드라운

맛으로 모나카의 단맛을 훌륭하게 끌어 올려주었다.

"새로운 발견도 생각보다 괜찮지 않은가?"

점장이 말했다.

"똑같은 음식을 먹고 똑같은 생활을 반복하고. 그런 생활 자체는 나쁘지 않다네. 은퇴 후의 삶이란 대부분 그런 거겠지. 하지만 그저 멍하니 반복하기만 하다가는 무뎌지고 말 게야. 인간은 참 불편하게도 말이네, 어떤 방향으로든 나아가지 않으면 쇠하도록 만들어져 있으니까."

움찔해서 점장 쪽을 보았다. 점장은 슈지의 눈길을 받고 웃었다. 마치 전부 다 꿰뚫어 보고 있다는 듯이.

"그런 점에서 고양이는 정말 좋겠네요. 화장실 갔다가 먹고 자고 먹고 자고 털 고르고, 그렇게 생활해도 아주 건강하잖아요."

옆에서 듣던 청년이 점장의 말에 장난을 걸었다.

"뭐라! 내가 그리 단정치 못하게 지낸다는 뜻이냐!"

그러자 점장은 펄쩍 뛰며 성을 냈다.

"군자란 늘 태연하고 담담해야 하는 법. 꼬맹이 같은 소인은 잘 모르겠지만 말이다!"

군자라면 장난을 쳐도 동요하지 않는 편이 좋지 않을까……라고 생각하다가 슈지는 흠칫 놀랐다. 어느새 점장의 존재를 당연하게 받아들이기 시작했다.

"정말이지 괘씸한 꼬맹이로고."

점장은 고개를 홱 돌리더니 카운터 너머로 사라졌다. 잠시 후, 카운터 끝에 있는 문이 끼익 하고 밀리며 열렸다.

"세상에, 맙소사."

슈지는 어안이 벙벙해졌다. 문에서 나온 건 점장이었다. 뒷발로 서서 자박자박 걷는다. 말뿐만 아니라 걷는 방법까지 사람 같았다.

"읏차."

점장은 옆 의자에 앉더니 슈지를 쳐다보았다.

"자, 그럼 무슨 일로 왔는지 말해보게. 고양이 손을 빌려주지."

"어, 그게, 사실은 말이지요."

유지는 가져온 종이봉투에서 돼지 인형을 꺼냈다.

"인형이 찢어져…… 버리는 바람에."

"아이고."

청년의 눈이 동그래졌다. 찢어진 모양이 특이해서일까, 아니면 슈지 같은 사람이 인형을 가져왔다는 사실에 놀라서일까?

"흐음."

점장은 돼지 인형을 끌어안듯 들고 살피기 시작했다. 옆에서 보면 고양이와 돼지가 엉겨 붙어 싸우는 것처럼 보이기도 했다.

"실이 약해져 뜯어진 것이로군. 인형이라 해도 사람이 만든 것이니 언젠가는 망가지기 마련이지."

그렇게 말하더니 점장은 카운터 위에 돼지를 내려놓았다.

"단순히 속을 채우고 맞춰 꿰매기만 한다면 금방 할 수 있지만, 그걸로는 부족하겠어. 꽤나 햇볕에 바랬군. 상당히 연식이 있어 보이는데?"

"네, 맞습니다."

슈지는 두 번째 돗쿠리 모나카를 집으면서 추억을 떠올렸다.

"죽은 아내에게 사준 인형입니다. 아직 결혼하기 전이었죠."

나가노에 여행을 갔을 때였다. 지나다 들른 상점가에 장난감 가게가 있었는데, 그 가게 앞에 이 인형이 놓여 있었다. 아내는 얼굴이 슈지와 닮았다고 몹시 기뻐하면서 인형을 사달라고 했다. 아무리 귀엽다 해도 돼지 인형과 닮았다며 웃다니 너무하다 싶어 당시에도 제법 항의했던 기억이 있지만, 결국 인형을 사주었다.

돼지 인형은 늘 둘과 함께였다. 처음 둘이서 살기 시작한 공동주택에서도, 아이가 생기고 새로 이사한 단독주택에서도, 돼지 인형은 가족의 일원처럼 듬직하게 곁을 지켰다. 슈타로에게 이리저리 내던져지고, 교코의 소꿉놀이 상대를 해주고, 두 아이가 성장해서 집을 나간 뒤로는 현관에서 계속 집을 지켜주었다.

"벌써 몇 년째인지. 같이 살기 전이었으니 40년도 더 되었을까요."

차를 마시고 후우 하고 숨을 내쉬었다. 말하느라 지쳤다고 할 정도는 아니지만, 정말 이상한 기분이었다. 생각해보면 이렇게 다른 사람과 말을 나누는 것도 아주 오랜만이었다.

"음. 그런 것이로군."

점장이 앞발을 팔짱 끼듯 꼬며 끄덕였다.

"잠시 맡아두지. 아무리 이 몸의 솜씨라도 조금 시간이 필요하겠어."

"스스로 '이 몸의 솜씨라도' 라니 너무 잘난 척하시는 거 아니에요?"

청년이 눈썹을 치켜올리는 듯한 표정을 지으며 말했다.

"바보 같은 소리. 꼬맹이도 나의 스킬에 압도당해 가르침을 청하러 오지 않았더냐."

"뉘앙스가 다른걸요. 점장님, 나이를 너무 많이 드셔서 기억이 여러모로 흐려지신 거 아니에요?"

"그럴 리가! 그 오다 우후|織田右府, 오다 노부나가를 부르는 다른 명칭으로 '우후'는 우대신이라는 관직을 뜻한다| 놈의 군세와 칼을 맞댄 것도 어제 일처럼 똑똑히 기억하느니라."

"오다 우후요? 어디 사는 고양이랑 영역 다툼을 벌이셨는지 모르겠지만, 옛날 일을 또렷이 기억한다고 해서 괜찮다는 뜻은 아니에요. 실제로는 최근 기억부터 모호해진다고 하잖아요."

두 사람의 만담을 듣던 슈지는 간담이 서늘해졌다. 옛날 기억조차 모호하기 때문이다. 더 큰일인 것 아닌가?

"에이, 생떼쟁이 꼬맹이로군. 두고 봐라!"

점장은 분하다는 듯이 말하고는 슈지 쪽으로 시선을 돌렸다.

"뭐, 아무튼 그건 그렇고. 자네에게는 대신할 물건을 주지."

"대신할 물건이요?"

"음. 꼬맹이, 그걸 가져오거라."

94

점장은 어리둥절한 슈지에게 고개를 끄덕여 보이고 청년에게 지시했다.

"네, 네."

청년은 카운터 맨 안쪽에 있는 문을 열고 바깥으로 나갔다.

"그런데 자네, 몇 년 되었나?"

슈지가 세 번째 돗쿠리 모나카를 뜯으려 할 때 점장이 말을 걸었다.

"몇 년? 어어, 뭐가 말입니까?"

"반려자를 잃은 것 말일세."

포장지를 벗기던 손을 멈췄다.

"……3년, 됐습니다."

사고였다. 아내는 건강을 챙기고 매일 운동도 했건만, 발작을 일으킨 운전자의 차에 의해 모든 노력이 물거품이 되어버렸다.

"그렇군."

점장이 슈지를 지그시 바라보았다.

"언젠가는 마주해야만 한다네."

가슴을 세차게 찔린 듯한 기분이었다. 그건, 그 말의 뜻은…….

"점장님도 이것과 마주해 보시지요."

어느새 돌아온 청년이 점장 옆에 점장을 내려두었다.

"어."

슈지는 깜짝 놀랐다. 점장이 두 명(아니, 두 마리인가)으로 늘어났다.

"인형인데, 똑 닮았죠?"

청년이 웃었다.

"말하자면 이건 나의 모상模像이라네. 꼬맹이도 이해할 수 있도록 쉽게 말하자면 동상 같은 것이지."

두 점장 중 한쪽이 다른 쪽 고양이의 머리 위에 앞발을 올리고 말했다. 움직이는 쪽이 점장이고, 움직이지 않는 쪽이 인형인 모양이었다.

"충견 하치처럼 누가 만들어주지는 않으니 직접 만드신 거죠."

"그런 게 아니다! 그보다 왜 굳이 개와 비교하느냐! 사이고 아무개라든지 니노미야 아무개라든지|각각 일본에서 잘 알려진 인물로 동상이 세워져 있다| 그 밖에도 여러 가지가 있거늘!"

"점장님은 고양이잖아요. 개랑 비교하는 게 어울려요."

"이 꼬맹이 녀석!"

점장이 청년에게 달려들자 청년이 점장 인형을 방패 삼

아 공격을 막았다. 정말 똑같이 생겨서 뭐가 뭔지 모를 지경이었다.

"아무튼! 인형을 맡고 있는 동안 자네에게는 이걸 빌려주지."

점장은 그렇게 말하더니 인형 가슴 언저리에 앞발 발바닥을 꾹 눌렀다. 그러자 놀랍게도 인형이 눈부신 빛을 뿜어내기 시작했다.

"와앗!"

슈지는 별안간 일어난 일에 소스라치게 놀랐다. 점장 인형은 얼마간 계속해서 빛나더니 이윽고 잠잠해졌다.

원래대로 돌아간 듯했지만, 크게 달라진 점이 있었다. 점장 인형의 가슴팍에 커다란 발바닥 표시가 나타난 것이다.

"수선은 사흘이면 끝나니 그때 다시 가져오면 된다네."

얼떨떨한 슈지에게 점장이 말했다.

가게를 나선 슈지는 집을 향해 걷기 시작했다.

손에 든 가전제품 매장 종이봉투에는 점장 인형이 담겨있었다. 인형을 맡겼더니 다른 인형을 대신 빌려주었다. 아주 묘한 기분이었다. 자동차 검사를 위해 차를 맡길 때 차량을 대여해 주는 것과 비슷하다고 해야 할까?

집으로 돌아와 휴 하고 한숨을 쉬었다. 그러고 나서 종이봉투에서 인형을 꺼냈다.

보면 볼수록 점장과 똑 닮았다. 조금 능글맞아 보이는 얼굴부터 석양을 떠올리게 하는 눈동자의 색까지 완벽하게 표현해 냈다.

지금까지 돼지 인형이 앉아 있던 자리에 점장 인형을 놓아보았다. 장승처럼 우뚝 선 모습은 존재감이 무척 뛰어났다.

"휴우."

다시 한번 한숨을 쉬고 나서 신발을 벗고 안으로 들어섰다. 우선 텔레비전이라도 볼까.

'그저 멍하니 반복하기만 하다가는 무뎌지고 말 게야.'

좌식 의자에 막 앉았을 때 점장의 말이 뇌리에 되살아났다.

점장이 무슨 말을 하고 싶어 하는지는 알았다. 하지만 실제로 그리 쉽게 행동에 옮길 수는 없었다. 어떻게 해야 좋을지 모르기 때문이다.

— **카마이클 요원. 거래를 하자. 증인 보호 프로그램을 신청하지.**

그리고 슈지는 다시 텔레비전을 바라보았다. 멍하니, 아

98

무 목적 없이.

　다음 날 아침, 슈지는 거의 평소와 같은 시간에 눈을 떴다. 평소 같으면 아침도 빵으로 때우겠지만, 오늘은 왠지 배가 고파서 야키소바 컵라면을 먹기로 했다. 아침에 잔뜩 먹어두면 밤까지 배가 고프지 않아서 편하다는 이유도 있었다.

　주전자로 물을 끓이고 컵라면에 부었다. 기다리기 귀찮아서 정해진 시간보다 일찍 물을 버렸다. 밥상으로 들고 가서 편의점에서 받아 온 나무젓가락을 갈랐다. 자, 이제 먹어볼—

　"설마, 그게 아침밥이야?"

　뒤에서 목소리가 들려왔다.

　"아침에 어느 정도 먹어두면 낮에는 안 먹어도 돼서 편하다고 생각하는 건 아니겠지?"

　몹시도 그리운, 그리고 두 번 다시 듣지 못하리라 생각했던 목소리.

　"마사코?"

　3년간 부른 적 없는 이름을 입에 담으며 뒤를 돌아보았다.

　"정말이지, 그냥 놔두면 끝도 없이 허술해진다니까."

거기에는 점장 인형이 있었다. 뒷발로 우뚝 서서 앞발로 팔짱을 끼고 있다.

"엄하게 바로잡지 않으면 안 되겠는걸."

점장 인형이 말했다. 마사코…… 다름 아닌, 아내의 목소리로.

버리면 아깝다는 이유로 야키소바 컵라면은 먹어도 된다는 허락이 떨어졌다.

"자, 이제 시작해 볼까."

그리고 다 먹자마자 인형은 지체 없이 지시를 내리기 시작했다.

"먼저 청소! 청소기를 돌려야지! 어차피 처음에 가끔 돌리다가 먼지 봉투가 가득 찬 다음부터는 갈아 끼우기 귀찮아서 거의 안 돌렸지?"

"아니, 잠깐 기다려봐."

인형의 말은 대부분 사실이지만, 그보다 중요한 부분이 있었다.

"마사코, 당신이야?"

"당연하지."

인형은 흥 하고 콧방귀를 뀌었다. 인형인데도 제대로 흥

소리가 났다.

"당신같이 빈틈투성이인 사람 뒤치다꺼리를 나 말고 또 누가 해줘. 자, 먼지 봉투 교체해야지. 새 봉투는 2층 왼쪽 방에 있어. 얼른얼른!"

그렇게 말하고 손뼉을 치며 재촉하는 모습에 마사코의 생전 모습이 겹쳐졌다.

"자, 우두커니 서 있지 말고!"

공기를 떨리게 하는, 그보다는 공기를 관통하는 듯한 음성. 시원시원하다 못해 성급한 말투. 무작정 밀어붙이는 힘찬 어조. 틀림없이 마사코였다. 두 발로 서서 걷고 말하는 고양이 다음은 죽은 아내의 목소리로 말하는 인형의 등장이라니. 정말 뭐가 어떻게 된 건지.

"어서 일어나서 걸어야지!"

계속 혼란스러워하면서도 슈지는 점장 인형의, 아니 마사코의 지시를 따르기 시작했다. 옛날부터 그랬다. 마사코의 목소리는 거스를 수가 없다.

"완벽하다고는 말하기 힘들지만, 우선 꼭 해야 할 부분은 했네. 내일부터는 더 꼼꼼히 주의 깊게 돌리기야."

마사코의 허락이 떨어진 것은 정오가 지나 어느 정도 시간이 흐른 뒤였다.

"뭐? 아니, 이 정도면 괜찮잖아."

슈지는 불단이 있는 방의 다다미 위에 널브러진 채 입술을 삐죽였다. 이불을 개어두라고 해서 아무것도 없는 다다미 위에 그대로 누워 있는 참이었다.

"전혀 안 괜찮습니다요."

마사코는 그렇게 말하더니 도코노마│다다미방의 한쪽 바닥을 한 층 높게 만든 뒤 족자나 꽃 등을 장식하는 곳│ 위로 뛰어들어 데굴데굴 굴렀다.

"이거 봐! 먼지투성이잖아!"

돌아온 마사코의 몸에는 확실히 먼지가 잔뜩 붙어 있었다. 자기 몸을 먼지떨이로 삼은 듯한 모양새였다.

"매일 하라고는 안 하겠지만, 어느 정도 주기로 해두지 않으면 손쓸 수 없게 돼."

마사코는 총총 걸어 슈지 앞에 섰다.

"여기처럼 말이야!"

그러고는 슈지의 배에 펀치를 먹였다.

"커흑."

슈지는 자기도 모르게 만화 같은 신음 소리를 내며 몸을 앞으로 구부렸다.

"뭐야, 그 지방은. 생활습관병|생활 습관의 영향으로 생기거나 악화되는 병으로 과거에는 주로 성인병이라 불렀다| 수준이 아닌데. 뭔가 새로운 생물이 살고 있을 것 같잖아."

"그런가. 예전부터 이랬잖아."

슈지는 젊은 시절부터 줄곧 요즘 흔히 말하는 '통통한 체형'이었다. 괜히 돼지 인형과 붕어빵이라는 소리를 들은 게 아니었다.

"아니요. 분명히 악화됐거든요."

찰싹찰싹 슈지의 배를 부러 두드리고서 마사코가 선언했다.

"먼저 체조부터 시작하는 거야. 자, 일어서."

"에이, 귀찮은데."

"당신은 이제 예순도 훌쩍 넘었으니까 젊었을 때처럼 생각하다가는 따끔한 맛을 보게 될 거야. 생활습관병에 걸릴 뿐만 아니라 하반신이 약해지면 집에서 넘어져서 크게 다칠 수도 있고, 운동 부족은 치매의 원인이 되기도 하니까. 건강에 안 좋은 일을 하려고 해도 체력이 필요해. 나이가 들면 분수를 생각하며 살아야지."

"으음."

그렇게 말하면 할 말이 없다. 안 그래도 건망증이 신경 쓰이는 참이었으니.

"알았어, 알았어."

슈지는 마지못해 자리에서 일어섰다.

"자, 그럼 다리 벌리고. 그다음 양팔을 굽히면서 가슴 앞에서 양손을 맞잡은 뒤 펴줍니다."

마사코는 인형 팔다리를 휘두르며 마치 트레이너처럼 동작을 가르쳤다.

"이게 운동이 되나?"

슈지는 금방 투덜투덜 불만을 터뜨렸다. 이런 걸 진지하게 하면 왠지 모르게 낯부끄럽다.

"우선은 준비 운동이지. 자, 이번에는 가볍게 흔들고. 하나, 둘, 셋, 넷!"

처음에는 소꿉놀이 같은 동작이었지만, 움직임이 서서히 격해져서 끝날 때쯤 되니 땀범벅이 되었다.

"NHK에 체조 방송이 있으니까 그거라도 보면서 꾸준히 해봐. 최종적으로는 유산소 운동을 제대로 할 수 있게 되는 게 목표야. 그렇게라도 하지 않으면 살 못 빼."

"으아아."

슈지는 비명을 질렀다. 유산소 운동이라면 걷기나 조깅

같은 걸까? 그렇게 힘들어 보이는 건 좀 봐줬으면 좋겠다.

"수분 보충하고 쉰 다음에는 욕실 청소야. 아까 봤는데, 그게 뭐야. 곰팡이 천지잖아. 곰팡이한테 세라도 줬어?"

하지만 마사코는 인정사정없이 몰아붙였다. 이런 점도 역시 마사코다.

마사코는 늘 앞으로 앞으로 가버린다. 마지막의 마지막까지도 그랬다.

욕실 청소가 끝나자 슈지는 마사코가 말하는 대로 근처 슈퍼에 갔다. 편의점이 아닌 곳에서 장을 보는 것도 오랜만이었다.

슈지가 주문한 물건을 사서 돌아오자 마사코는 말했다.

"자, 가르쳐 줄 테니 요리해 봐. 연습해야지."

"에이. 장난은 장날에 해."

슈지는 웃어넘겼다. 65년 넘는 인생, 요리는 단 한 번도 해본 적이 없었다. 앞치마를 둘러본 적도 없을 정도다. 이제 와서 연습해 봤자 무슨 소용이 있을까.

"재미없는 농담은 됐고. 이제 시작할게. 준비해."

마사코의 목소리는 완전히 진심이었다.

"알겠어? 고형 카레로 만드는 카레는 초보자에게 알맞은 요리야. 상자 뒷면에 적혀 있는 대로 만들기만 하면 카레가 되니까. 그러면서도 썰고 볶고 끓이는 기본 동작이 모두 들어가서 연습하기 좋지."

싱크대 위에 올라선 마사코가 말했다.

"응."

하지만 대답하는 것이 고작이었다. 왜냐하면 지금 슈지는 식칼을 쥐고 있기 때문이다. 그래, 식칼이다. 어쩌면 난생처음일지도 모른다. 설마 환갑 지나서 이런 날이 올 줄이야.

"루를 바꾸면 스튜나 하이라이스도 만들 수 있고, 고기 감자조림도 만드는 방법은 거의 똑같아. 이것만 할 줄 알면 가짓수가 늘어나지. 전부 다이어트식은 아니지만, 밥 양을 적게 하면 되고. 적어도 야키소바 컵라면이나 빵만 먹는 것보다는 훨씬 나아."

마사코가 이것저것 말했지만, 고개를 위아래로 흔들 뿐 더는 대답도 나오지 않았다. 껍질을 벗긴 당근에 벌벌 떨며 식칼을 댔다.

"아니, 아니지. 누르는 손 모양은 이렇게. 좀 더 고양이 손처럼 구부려야 해."

마사코가 끼어들어 손가락을 하나하나 구부리게 했다.

"누르기가 힘들단 말이야."

슈지는 불평을 꺼냈다. 이렇게 하면 손가락을 다칠 위험이 적다는 사실쯤은 알지만, 실제로 해보니 채소를 가만히 잡고 있기가 너무나 어려웠다.

"투덜거리지 말고."

"예, 예, 알았어."

그렇게 말하고 다시 조리를 시작하려 했다.

"……마사코? 왜 그래?"

슈지는 어리둥절해졌다. 마사코가 올려둔 손을 치우지 않았기 때문이다.

"아뇨, 아무것도 아니랍니다."

마사코는 그렇게 말하며 살며시 손을 거두었다.

카레는 제법 맛있었다. 거의 대부분은 식품 회사가 맛을 낸 셈이지만, 슈지는 자신이 만든 음식이 이렇게나 맛있다는 사실에 놀랐다.

밥을 먹고 설거지한 뒤 목욕을 하려 했더니 마사코가 식후에 바로 물에 들어가면 좋지 않다고 해서 조금 시간을 두고 들어갔다. 말끔해진 욕실에서 느긋하게 보내는 시간은 꽤 쾌적했다.

목욕을 마치고 나올 무렵에는 완전히 졸음이 쏟아지기 시작했다. 마사코에게 슬슬 자야겠다고 말하자 마사코도 함께 자자고 해서 둘은 나란히 누웠다.

"양치질할 때는 물 꼭꼭 잠그고. 물 틀어놓는 버릇 아직도 그대로더라."

슈지는 도무지 잠들 수 없었다. 마사코가 옆 이불에서 이런저런 잔소리를 했기 때문이다.

"그리고 2층 복도 전구는 왜 하나가 계속 나가 있어? 위험하잖아."

"아니, 절약해야겠다 싶어서."

졸음을 참으며 변명했더니 "순 거짓말쟁이. 사러 가기 귀찮은 것뿐이면서. 정말 절약 운운할 거면 이 닦을 때 물을 잠그시죠"라고 바로 봉쇄당했다.

"알았어, 알았어."

쩔쩔매며 옆을 보니 인형의 모습으로 이불 속에 들어간 마사코가 보였다. 농담 같은 광경이었다.

"그 '알았어'는 모를 때 하는 '알았어'네. ……아, 그러고 보니 신문이 하나도 없는데 어떻게 된 거야? 제대로 읽는 게 가장 좋은데. 슈타로도 '이러니저러니 해도 인터넷 정보도 결국 신문이나 주간지에서 옮겨 싣는 거'라고 했으니까."

마사코는 연거푸 말을 쏟아냈다. 그래, 그랬지. 자기 직전이면 마사코는 늘 평소보다 더 수다스러워지곤 했다.

"해지했어. 읽은 다음 내놓기가 귀찮아서."

"그럼 못써. 당신은 책도 안 읽으니까 글자 읽는 습관을 들이지 않으면 정말로 머리가 둔해질 거야. 깜빡깜빡하는 건 나이 들면 누구나 있는 일이지만, 그렇다고 그냥 놔두면 더 나빠지니까."

"알았어, 알았어."

"그리고 요리도 꼭 해 먹어야 해. 어차피 정리 안 해서 모를 테니 말해두지만, 2층 가운데 방 서랍에 내 레시피 노트가 있으니까 그거 보고 요리 제대로 하기야. 또, 그리고 또……."

거기서 말을 끊은 마사코가 잠시 후 불쑥 중얼거렸다.

"미안해."

시끄러울 정도로 기운차던 지금까지의 모습과는 전혀 달랐다. 슬픔인지 후회인지 모를, 그러면서 둘 다인 듯도 한 목소리.

"먼저 가버려서 미안해."

마사코는 친구와 쇼핑을 갔다가 돌아오던 길에 세상을 떠났다. 친구와 헤어지고 혼자 걷다가 사고를 당했다. 그 자리에서 숨이 끊어졌다.

"미안해하지 않아도 돼. 당신 잘못이 아니니까."

잊으려 했던 기억이 되살아났다.

마사코가 죽고 나서 슈지는 몇 번이고 몇 번이고 자신을 탓했다. 쇼핑하러 같이 갈걸. 적어도 돌아오는 길에 아내를 데리러 갔다면 좋았을 텐데. 마사코는 정년 이후에도 줄곧 집안을 돌봐주었는데, 자신은 아내를 위험에서 지켜주지도 못했다.

빈둥빈둥 하는 일 없이 하루하루를 흘려보내면서도 아내의 묘만은 거르지 않고 찾았던 것도 그래서였다. 적어도 속죄만은 하고 싶었으니까. 무엇 하나 보답하지 못한 것에 대해서.

"밥 잘 챙겨 먹어야 해."

마사코의 목소리가 가늘게 떨렸다.

"사실은 더 많이 해주고 싶은데, 이제 그럴 수 없으니까."

"응."

어째서 이런 말밖에 나오지 않을까.

"알았어."

마사코에게 전하고 싶은 말은 훨씬, 훨씬 더 많았을 텐데.

"여보."

얼마나 지났을까. 슈지가 꾸벅꾸벅 졸기 시작했을 때 마사코가 물었다.

"돼지 인형이 안 보이는데, 어떻게 된 거야?"

"아, 그건 말이지. 인형이 오래돼서 실이 뜯어진 모양이더라고. 지금 수선집에서 고치고 있어."

그렇게 설명하자 마사코는 신기하다는 듯이 웃었다.

"어머, 그랬구나. 난 또, 당신이 실수로 버린 줄 알았어."

"버리다니."

생각보다 딱딱한 목소리가 튀어나왔다.

"버릴 리가 없잖아."

"그래."

마사코의 목소리는 왠지 기쁘게 들렸다.

"있지, 내가 인형을 모으기 시작한 건 그 돼지 인형 때문이었어. 젊었을 때 돈이 없어서 늘 같은 옷만 입던 당신이 나한테 인형을 사준 게 너무 기뻐서. 그때부터 인형을 좋아하게 됐지."

그 말에 뭐라고 대답했던가. 슈지는 기억이 나지 않는다. 금세 잠들어 버렸기 때문이다. 마사코의 밝은 목소리만 유독 또렷이 기억에 남았다.

"잘 잤어?"

다음 날, 슈지는 눈을 뜨자마자 마사코에게 말을 걸었다.

그런데 대답이 없었다. 옆을 보니 이불 위에 마사코가 누워 있었다.

"마사코?"

마사코는 꼼짝도 하지 않았다. 슈지는 그제야 깨달았다. 마사코가 아니었다. 인형은 다시 인형으로 돌아갔다.

자세히 보니 가슴팍에 찍혀 있던 발바닥 무늬가 사라져 있었다. 인형에 담겨 있던 어떠한 힘이 사라졌다는 걸 슈지도 알 수 있었다.

또다. 슈지의 어깨가 힘없이 처졌다. 마사코는 또 먼저 가버렸다. 그녀는 항상 슈지를 혼자 두고 가버린다.

슈지는 마사코가 말한 레시피 노트를 찾아보기로 했다. 마사코의 말대로 정리는 거의 해두지 않았지만, 금방 찾을 수 있었다. 줄노트 여러 권이 산처럼 쌓여 있었기 때문이다.

노트 안에는 오려낸 신문이나 방송에 나온 내용을 메모한 듯한 글이 담겨 있었다. 처음에는 음식 만드는 방법만 적혀 있었지만, 중간부터 칼로리와 염분에 대한 내용이 늘어나기 시작했다. 계속 몸무게가 불어나는 슈지의 건강을 염려해서 이것저것 궁리했음을 한눈에 알 수 있었다.

후우, 깊은 한숨이 새어 나왔다. 그러다 문득 깨달았다. 마사코가 있을 때 슈지는 한숨을 쉬지 않았다. 소리 내어 한숨을 쉰 것은 마사코가 없는 쓸쓸함을 조금이나마 날려버리고 싶어서였나 보다. 그 사실을 깨닫고 슈지는 깊이 숨을 들이마셨다. 하지만 그 숨을 한숨으로 내뱉지는 않았다.

"실례합니다."

앞서 이곳을 방문한 지 딱 사흘 뒤, 슈지는 다시 한번 네코안을 찾아갔다. 종이봉투에 점장 인형을 담고서.

"어서 오세요."

청년이 웃는 얼굴로 맞아주었다.

"인형 수선 다 됐어요."

그렇게 말하고서 청년은 카운터 안으로 들어가 인형을 꺼내 왔다.

"와아."

슈지는 놀랐다. 그냥 다시 꿰매기만 한 게 아니었다. 인형 자체가 마치 새것처럼 깨끗해졌다.

돼지 인형과 처음 만난 순간을 떠올렸다. 젊고 모든 것이 반짝반짝 빛나 보였던 그 시절. 옆에 늘 마사코가 있었던…… 그 시절.

"에헴, 놀랐나?"

굵직한 남자 목소리가 울려 퍼졌다. 목소리의 주인은 카운터 위에서 의기양양하게 배를 내밀고 있었다.

"내 손이 닿으면 이 정도는 일도 아니지."

"너무 칭찬하시면 안 돼요. 점장님 코가 하늘까지 높아질 거예요."

청년이 얼굴을 가까이 가져다 대며 말했다.

"꼬맹이! 다 들린다!"

"귀가 좋으시네요. 나이 들어서 귀가 어두워지셨을 줄 알았는데 말이죠."

"에잇!"

"저, 저기."

여느 때처럼 티격태격하기 시작하는 두 사람 사이로 슈지가 조심스럽게 끼어들었다.

"왜 그러는가?"

그때까지 성을 내던 점장이 기세가 한풀 꺾인 듯한 표정으로 슈지를 바라보았다.

"인형을 가져왔는데요."

슈지는 그렇게 말하며 종이봉투를 살짝 들어 보였다.

"오, 그렇군. 어땠나?"

점장이 물었다.

"음……."

슈지는 잠시 생각하다가 대답했다.

"정말 좋았습니다."

"그런가."

점장은 만족스럽게 미소 지으며 고개를 끄덕였다.

"그렇다면, 그 인형은 그대에게 드리지."

그러고는 이런 말을 덧붙였다.

"어, 하지만."

슈지는 얼떨떨했다. 빌려주기로 한 것 아니었나.

"괜찮네, 괜찮아."

점장은 돼지 인형을 안고 카운터에서 뛰어내려 슈지에게 걸어왔다.

"심혈을 기울여 고친 것이니 소중히 다루게."

"감사합니다."

슈지는 쪼그리고 앉아 돼지 인형을 받아들었다. 고마운 마음에 가슴 깊은 곳에서 온기가 솟아올랐다. 단순히 인형을 수선하는 것 이상으로 무언가를 받은 기분이었다.

"네코안에 가지고 오길 잘했네요."

그 마음을 전하기 위해 솔직하게 표현한 순간, 예상치 못한 반응이 나타났다.

"뭐, 뭐랏!"

점장은 눈을 크게 부릅떴고 "아아, 이번에도 역시네요"라며 청년은 키득키득 웃었다.

"왜 그러십니까?"

슈지가 어리둥절하게 물었다.

"아무것도 아니네, 아무것도. 아무것도 아니라면 그런 줄 알게."

점장은 아주 복잡해 보이는 표정으로 그렇게 말했다.

결국 그게 무슨 뜻이었는지 슈지는 지금도 알지 못한다. 그날 이후 네코안이 어디에 있는지 알 수 없게 되어버렸기 때문이다.

건망증이 심해진 건 아니었다. 오히려 예전보다 훨씬 좋아졌다. 생활에 활기가 생겨서 멍하게 지내지 않게 되었다.

슈지는 방 청소를 하기 시작했다. 운동도 꾸준히 해서

조금이나마 몸무게를 줄이는 데 성공했다. 신문도 매일 읽고, 요리도 레시피 노트를 보며 계속하고 있다. 슈타로나 교코와 통화할 때 그런 이야기를 했더니 녀석들은 완전히 다른 사람 같다며 놀랐다.

아이들에게는 마음만 먹으면 이 정도는 누워서 떡 먹기라고 큰소리쳤지만, 실제로는 종종 귀찮아져서 빼먹기도 한다. 하지만 한도 끝도 없이 늘어지지는 않는다. 현관에 나란히 놓인 인형을 보면 기운과 의욕이 끓어오르기 때문이다.

슈지를 닮았다는 돼지 인형과, 두 발로 선 고양이 인형. 그걸 보면 단 하루 동안의 기억과 몇십 년간의 추억이 단숨에 되살아나 가슴이 따뜻해진다. 자신을 무엇보다 소중하게 여겨준, 무엇보다 소중한 사람의 목소리가 들려오는 것만 같아서.

한숨을 쉬는 습관도 사라졌다. 쓸쓸하지 않은 건 아니지만, 이제 그 쓸쓸함을 한숨으로 날려 보내지 않아도 괜찮다. 마주하고 앞으로 나아갈 수 있게 되었으니까.

3장

멀어진 마음을 이어주는
점장님 펜던트

믿을 수 없었다.

"원래 있던 곳에 두고 와."

얼음처럼 차가운 눈과 가시처럼 날카로운 말.

"안 되는 건 안 되는 거다."

손안에 느껴지는 희미한 온기. 지금 당장이라도 꺼질 듯한 이 생명을 버리라니…….

그날, '냐앙'은 일촉즉발의 위기에 놓여 있었다.

"무조건 이쪽이에요!"

"아니! 이쪽이니라!"

아니, 어찌 보면 이미 폭발한 뒤였다.

"당연히 피겨 스케이팅이죠! 전미 선수권 여자 프리 스케이팅이라고요!"

"시대극이지! 요즘 시대에 드물게 완전한 신작이란 말이다!"

"위성방송에서 하는 드라마니까 재방송 많이 하잖아요! 피겨는 같은 위성방송이어도 VOD다 뭐다 까다롭단 말이에요!"

"본방을 보고 싶단 말이다! 안 그러면 인타넷에서 스포일러를 당하지 않느냐!"

평행선을 달리는 두 사람의 주장은 타협의 여지가 보이지 않았다.

"아이고, 이게 무슨 일이야? 분위기가 아주 뜨겁네."

그때 판다 한 마리가 가게 문을 열고 나타났다. 등에 큼직한 짐을 지고서 네 발로 어슬렁어슬렁 걷는다.

판다의 이름은 우에노 씨. 이래 봬도 냐앙의 매입업자다.

"앗, 우에노 씨! 제 말 좀 들어보세요. 점장님이—"

"우에노 씨, 들어보시게. 이 꼬맹이가—"

점장과 청년이 동시에 우에노 씨에게 말하기 시작했다.

"그래, 그래."

우에노 씨는 동시에 쏟아져 나오는 상황 설명을 듣고 음음, 하고 고개를 끄덕이더니 말했다.

"동시에 말하면 무슨 말인지 몰라. 목이 좀 마른데, 뭔가 마실 것 좀 줄래?"

"맛있다."

테이블 자리에 철퍼덕 앉은 우에노 씨가 만족스러운 듯이 말했다. 그의 손, 아니 그의 앞발에 들린 것은 심플한 디자인의 찻잔이었다.

"내가 끓인 호지차라네. 맛있는 게 당연하지."

맞은편 의자에 앉은 점장이 빙긋 웃자 옆에서 청년이 고개를 갸우뚱했다.

"호지차 우리는 데도 잘하고 못하고가 있나요?"

"호지차라 하면 드링크 바에서 버튼 누르면 나오는 음료 같은 이미지가 있지. 그렇지만 이렇게나 맛있으니 분명 다를 거야."

우에노 씨는 그렇게 말하고는 찻잔 속의 차를 꿀꺽꿀꺽 모두 마셨다.

"휴우, 되살아난 기분이야. 바깥은 춥지만 짐을 짊어지고 다니다 보면 목이 타네."

그리고 찻잔을 들지 않은 쪽 앞발 발톱으로 볼을 긁적이고 나서 거침없이 판결을 내렸다.

"일단 듣기로는 점장님이 불리하네. 드라마는 녹화하면 되지 않을까?"

"으윽."

점장은 동요하는 기색을 보였고, "거봐요, 제 말대로죠?" 청년은 이겼다며 우쭐댔다.

"같이 피겨 스케이팅 경기를 보고, 끝나고 나면 바로 녹화한 방송을 보는 거야. 그러면 스포일러 당할 일도 없겠지."

우에노 씨가 제시한 해결책은 매우 세련된 절충안이었다.

"으으, 윽."

점장이 눈을 희번덕거리며 끙끙댔다.

"점장님, 왜 그러세요? 으윽 말고는 할 말을 잃어버리셨어요?"

청년은 지금이 기회라는 듯이 쐐기를 박았다.

"윽!"

분통이 터지는지 점장은 의자 위에서 바동바동 발버둥치기 시작했다.

"그럼, 피겨 시작할 때까지 정리나 해야지."

청년은 그렇게 말하더니 카운터로 들어갔다.

"으으."

점장은 그루밍을 하기 시작했다. 손을 할짝할짝 핥고는 얼굴을 삭삭 문지른다.

"불만 있을 때 얼굴 닦는 버릇은 그대로구나."

그 광경을 보며 우에노 씨가 웃었다.

"흥. 불만 따위 있을 리가."

입으로는 그렇게 말했지만, 점장의 말 한 마디 한 마디에서 언짢음이 넘쳐흘렀다.

"자, 자, 좋은 물건 들여왔으니까 기분 풀어."

우에노 씨가 테이블 옆에 둔 짐 속에서 물건 보따리를 꺼냈다.

"무라사키 시키부│11세기 초 일본 최고의 고전으로 손꼽히는 소설 《겐지모노가타리》를 쓴 여성 작가│가 애용하던 붓이야."

"오! 참으로 흥미롭군."

점장이 벌떡 몸을 일으켰다.

"잠깐만요, 또 뭔가 수상한 물건 사들이신 거 아니죠?"

카운터 안쪽에서 청년이 타박하듯 말했다.

"흥. 고금의 진귀한 물건을 아끼는 것은 무사의 소양. 피겨 스케이팅 오타쿠는 이해 못 하느니라."

눈을 반짝반짝 빛낸 점장이 청년의 항의를 단호하게 쳐
냈다.

"피겨 스케이팅 오타쿠 입장에서는 창고 짐을 늘리는 취
미라니 침이 마르도록 잔소리하고 싶네요."

못 말린다는 듯이 그렇게 말하고, 청년은 다시 카운터
안을 정리하기 시작했다.

"여전히 사이가 좋구나. 아, 맞다. 과자도 들여왔으니
까—"

우에노 씨가 짐 속에서 무언가를 꺼내려 한 순간, "아
얏!" 어떤 목소리가 가게 안에 울려 퍼졌다.

"으응?"

이상한 듯 목소리를 낸 우에노 씨를 비롯해 가게 안의 모
두가 목소리가 들린 쪽, 즉 출입문을 향해 눈을 돌렸다.

그곳에는 한 소녀가 있었다. 더플코트에 청바지를 입은,
한쪽으로 내려 묶은 포니테일이 귀여운 소녀는 어째서인지
엎드린 자세로 바닥에 엎어져 있었다.

큰일이다. 마쓰오카 마야는 후회했다. 설마 실수로 가게 안까지 굴러 들어오게 될 줄이야. 호기심에 져버린 몇 분 전의 자신이 미웠다.

"괜찮으세요? 입구가 미끄러웠나 봐요."

누군가가 말을 걸어왔다. 남자다.

"아뇨, 아뇨."

어쨌든 도망가야 했다. 절대 평범한 가게가 아니다. 마야는 일어서서 가게 밖으로 뛰쳐나가려다가 움직임을 멈췄다.

"다친 데는 없으세요?"

걱정스러운 얼굴로 다가온 사람이 제법 잘생긴 오빠라는 사실을 깨달았기 때문이다.

키가 훤칠하게 크고 이목구비가 단정했다. 몸에는 고양이 디자인이 들어간 앞치마를 둘렀는데, 여기에 가냘픈 체격이 더해져서 조금 중성적인 분위기도 느껴졌다. 이 사람이 "아얏!" 같은 둔해빠진 목소리를 들었다고 생각하니 조금 창피했다.

"네, 괜찮아요."

마야는 에헤헤 하고 겸연쩍게 웃었다. 뭐야, 평범하잖아. 자신이 본 광경은 역시 착각이었다. 틀림없다. 길거리에서 판다를 목격하다니 말이 안 된다.

"깜짝 놀랐어."

안쪽에서 누군가가 말했다. 시선을 돌리니 그곳에 판다가 있었다.

"역시 있잖아!"

착각이 아니었다. 판다다. 판다가 의자에 앉아 이쪽을 보고 있었다.

"그야 있지. 방금 온 참이니까."

게다가 어떻게 된 일인지 사람 말까지 했다.

"뭐야, 이게 무슨 일이야?!"

방금 전에 있었던 일이다.

겨울 방학의 어느 날. 오전부터 혼자서 바깥을 어슬렁거리던 마야는 '물건 고쳐주는 가게, 네코안'이라는 가게를 발견했다. "무엇이든 고쳐드립니다"라는 문구, 입간판에 적힌 귀여운 글씨와 일러스트 그리고 쇼윈도 안에 진열된 근사한 소품과 겨울 의류에 끌려 가게를 살펴보는 사이, 안에서 말다툼하는 소리가 들려왔다. 무슨 일인지 궁금해 쇼윈도

앞에서 귀를 쫑긋 세우고 듣는데, 갑자기 짐을 짊어진 판다가 나타나 가게 안으로 들어갔다.

너무나도 믿기 힘든 사태에 충격받은 마야는 살며시 문을 열고 안쪽 상황을 살피다가, 그만 균형을 잃고 가게 안으로 우당탕탕 굴러 들어가게 된 것이었다.

"판다가 말을 한다니!"

마야는 판다를 손가락으로 가리키며 외쳤다.

"아이, 놀라게 할 생각은 없었는데."

두 앞발로 찻잔을 쥔 판다는 참으로 태평하게 대답했다.

"그쪽은 그럴 생각이 없어도 이쪽은 놀라는 게, 아니, 그게 아니라!"

애초에 이렇게 사람과 판다가 대화를 나눈다는 사실 자체가 이상했다.

"에잇, 그만 진정하지 못하겠느냐."

굵직하고 낮은 남자 목소리가 들려왔다. 소리가 들린 위치 또한 낮았다. 조금 신기한 기분이었다. 마야는 같은 학년에서도 손꼽힐 정도로 키가 작아서 누군가 자신보다 낮은 위치에서 말을 걸어온 적이 거의 없었다.

시선을 떨어뜨렸다. 거기에는 고양이 한 마리가 있었다.

"쯧쯧. 뭘 그리 소란을 떠느냐."

고양이는 마야의 얼굴을 올려다보며 낮은 목소리로 말했다.

"고양이가 말을 해?!"

덧붙이자면, 뒷다리로 서서 두 발로 걷기까지 했다. 완전히 상상을 초월하는 사태들이 잔뜩 일어나고 있었다.

"와주셔서 감사합니다."

잘생긴 청년이 정중한 말투로 말을 걸었다. 중학생인 마야도 손님으로 대접해 주는 모양이었다.

바깥에 있는 간판에는 "무엇이든 고쳐드립니다"라고 적혀 있었지만, 안을 보니 카운터석에 테이블석도 있는 데다 뭔가 세련된 찻집 같은 분위기였다. 세련된 찻집에 가본 적이 없어서 자신은 없지만.

"무슨 일로 와주셨나요?"

청년이 미소를 지었다.

"아아, 아뇨. 그게."

어떻게 대답해야 할까. 마야가 어찌할 바를 모르자 고양이가 씩 웃었다.

"필시 우에노 씨를 보고 궁금해서 따라온 것이겠지."

"어? 내가 그렇게 눈에 띄나?"

판다가 찻잔을 든 채 고개를 갸우뚱했다. 아무래도 이 판다는 이름이 우에노인가 보다.

"서서 이야기하기도 뭐 하니, 괜찮으시면 이쪽에 앉으세요."

청년은 그렇게 말하며 마야를 테이블석으로 안내했다. 어찌해야 할지 망설였지만, 왠지 거절하기도 뭐해서 마야는 청년의 말을 따랐다.

"앉으세요. 차를 내올 테니 조금만 기다려주세요."

마야가 안내받은 곳은 우에노 씨라는 판다의 맞은편 자리였다. 테이블 옆에는 짐이 산처럼 쌓여 있었다.

의자는 두 개 놓여 있었는데, 우선 벽 쪽에 앉기로 했다. 입고 있던 더플코트는 벗어서 의자 등받이에 걸었다. 가게 안은 난방 덕에 따뜻했다.

"반가워요."

우에노 씨가 인사했다. 참고로 우에노 씨가 앉은 의자는 특별히 제작했는지 유독 컸다.

"반갑습니다."

어떻게 대답해야 할지 몰라 마야는 일단 가장 무난한 표현을 썼다.

"그건 그렇고. 꼬마, 가게에 들어오려면 평범하게 들어오지 그러느냐."

고양이가 젠체하며 말하더니 마야의 옆자리에 앉았다. 놀랍게도 마야와 마찬가지로 의자에 엉덩이를 걸쳤다. 등은 곧게 펴서 고양이 주제에 하나도 고부라지지 않았다.

"요즘 애들 사이에서는 낙법을 하면서 건물 안에 들어가는 게 유행인가?"

"그럴 리 없잖아요."

마야는 고양이의 말을 부정했다. 의자에 앉은 고양이와 대화하는 괴상한 상황은 일단 제쳐두고, 요즘 애들을 대표해서 이상한 오해를 풀 필요가 있었다.

"딱히 들어올 생각은 없었어요. 잘못해서 넘어진 것뿐이에요."

그렇다, 들어올 생각은 없었다. 모험 따위는 하지 않는다. 무슨 일이 일어날지 모르는 상황에는 손을 대지 않는다. 마야는 이야기 속 주인공이 아니니까. 아주 잘 알고 있다.

"차를 내왔으니 우선 한잔하시죠."

청년이 쟁반을 들고 나타났다. 쟁반에는 김이 나는 찻잔 세 개가 놓여 있었다.

"저도 호지차를 끓여봤어요. 차이가 있는지 없는지 시험해 볼까요?"

청년은 손님들 앞에 찻잔을 하나씩 내려놓았다. 무척 향 긋해서 기분이 조금 몽글몽글해졌다.

"한 잔 더 준비해 줬구나. 고마워."

우에노 씨는 손에 든 찻잔을 청년에게 건네고 새로운 찻잔을 두 앞발로 쥐었다.

"흠."

우에노 씨는 차를 한 모금 마시더니 잠시 생각에 잠겼다.

"맛은 있는데, 뭔가 약간 다르네. 어째서일까?"

그러고는 혼잣말을 덧붙였다.

"훗훗."

어찌 된 까닭인지 고양이가 으스대기 시작했다. 눈을 감고 가슴을 한껏 내민다. 아주 의기양양한 모양새였다.

"으음, 점장님한테 지다니 분하네요."

청년이 아쉬운 듯이 말했다.

"점장님?!"

마야는 깜짝 놀랐다. 말하는 판다, 말하는 고양이에 이어 오늘 벌써 세 번째로 받는 충격이다.

"고양이 역장 들어본 적 있으시죠? 그런 느낌이에요."

청년이 키득키득 웃으며 말했다.

"원, 그리 말하면 오해하지 않느냐. 나는 마스코트 따위가 아니다. 이 냐앙을 운영하는 암주이니라."

"……냐앙?"

오늘의 네 번째 충격. 역시 고양이가 처음 말을 했을 때에 비하면 차분했지만, 그래도 놀랍기는 매한가지였다.

"아니, 그런 식으로 읽는 건 좀 억지 아닌가요?"

마야가 그렇게 말하자마자 청년은 웃고, 우에노 씨는 고개를 끄덕였으며, 점장은 의자 위에서 바동거리기 시작했다. 반응이 각양각색이다.

"어째서 아무도 냐앙이라고 읽어주지 않는 것이냐!"

점장이 원통한 듯 외쳤다.

"못 읽죠."

마야는 한마디 덧붙이고서 청년이 준 차를 한 모금 마셔보았다. ……으음. 깔끔하고 맛있다. 이것보다 고양이가 끓인 차가 더 맛있다니 믿기지 않았다.

"아, 이제야 생각났네. 호지차에 어울리는 과자가 있어."

우에노 씨는 테이블 옆에 놓인 산더미 같은 짐에서 봉지 같은 것을 잔뜩 꺼냈다.

"자, 사사당고. 신카와야新川屋에서 만든 거야."

봉지에는 우에노 씨 말대로 '신카와야의 사사당고'라고 적혀 있었다.

"오오, 좋지, 좋지."

점장이 동그란 눈을 반짝였다.

"확실히 차랑 찰떡궁합이겠네요."

청년도 점장의 말에 동의했다.

반면, 마야는 눈만 끔벅거렸다. 사사당고. 이름은 들어본 적이 있는 듯 없는 듯하지만, 어떤 음식인지는 잘 알지 못했다. 봉지에 적힌 글씨를 읽어보면 니가타의 명물인 듯했다.

"하나 먹어볼게요."

청년은 그렇게 말하더니 봉투를 열고 사사당고를 꺼냈다.

사사당고는 원통 모양의 무언가를 대나무잎으로 싸서 갈색 끈 같은 것으로 묶어둔 모양새였다. 왠지 테루테루보즈│맑은 날씨를 기원하며 처마 끝에 매달아 두는 인형│ 같은 느낌이 있다.

"사사당고, 오랜만이네요."

청년은 솜씨 좋게 끈을 풀고 대나무잎을 벗겨 안에 든 경단을 꺼냈다.

경단은 이파리보다 조금 더 옅은 초록색이었다. 모양은 표주박을 더 통통하고 짤따랗게 만든 것 같다고 해야 할지, 눈사람의 머리와 몸을 똑같은 크기로 만든 것 같다고 해야 할지, 그런 느낌이다.

"와, 맛있네요."

청년은 경단을 베어 물고 미소 지었다. 정말 맛있나 보다.

"흥, 틀려먹었군."

그 모습을 본 점장이 거만하게 지적했다.

"사사당고는 이렇게 먹는 것이다."

점장은 끈을 획획 풀어 젖히더니 대나무잎을 전부 벗기지 않고 안에 든 떡을 먹기 시작했다. 햄버거를 손에 묻지 않게 먹을 때 포장을 반만 벗기는 것과 비슷한 느낌이었다.

"그렇게 먹으면 대나무잎 냄새가 나잖아요."

점장과 청년의 의견이 부딪쳤다.

"둘 다 괜찮은 것 같은데."

한편 우에노 씨는 그렇게 말한 다음 끈만 풀고서 대나무잎까지 우적우적 씹어 먹었다.

"대나무 이파리를 벗기지 않고 먹는 방법도 괜찮지 않아? 애초에 대나무잎으로 싸서 찌는 음식이니까 이파리까지 남김없이 먹는 거지. 무엇보다, 대나무는 참 맛있으니까."

그건 아마 우에노 씨가 판다이기 때문일 거라고 마야는 생각했다.

"신카와야에서 만든 사사당고는 한결같이 맛있지. 휴게

소나 기념품 가게에서도 자주 눈에 띄고, 지역 슈퍼에도 종종 들여놓으니까 믿고 먹는 대표 간식이라는 느낌이—"

우에노 씨의 말을 가로막으며 띵동 하는 소리가 울렸다.

"응?"

우에노 씨는 다시 짐을 뒤지더니 이번에는 태블릿을 꺼냈다.

"아아, 잠깐 일이 생겼네."

발톱으로 태블릿을 톡톡 두드리던 우에노 씨가 말했다.

"그럼 수예용품하고 커피콩은 두고 갈게."

그러고는 짐들 중 일부만 다시 등에 지고 네 발로 걸어갔다.

"네. 감사합니다."

청년은 인사하며 입구까지 가서 문을 열었다.

"조심하게나."

점장도 의자 위에 서서 배웅했다.

"응. 또 재미있는 물건이 들어오면 가져올게."

우에노 씨는 뒤를 돌아보며 그렇게 말한 다음 가게를 떠났다. 저대로 걸어가는 걸까? 수수께끼는 점점 늘어나기만 했다.

"자, 그럼 꼬마."

다시 의자에 앉은 점장이 마야를 바라보았다.

"너도 사사당고를 먹어보지 그러느냐. 사양할 필요 없느니라."

"아, 네. 그럼."

준다는데 마다할 필요는 없겠지. 마야는 사사당고를 손에 들었다.

그리고 그대로 잠시 굳어졌다. 이 끈은 어떻게 풀어야 할까?

"가운데 부분을 풀면 나머지는 쉽게 풀 수 있어요."

문을 닫고 돌아온 청년이 알려주었다.

"어, 진짜네."

그 말대로 해보니 정말 끈이 쉽게 풀렸다. 언뜻 복잡한 형태로 묶여 있는 듯 보이는데, 참 신기했다.

마야는 끈을 푼 다음 대나무잎을 모두 벗겨 경단을 꺼냈다.

"으윽, 내 방식대로 하지 않는 것이냐."

점장이 불만스럽게 말했다.

"그거야 뭐……."

고양이와 미남. 둘 중 한쪽을 참고한다면, 미남이겠지.

"그럼 잘 먹겠습니다."

마야는 경단을 베어 물었다.

"……!"

그리고 다섯 번째 충격이 찾아들었다.

먼저 겉 부분의 탄력이 무시무시했다. 이를 반대쪽으로 가볍게 튕겨낼 정도다. 너무 단단하지도 너무 부드럽지도 않게. 감촉이 말랑말랑하면서도 탱글탱글해 씹는다는 행위 자체를 즐기게 해준다.

이어서 안에서 넘쳐흐르는 팥소 또한 근사했다. 겉으로 보이는 것만큼 꽉꽉 들어차지는 않았지만, 또렷한 존재감이 있었다. 오프닝을 장식한 탄력과 따로 놀지 않고 물 흐르듯 매끄럽게 본편을 전개한다.

"맛있죠?"

청년의 말에 마야는 그저 고개를 끄덕이는 수밖에 없었다. 입 안에 있는 경단을 아직 삼키고 싶지 않았기 때문이다.

"잎을 다 떼지 말아야 한다 했거늘. 이 녀석이나 저 녀석이나 뭘 모르는군."

투덜투덜 불평하는 점장을 내버려 두고 마야는 남은 경단을 모두 먹었다. 역시 맛있다. 사사당고, 여간내기가 아니다.

"아, 이제 슬슬 할 시간이네요. 잠깐 텔레비전 좀 켤게요."

청년이 카운터 안으로 들어갔다.

카운터 안쪽 벽에는 선반이 설치되어 있고 이런저런 물건이 놓였는데, 그중에 텔레비전이 있었다.

청년은 리모컨으로 텔레비전 전원을 켜고 채널을 돌렸다. 화면에 비친 것은…… 피겨 스케이팅 생중계 방송이었다.

"앗, 맞다. 오늘 여자 프리 하는 날이지."

마야는 순간 자기도 모르게 카운터 자리까지 가버렸다.

"피겨 좋아하세요?"

청년이 카운터 안에서 얼굴을 빛내며 마야를 보았다. 같은 취미를 가진 사람일지도 모른다는 기대에 부푼 표정이다.

"아아, 뭐. 네, 그렇죠."

마야는 웃는 얼굴을 만들며 대답했다.

"흠."

점장이 뭔가 의미심장한 시선을 보냈지만, 마야는 일부러 모르는 척했다.

물론 피겨 스케이팅은 아주 좋아한다. 그러나 이런저런 개인 사정이 있었다. 그것에 대해서는 되도록 말하고 싶지 않아서 더 깊이 들어가는 건 피하고 말았다.

"와아, 프리 스케이팅도 거의 완벽했네요."

오늘 경기가 모두 끝나자 청년이 감명받은 듯 말했다.

"그러네요. 참 볼만한 경기였어요."

마야도 공감했다. 생각지 못한 선수가 우승해서 둘 다 깜짝 놀란 참이었다.

"꼬마, 경기는 즐겁게 봤나?"

마야 옆에 앉아 있던 점장이 물었다.

"물론이죠."

카운터 자리에 앉아 맛있는 전통 과자와 차를 맛보며 피겨 스케이팅을 시청하다니, 정말 호화로운 시간이었다. 즐겁지 않을 리가 없었다.

"집에서는 이렇게 못 하니까요. 왜냐하면—"

말을 하려다가 후회했다. 실수다. 싫은 기억을 떠올리고 말았다.

"괜찮으세요?"

청년이 걱정스러운 얼굴로 물었다. 어지간히 어두운 표정을 지은 모양이다.

"네, 그럼요."

밝게 부정하려고 했는데, 완전히 실패로 끝나버렸다. 표정도 목소리도 딱딱하게 굳어졌다. 일부러 그러느냐고 물어도 부정하지 못할 정도로 심했다.

"이런, 이런. 수리할 물건이 있는 것도 아니니 엄밀히 말하자면 업무 범위 밖인 듯하지만."

점장은 숨을 휴우 내쉬더니 미소를 지었다.

"고양이 손을 빌려주지 못할 것도 없지."

조금 심술궂게 웃던 지금까지와는 달리 부드러운 미소였다. 마야의 마음에 따스한 온기가 천천히 스며들었다.

"……사실은."

마음을 다잡고 입을 열었다.

"아빠랑 오래전부터 좀……."

마야는 아빠와 둘이서 산다. 엄마는 없다. 마야가 초등학교에 올라가기 전에 갑작스러운 병으로 세상을 떠나고 말았다.

엄마와의 추억은 온통 눈부신 것들로 가득했다. 위성방송에서 피겨 스케이팅 중계방송을 함께 보기도 하고, 일요일 아침이면 변신 마법소녀 애니메이션을 보기도 하고.

계속 텔레비전만 본 것 같지만 그게 전부는 아니다.

"희망은 절대 버리지 않아!"

"같이 변신하자!"

엄마와 자주 마법소녀를 흉내 내며 놀곤 했다. 단순히 대사만 따라 한 게 아니었다. 엄마가 마법소녀 의상부터 변신용 아이템까지 모두 마련해 주었다. 이미 만들어진 시판 제품을 사 모은 것이 아니라, 모두 엄마가 직접 만들었다.

그렇게 어릴 적 마야는 주인공이 되었다. 어려움에 빠진 사람을 돕는 상냥함과 절대 포기하지 않는 의지를 겸비한 사랑과 희망의 전사가 된 것이다. 물론 의상을 입고 바깥을 뛰어다니지는 않았지만, 근처에서 다른 아이들을 괴롭히던 남자애를 사투 끝에 쓰러뜨리거나 미아가 된 여자아이를 무사히 부모님에게 데려다주는 등 대활약을 펼쳤다. 그때마다 엄마는 대단하다며 칭찬해 주었다.

엄마가 병으로 쓰러졌을 때도 마야는 꺾이지 않았다.

"내 몫까지 힘내 줘."

병원 침대 위에서 비쩍 마른 엄마가 그렇게 말했을 때, 고개를 끄덕여 보였다. 눈물은 멈추지 않았지만.

엄마가 세상을 떠난 뒤에도 마야는 밤낮으로 용감하게 싸웠다. 언제 어디서든 가슴을 활짝 펴고 지냈다. 엄마 몫까지 건강하게 지내며, 엄마 몫까지 피겨 스케이팅을 보았다.

공원에서 친구와 놀던 때였다. 마야는 풀숲 그늘에서 상처 입은 비둘기를 발견했다. 아직 털도 나지 않은 조그마한 새끼 비둘기였다.

비둘기는 가슴 언저리에서 피를 흘리고 있었다. 일단 가진 손수건으로 감싸 응급 처치 같은 걸 해보았지만, 실제로는 마야도 친구도 제대로 했는지 알 수 없었다. 어쨌든 이대로 있다가는 안 될 듯해 마야는 비둘기를 집으로 데리고 돌아가기로 했다.

품에 안은 비둘기는 따뜻했다. 생명력이 확실히 느껴졌다. 꼭 지켜내야 했다.

굳게 마음먹고 집으로 돌아간 마야의 앞을 아빠가 가로막았다.

아빠는 엄마와 달리 과묵하고 감정도 잘 표현하지 않는 사람이었다. 엄마의 심전도가 삐 소리를 냈을 때도, 엄마의 시신 곁에서 밤을 지새울 때도, 장례식에서도, 눈물 한 방울 보이지 않았다.

"그게 뭐니?"

그런 아빠가 현관에서 팔짱을 끼고 서 있었다. 처음 보는 표정이었다. ……아빠는 화를 내고 있었다.

"다쳤어. 구해주고 싶어서……."

머뭇머뭇 마야가 말하자 아빠는 얼음처럼 차가운 눈과 말로 명령했다.

"원래 있던 곳에 두고 와."

"어째서? 불쌍하잖아. 이대로 두면 죽을 거야."

"안 되는 건 안 되는 거다."

품속에서 느껴지는 비둘기의 온기. 그것마저도 순식간에 얼어붙게 만들 것만 같았다.

눈물을 뚝뚝 흘리며 마야는 공원으로 돌아갔다. 누군가가 보지 않도록, 친구가 눈치채지 않도록, 사람들 눈을 피해 살금살금 이동했다. 자신이 무척 한심하게 느껴졌다.

원래 있던 장소에 비둘기를 내려놓았다. 비둘기는 움직일 기운도 없는 듯 힘 없이 누워만 있었다.

"미안해, 미안해, 미안해."

흘러넘치는 눈물을 닦지도 않고 마야는 몇 번이고 사과한 뒤 그곳에서 도망치듯 달려 나왔다.

그날 이후 아빠와는 거의 대화를 하지 않게 되었다. 마야는 꼭 필요할 때만 아빠에게 말을 걸었고, 아빠도 마찬가지였다.

동시에 마야는 주인공이기를 포기했다. 피겨 스케이팅을 자주 보는, 평범한 여자아이가 되었다.

"그렇게 된 거예요."

어느새 가게에는 석양이 비쳐 들었다. 가게 안은 불그스름한 주황색으로 물들어 왠지 쓸쓸한 분위기를 풍겼다.

"그 뒤로 아빠를 보거나 말을 할 때면, 무척 싫은 기분이 들어요."

싫은 기분이라 해도 아빠를 미워하는 건 아니다. 그저 도무지 자신의 감정을 어떻게 다루어야 할지 알지 못할 뿐이었다. '아빠'라는 존재를 떠올리자마자 가슴속에 정체 모를 쓰디쓴 덩어리 같은 것이 끓어올라 말조차 뜻대로 할 수 없었다.

"흐음."

점장은 앞발로 팔짱을 꼈다. 무언가를 진지하게 생각하

는 모습이었다.

"오늘은 토요일이라 아빠가 집에 있으니 밖에 나왔던 거군요."

청년이 고개를 깊이 끄덕였다.

"들어주셔서 감사해요. 마음이 조금 편해졌어요."

마야는 청년과 점장에게 그렇게 말했다. 거짓말은 아니다. 조금이지만 정말로 마음이 편해졌다. 지금까지 누군가에게 털어놓은 적이 없었으니까.

"어이, 꼬맹이."

점장이 불쑥 입을 열었다.

"요전에 내가 만든 펜던트는 어디에 있느냐?"

"네, 네. 정리할 때 다른 곳에 치워뒀어요."

청년이 카운터 안에서 쪼그리고 앉았다.

"여기 있네요. 이거 말씀이시죠?"

고양이 펜던트였다. 눈이나 코 같은 이목구비 없이 전체적인 모습을 본뜨듯이 표현했다. 금속으로 만들어서 저녁 햇볕을 받아 반짝반짝 빛났다.

"그거 점장님이 만든 거예요?"

무척 귀여운 펜던트였다. 고양이가 만들었다니 믿기 힘들 정도였다.

"음. 뒷모습이니라. 등으로 말하는 것이지."

점장이 흐뭇한 얼굴로 설명했다.

"점장님은 입만 열어도 이러쿵저러쿵 말이 많으신데, 등으로도 말을 하세요? 참 시끄러운 분이네요."

청년은 짐짓 한숨을 쉬었다.

"쓸데없는 소리!"

청년에게 화를 낸 후 점장은 펜던트에 앞발을 갖다 댔다. 그 순간 펜던트가 눈부신 빛을 발했다. 여섯 번째 충격. 점장은 말을 하고 두 발로 서서 걸을 뿐만 아니라 마법까지 쓸 줄 아는 건가.

"이제 됐다."

점장이 발을 떼자 고양이의 몸에 작은 발바닥 표시가 찍혔다. 마치 무언가의 로고 같았다. 방금 전까지 이런 무늬는 없었는데, 대체 무슨 원리일까?

"꼬마. 이 펜던트를 네게 주마."

점장은 그런 말과 함께 펜던트를 내밀었다.

"어? 어어, 네, 고맙습니다."

갑작스러운 선물에 망설이면서도 마야는 펜던트를 받아 들었다.

"걸어보거라."

점장이 재촉하는 대로 펜던트를 목에 걸었다.

"잘 어울리네요."

청년이 손거울을 꺼내 와 마야를 비춰 주었다.

거울 속에 있는 사람은 분명 마야였다. 하지만 뭔가 분위기가 달랐다. 가슴께에 놓인 펜던트가 마야를 조금이지만 어른스럽게 만들어주는 듯했다.

마야는 청년의 배웅을 받으며 가게를 나섰다. 해는 완전히 저문 뒤였다. 이제 슬슬 집에 돌아가야 할 때였다.

그나저나 정말 이상야릇한 하루였다. 줄곧 꿈을 꾼 것 같은 기분도 들었다.

"……어?"

걸음을 뗀 마야는 이상한 점을 발견했다. 유난히 땅바닥이 가까웠다. 그리고 시야가 몹시 넓어졌다. 왠지 모르게 아주 이상한 느낌이었다.

대체 무슨 일일까. 알 수 없는 두려움을 느끼며 마야는 목을 앞뒤로 움직이며 걸었다.

"어어?"

목을 앞뒤로? 뭔가 이상했다. 목은 보통 상하좌우로 움직인다. 목을 앞뒤로 움직인다니, 가수가 리듬을 탈 때나 본 게 전부다.

두리번두리번 주변을 둘러보았다. 바로 옆에 쇼윈도가 있었다. 유난히 컸다. 놓여 있는 소품도 거대해져서 전혀 작지 않았다. 이래서는 소품이 아니라 대품이다.

쇼윈도를 자세히 들여다보니 비둘기 한 마리가 비쳐 보였다. 뭐, 비둘기가 보여도 이상할 건 없지만, 쇼윈도에 오직 비둘기만 비친다는 점은 마음에 걸렸다. 분명 그밖에 무언가가 비쳐야 할 텐데.

의아해하며 쇼윈도에 다가가자 비둘기도 점점 가까워졌다.

"엇?"

오른쪽으로 움직이자 비둘기도 따라왔다. 반대 방향으로 가도 똑같이 따라왔다.

……상황이 슬슬 명확해지기 시작했다. 아니, 아직이다. 아직 인정할 수는 없다. 확증을 얻어야 했다. 좀 더 확실히 알 수 있는 행동을 취해보기로 했다.

결심을 다진 뒤, 마야는 양손을 들어 올려 만세를 해보았다. 그러자 쇼윈도에 비친 비둘기가 양 날개를 펼치며 날아오를 듯한 자세를 취했다.

이제는 인정할 수밖에 없었다. 마야는 변신 마법소녀라는 꿈을 비둘기로 변신함으로써 이루게 된 셈이었다.

"아니, 그럴 리가!"

대체 뭘까. 어째서 이 타이밍에 새가 되었을까.

거울에 비친 마야는 목에 펜던트를 걸고 있었다. 금속 소재 고양이도, 발바닥 무늬도, 그대로 비둘기 사이즈로 줄어들었다. 변신한 마야에 맞춰 크기가 달라진 듯했다.

"……설마."

이 펜던트가 원인이 아닐까? 어찌 되었든 말하는 고양이라는 최고로 수상한 존재가 준 물건이다. 받은 사람을 비둘기로 만들어버리는 것도 가능할지 모른다.

"영차, 영차, 여엉차."

마야는 열심히 가게 문 앞으로 이동했다. 클레임을 걸러 온 것이다.

"저기요! 이게 대체 무슨 짓이에요!"

열심히 외쳤지만 아무도 나오지 않았다. 아마 구구라든지 구르릉이라든지 비둘기 울음소리로만 들리는 듯했다.

"아아, 어쩌지."

마야는 문 앞을 왔다 갔다 했다. 큰일이다, 큰일이야.

그 순간 마야는 불안한 낌새를 느꼈다. 아주 위험한 무언가가 다가오는 듯했다.

허둥지둥 그 자리에서 벗어나려 할 때, 푸드덕하는 소리가 주변을 압도하듯 울려 퍼졌다. 검은 날개, 두툼한 부리. 까마귀였다.

까마귀는 일직선으로 마야를 향해 날아왔다.

"으앗."

헐레벌떡 피했다. 큰일이다. 마야는 지금 까마귀에게 습격당하는 중인 듯했다. 갑작스레 약육강식의 세계에 내던져지고 말았다.

첫 공격은 빗나갔지만 까마귀는 포기하지 않고 마야를 덮쳤다. 까마귀가 비둘기를 공격한다니 처음 알았다. 비둘기와 함께 밥 주는 아저씨에게 빵 부스러기를 달라고 조를 듯한 이미지였건만.

"그만해!"

마야는 허둥대며 도망쳤다. 까마귀는 끈질기게 마야를 몰아붙였다.

"저기, 같은 새끼리 말로 하시죠!"

까마귀에게 말을 걸어보았지만 반응은 없었다. 아무래도 의사소통은 불가능한 듯했다. 비둘기는 비둘기, 까마귀는 까마귀라는 뜻일까?

마야는 절망했다. 아아, 이런 곳에서 잡아먹히는 건가. 이 얼마나 비참한 인생인가. 아니, 사람이 아니라 비둘기로 끝나니 구생鳩生인가.

"이쪽이야!"

갑자기 누군가 소리쳤다. 눈을 돌리니 좀 떨어진 곳에 비둘기 한 마리가 있었다. 비둘기끼리는 말이 통하는 모양이다. 늠름하게 튀어나온 가슴이 눈에 띄었다. 비둘기이니 새가슴인 건 당연하다고 할 수 있지만, 흉터가 있어 인상적이었다.

지금은 마야 자신도 비둘기이므로 복잡하니 일단 저 비둘기는 구원자 씨라고 부르기로 했다. 센스라고는 전혀 없는 이름이지만, 까마귀에게 목숨을 위협당해 도망치는 상황에서 이름 짓기에 몰두할 여유는 없었다.

"도, 도와주세요!"

마야는 필사적으로 구원자 씨 쪽으로 달렸다. 비둘기는 사람처럼 달리지 못하니 실제로는 엄청난 기세로 머리를 앞뒤로 움직이며 빠르게 걷는 쪽에 가까웠다.

까마귀는 계속해서 마야를 쫓아왔다. 어쩌면 사냥감이 두 마리로 늘었다며 기뻐하고 있을지도 몰랐다.

"다시 덤벼들면 동시에 날아오르는 거야."

구원자 씨가 말했다.

"네에? 나는 법 같은 거 몰라요."

마야는 비둘기 경력이 몇 분밖에 되지 않는 신참 비둘기다. 갑자기 그런 고급 기술을 요구하면 곤란했다.

"나는 법을 모른다고? 말도 안 되는 소리를 하는 녀석이군. ⋯⋯으음, 하는 수 없지! 어이, 까마귀 자식아, 이쪽이다!"

구원자 씨는 양 날개를 몸 앞에서 맞부딪치듯이 한 번 날갯짓하더니 하늘로 날아올랐다. 거기에 낚인 까마귀가 구원자 씨를 쫓아갔다.

멀어지는 구원자 씨와 까마귀를 망연히 바라보다가 번뜩 정신이 들었다. 이러고 있을 때가 아니다. 어딘가에 몸을 숨겨야 한다.

하지만 비둘기가 숨기 좋은 장소가 어디인지 알 수 없었다. 우왕좌왕하는데 퍼덕거리는 날개 소리가 들려왔다. 흠칫했다. 설마 까마귀가 돌아왔나?

"역시 아직 여기 있었구나. 끝내주게 둔한 녀석이네."

마야는 마음이 놓였다. 돌아온 건 까마귀가 아니라 구원자 씨였다.

"이쪽으로 와. 딱 숨기 좋은 곳이 있어. 다른 비둘기가 살던 둥지였는데, 얼마 전에 비었어."

구원자 씨는 앞장서서 걷기 시작했다. 마야는 허둥지둥 뒤를 쫓았다.

구원자 씨는 묵묵히 걸음을 옮겼다. 따라 걷는 마야도 입을 열지 않았다.

아무 말도 하지 않으니 저절로 생각만 많아졌다. 앞으로 마야는 어떻게 되는 걸까.

비둘기로 살아갈 수밖에 없을까. 구원자 씨가 가르쳐 준 장소에 자리를 잡고, 가지를 주워 모으든 뭐든 해서 둥지를 만들고, 배가 고프면 공원에서 빵 뿌리는 할아버지 발밑을 어슬렁거리면서. 그렇게 살아가게 되는 걸까. 생각만 해도 우울해졌다.

"이봐, 조심해."

구원자 씨가 갑자기 주의를 줘서 마야는 정신을 차렸다.

"저 인간들은 위험해."

초등학생 정도 되는 남자아이들이었다. 딱히 이상한 낌새는 없었다. 평범한 아이들 같았다. 시간대를 보면 집에 돌아가는 중인 듯했다.

"온다."

그러나 구원자 씨는 그렇게 한마디 하고는 퍼덕이며 점프했다. 당황한 마야가 포드닥포드닥하니 아이들이 돌을 던져댔다.

아이들에게는 가볍게 던질 수 있는 작은 돌이었다. 하지만 비둘기인 마야 입장에서는 어지간한 살상 무기였다. 공격 하나하나가 어마어마하게 무서웠다.

마야는 도망치고 도망치다 근처 집의 실외기 그늘에 숨었다. 아이들은 겨우 돌 던지기를 멈췄다. 다른 사람 집에 맞으면 혼날까 봐 그럴 것이다.

"이봐, 나와도 괜찮아. 이제 그 녀석들은 갔어."

마야가 계속 숨어 있자 밖에서 구원자 씨가 말을 걸었다.

"정말 너무해! 뭐야, 저 녀석들은! 난 아무 짓도 안 했는데!"

실외기 그늘에서 나오자마자 마야는 분통을 터뜨렸다.

"자, 자, 그렇게 화내지 마. 저런 인간만 있는 건 아니니까."

구원자 씨가 마야를 달랬다.

"내가 아직 새끼였을 때 인간에게 도움을 받은 적이 있어. 아까 본 녀석들보다도 더 작았어. 어린 새끼 인간이었

156

겠지."

"그랬구나."

마야의 가슴이 따끔거리며 아파왔다. 그 '새끼 인간'은 마야보다 잘 해낸 모양이다. 역시 어떻게 하느냐에 따라 제대로 도와줄 수도 있는 법이겠지. 그 시절 자신의 무력함이 떠올라 스스로가 한심하게 느껴졌다.

"그 새끼 인간은 왜인지는 잘 모르겠지만 내 목에 뭔가를 감아주더니, 그다음 자기 둥지까지 나를 데리고 가줬어. 그런데 부모에게 혼이 난 듯했지. 결국 나를 원래 있던 곳에 돌려놓았어."

"……어."

마야는 숨을 삼켰다.

"설마, 당신."

그때 그 새끼 비둘기일까? 가슴에 있는 흉터는…… 그때 그 상처인 걸까?

"뭐가?"

그야말로 장난감 총을 맞은 비둘기처럼 어리둥절한 듯 구원자 씨가 되물었다.

"아뇨, 아무것도 아니에요."

마야는 마음속의 동요를 어찌어찌 가라앉힌 다음 물

었다.

"당신은 그 새끼 인간을 어떻게 생각해요?"

……아니, 아니다. 이런 질문을 했다는 것 자체가 동요를 전혀 가라앉히지 못했다는 증거였다.

어쩜 이렇게 바보 같을까. 구원자 씨는 분명히 마야를 미워하고 있을 것이다. 스스로에게 괴로운 진실을 마주하게 할 뿐이다. 그런데도 그런 질문을 하다니—

"그 인간은 말이야, 나를 원래 장소에 돌려놓으러 가는 내내 엉엉 울었어. 나한테 사과하는 것 같았지. 무척, 슬퍼 보였어."

구원자 씨는 아주 부드러운 분위기를 풍겼다.

"인간은 먹을 것도 잔뜩 있고, 커다란 둥지에 살지. 우리와는 전혀 다른 삶을 살아. 그래도 모든 일이 생각대로 굴러가지는 않는다는 걸 그때 알았어. 그러니까 미워하지는 말아야겠다고 생각했지."

구원자 씨가 다가와 마야의 목 주변을 콕콕 쪼았다. 거기에는 펜던트가 있었다.

"네가 목에 감고 있는 이걸 보니 그 인간이 해준 일이 떠오르더라고. 왠지 구해주고 싶어졌어. 평소에는 다른 비둘기들을 일일이 다 도와주지는 않는데 말이야."

구원자 씨는 역시 그때 그 비둘기였다. 자신을 구해주지 않은 인간의 마음을 헤아리고 용서해 주었다.

마야는 생각했다. 자신은 과연 어땠는지. 자신은 지금까지 다른 사람의 마음을 생각한 적이 있었을까. 상대방이 무슨 생각을 하고 어떤 마음을 느꼈는지 상상해 본 적이 있었을까.

"자, 이야기는 이만하고 가볼까?"

구원자 씨가 걸음을 옮겼다.

"늦어지면 이 주변에는 족제비가 나오니까—"

"미안해요!"

마야는 구원자 씨에게 사과했다.

"왜 그래?"

구원자 씨가 몸을 돌려 뒤를 보았다. 마야는 그에게 말했다.

"구해줬는데 이렇게 가서 미안해요. 저, 꼭 가봐야 하는 곳이 있어요. 꼭 말을 전해야 하는 사람이 있어요."

그리고 마야는 눈을 떴다.

자기 방 침대. 입은 옷은 잠옷. 스마트폰으로 시간을 확인해 보니 오전 여덟 시였다.

"꿈인가."

역시 그렇겠지. 생각해 보면 당연한 일이었다. 이 세상에 말하는 고양이는 없다. 말하는 판다도 없다. 사람이 별안간 비둘기가 될 일도 없고, 비둘기가 사람의 마음을 헤아릴 일도 없다.

드러누운 채 비둘기에 대해 검색해 보았다. 비둘기는 사람의 얼굴을 기억하고, 외부의 적에게 공격당하면 무리를 만들어 표적에서 벗어나려 한다고 적혀 있다. 하지만 공격적이어서 비둘기끼리 싸우기도 한다니, 굳이 다른 비둘기를 제 몸까지 던져가며 지키려 하지는 않을 것이다.

생각해 보면 당연했다. 정말이지, 참 마음 편한 꿈을 꾸었다. 그 비둘기가 살아남은 데다, 마야의 마음을 헤아리고 용서해 주었다니. 그런 일이 있을 리 없었다.

후유 하고 한숨을 쉰 다음 꿈에 관한 생각을 기억 한구석에 밀어 넣었다. 우선은 평소 일과대로 피겨 스케이팅 정보 사이트부터 시작하자. 기묘한 일은 잊어버리고 평소처럼 일상을 보내는 것이다.

정보 사이트는 전미 선수권 관련 이야기로 떠들썩했다.

예상치 못한 여자 선수가 활약했다고 한다.

마야는 몸을 일으켰다. 사이트에 올라온 출전 선수의 점수와 순위를 진지하게 확인했다.

"⋯⋯그럴 리가."

틀림없이 그 가게에서 사사당고를 먹으며 본 내용 그대로였다.

기억에 남아 있는 키워드로 검색해 보았다. '물건 고쳐 주는 가게', '냐앙'. 제대로 된 결과가 나오지 않았다. ⋯⋯역시 꿈이었을까. 실은 집에서 텔레비전으로 경기를 보았는데, 기억이 뒤섞였을 뿐일지도 모른다.

문득 책상 위로 눈길을 주었다. 거기에는 낯선 물건이 있었다. 줄과 금속판으로 이루어진, 목에 거는 액세서리.

말조차 나오지 않았다. 그건 분명 그 고양이가⋯⋯ 점장이 준 펜던트였다. 틀림없다. 정말로 하나부터 열까지 모두 똑같았다.

아니, 딱 하나 다른 점이 있었다. 작은 발바닥 표시가 사라졌다. 마치 할 말은 전부 다 끝냈다는 듯이.

마야는 거실로 나갔다. 그곳에는 아빠가 있었다. 소파에 앉아 노트북을 펼치고 업무에 필요한 이런저런 서류를 읽거나 메일을 주고 받는다. 옆에는 머그잔. 머그잔에는 커피. 평소와 다름없는 모습이었다.

입은 옷은 양복이 아니라 실내복이었다. ……아아, 그렇구나. 마야는 떠올렸다. 오늘은 일요일이다.

문득 의문이 생겼다. 주말에 집에 있어도 아빠는 자주 저렇게 노트북을 펼친다. 휴일에도 일을 하는 걸까?

생각해 보았지만 답은 나오지 않았다. 마야는 아빠를 잘 모르기 때문이다.

일단 어떤 직종인지는 안다. 어깨가 무거운 자리에 있다는 이야기도 들은 적이 있다.

그러나 아빠의 일상은 도무지 짐작도 가지 않았다. 거리를 두는 사이, 어느덧 아빠가 어떤 나날을 보내고 있는지 전혀 알 수 없게 되어버렸다.

거실에는 마당과 이어지는 유리문이 있다. 그 문으로 빛이 들어와 아주 밝았다. 그런데 마야에게는 아빠가 있는 곳만 침침하니 안개가 낀 듯 보였다.

"안녕히 주무셨어요."

할 수 있는 말은 이 정도뿐이었다. 가장 무난한 인사말.

"그래. 잘 잤니."

아빠가 아주 잠시 마야를 보았다. 안경 속 눈동자는 늘 그렇듯 무슨 생각을 하는지 알 수 없었다.

더 이상 어느 쪽도 입을 열지 않았다. 대체로 항상 이런 식이었다. 평소에는 이대로 끝난다. 출근이 이르면 아빠가 먼저 회사에 가고, 그렇지 않으면 마야가 먼저 학교에 가며, 휴일에는 마야가 방으로 돌아간다. 그중 하나다.

어떻게 하지. 마야는 아빠 자리에서 비스듬히 뒤쪽으로 애매하게 떨어진 곳에 가만히 섰다.

아빠가 무슨 생각을 하고 어떤 마음을 느끼는지 상상하려 했다. ……틀렸다. 전혀 생각이 나지 않았다. 모르겠다. 생각하려 하면 머리와 가슴이 엉망진창이 되어버린다. 그때 본 아빠의 얼굴이 되살아나 숨이 막혀온다. '원래 있던 곳에 두고 와', '안 되는 건 안 되는 거다'. 아빠의 목소리가 재생되어 두려워진다.

그때였다. 마당에 무언가가 포드닥포드닥 내려앉았다.

"앗."

목소리가 튀어나왔다. 마당에 내려앉은 건 구원자 씨였다.

아니, 비둘기는 대부분 겉모습이 비슷하다. 대략적인 종류라면 몰라도, 한 마리 한 마리 구분할 수 있을 리가 없었다. 그럴 리 없는데, 아무리 봐도 저 비둘기가 구원자 씨처럼 보였다.

"비둘기, 인가."

아빠가 중얼거렸다. 마야는 얼어붙었다. 마야가 목소리
를 낸 탓에 아빠가 비둘기를 발견하고 말았다. 어쩌면 또 야
단을 맞을지도 모른다. 그때 같은 눈으로, 그때 같은 목소리
로, 야단을 맞을지도 모른다.

"마야."

노트북으로 시선을 떨어뜨린 채 아빠가 입을 열었다.

"비둘기에 관한 일, 기억하니?"

예상대로였다. 다리가 떨렸다. 입이 바짝 마르고 손에
땀이 뱄다.

"그땐……."

아빠가 뒤를 돌아보았다. 입술이 움직이더니 말이 흘러
나왔다.

"……미안했다."

마야가 전혀 예상하지 못한 말이었다.

"너한테 상처를 줄 생각은 아니었어."

아빠의 눈에 맺힌 것은 그때 같은 차가움이 아니었다.
더 따뜻하고 슬퍼 보이는 빛이었다.

"너는 엄마와 한 약속을 지키려고 줄곧 어깨에 잔뜩 힘

을 주고 필사적으로 살아왔지."

아빠의 목소리에 담긴 것은 그때와 같은 가시가 아니었다. 더 보드라운, 감싸 안아주듯 따스한 온기였다.

"거기서 해방시켜 주고 싶어서 일부러 더 차갑게 말했어. 네가 그렇게 상처 받을 줄 모르고."

아빠는 고개를 조금 떨구었다.

"너는 내가 생각한 것보다도 훨씬 더 마음이 따뜻한 아이였던 거야."

아무 말도 할 수 없었다. 아빠는 마야가 생각하는 것보다 훨씬 더 어른이었다. 마야가 아는 것보다 훨씬 더 마야를 사랑해 주었다.

아빠는 자리에서 일어나 거실 한편에 있는 장의 문을 열었다. 그리고 사진첩 한 권을 꺼냈다. 마야는 놀랐다. 거기에 사진첩이 들어 있다는 것조차 몰랐기 때문이다.

"이 웃음을 되찾고 싶었어."

거실 테이블 위에 사진첩을 놓고, 아빠는 한 장 한 장 페이지를 넘겼다. 사진첩에는 아빠와 엄마와 마야의 웃음이 잔뜩 담겨 있었다. 그랬다, 아빠도…… 웃고 있었다.

마야와 아빠만 찍힌 사진 한 장. 둘만 있는 걸 보니 엄마가 촬영한 사진인 듯했다. 마법소녀 의상을 입은 마야가 무기를 들고 있고, 아빠가 바닥에 누워 있다. 웃는 듯 찡그린 듯한 얼굴로 "당했다!" 외치듯 연기를 하고 있었다.

생각해 보니 그랬다. 마야와 엄마는 주인공 역이었다. 하지만 주인공만 있어서는 놀이가 성립되지 않는다. 역시 악역을 맡는 사람이 있었던 것이다. ……아아. 왜 잊고 있었을까.

"아빠."

마야는 아빠를 꼭 껴안았다. 눈물이 계속해서 넘쳐흘렀다. 지금까지 두 사람 사이에 있던 응어리를 흘려보내듯이.

"마야."

아빠가 서투른 손길로 머리를 살살 쓰다듬어 주었다.

"아, 피겨 봐야지."

잠시 후 마야는 아빠 품에서 얼굴을 떼고 말했다. 아빠에 대해 조금 알게 되었으니 다음은 마야에 대해 알려줄 차례였다.

"아빠도 볼래?"

마야는 그렇게 말하며 소파에 앉았다.

"피겨 스케이팅이라. 엄마도 자주 봤었지."

아빠가 옆에 앉았다.

"아빠, 피겨 잘 알아?"

"그럼. 4회전 하면 높은 점수를 받아서 이기는 거잖아."

자신 있는 말투로 아빠가 말했다. 정말 엄청난 대답이 었다.

"완전 틀렸어."

마야는 인정사정없이 지적했다.

"그래?"

아빠는 약간 충격받은 듯한 표정을 지었다.

"응. 어려운 점프를 뛰면 점수가 높아져서 확실히 유리 하긴 하지만, 지금은 점프 점수만 너무 높으니까 다음 시즌 부터는 낮추는 방향으로 논의 중이야. 앞으로는 좀 더 예술 적인 요소를—"

그때 문득 마당으로 시선을 돌렸다. 그곳에 구원자 씨의 모습은 더 이상 보이지 않았다.

증거는 없었다. 그래도 마야는 그 새가 틀림없이 구원자 씨였으리라는 생각이 들었다.

4장

잃어버린 꿈을 깨우는
비즈 인형

여자가 말하는 '대단하다'에는 다양한 뉘앙스가 있다. 정말 남다르다고 감탄하는 것, 대단하다고 칭찬해서 상대방의 환심을 사려 하는 것, 상대방이 대단하다는 말을 듣고 싶어 하는 듯해서 맞춰주는 것.

"과장님은 정말 대단하시네요."

그리고 언외에 '대단한 건 인정하지만 나는 그렇게 못할 듯'이라는 거북함을 담은 것.

"아니에요."

에구치 아케미는 그런 '대단하다'를 받아넘겼다. 사회인이 된 지 약 10년. 이런 반응에는 이제 이골이 났다.

상대인 고모토 나쓰키는 입사한 지 반년쯤 된 젊은 부하 직원이다. 아마 아케미처럼 '시키지 않은 일까지 적극적으로 맡아서 하는' 사람에게는 익숙하지 않은 모양이었다.

"별로……."

대단한 건 아니니까, 라고 하려다 중간에 말을 삼켰다. 너무 아등바등 일하면 '상사가 먼저 나서서 초과 근무를 하는 바람에 공짜 노동을 하라는 압박감이 느껴진다'며 불편해한다는 이야기도 있다. 부하 직원이 무리하기를 바라지는 않으니 뭔가 다른 말을 생각하기로 했다.

"이번 주 일요일은 바쁘지 않아서요."

이 정도면 적당할까.

아케미는 자신을 그리 높이 평가하지 않는다. 나이에 비해 높은 직함을 달았지만, 더 큰 기업에서 더 큰일을 맡은 동년배들은 얼마든지 있다.

그런 의미에서 '대단한 건 아니니까'라고 말하려던 것은 진심이었다. 그렇다, 별로 대단한 건 아니다. 그저 해야 할 일을 하고 있을 뿐이다.

'일요일 오전 근무'란 역시 귀찮은 일이기는 하다. 휴일이 반쯤 줄어드는 데다, 생각만큼 휴일 수당이 많이 나오는 것도 아니다. 평가가 드라마틱하게 올라가는 것도 아니다.

그저 누군가는 해야 하는 일이니 한다. 그뿐이었다.

그런 이유로 돌아오는 일요일, 아케미는 바지 정장 차림으로 회사에 갔다. 해야 할 일을 오전 중에 재빨리 마치고, 점심은 회사 옆 메밀국숫집에서 잽싸게 해치우고, 그대로 날쌔게 퇴근 전철에 올라, 신속하게 빈자리에 앉았다.

전철에서 시간을 때울 때면 늘 스마트폰을 들여다본다. 게임이나 메시지 앱이 아니라 전자 신문을 주로 읽는다.

취업 준비할 때 일단 훑어봐야 하나 싶어 구독을 시작했다가, 어쩌다 보니 지금까지 계속 읽고 있다. 읽어서 손해가될 것도 없고, 업무 면에서도 도움이 된다. 게다가 출퇴근 시간까지 들여가며 하고 싶은 다른 무언가가 있는 것도 아니다. 그만둘 이유가 없는 셈이었다.

일요일 신문은 칼럼이 많거나 북 섹션이 있어서 평일에비해 내용이 가벼운 편이다. 재빠르게 읽어 내려가던 아케미는 어떤 기사에서 문득 손을 멈췄다. 벼락 맞은 듯한 충격을 받아서였다.

아케미를 경악하게 한 건, 매주 각 분야에서 활약 중인여성을 인터뷰하는 박스 기사였다. 기사 자체는 그리 특별하지 않았다. 이번 인터뷰의 주인공이 문제였다.

'역사학자 히라우치 노리코'. 사진은 칠판 앞에서 강의하는 여성의 모습을 찍은 것이었다. 밝고 아름답고, 그러면서도 지위에 걸맞은 지성마저 느껴졌다.

아케미는 이 여성을 알고 있었다. 과거 잠시나마 인생이 서로 맞닿은 적이 있는 상대였다.

분위기는 전혀 달랐다. '그 시절'처럼 안경도 쓰지 않았고, 꽤나 세련되어 보였다. 하지만 이름만 같은 사람은 아니었다. 아케미는 알았다. 이 여성은 틀림없이 '그' 노리코다.

기사를 읽었다. 지금 그녀는 유명한 대학의 준교수로, 텔레비전 방송에서 전문적인 내용을 해설하는 패널로도 활약 중인 듯했다. 시원시원한 말투와 요점을 간결하게 짚어내는 설명으로 인기를 얻고 있다고 한다. 텔레비전을 거의 보지 않는 아케미는 처음 듣는 이야기였다.

기사의 마지막은 이렇게 마무리되었다.

TV 역사 프로그램에서는 늘 나이 많은 학자가 해설을 맡는 것이 '왕도'였지만, 그녀는 그런 세태에도 담담한 자세로 도전한다. "기나긴 역사 속에서 사람의 일생은 지극히 짧은 한때라고 하는데, 바로 그 말대로다. 한 사람 한 사람이 나이를 먹었든 그렇지 않든 인류의 역사 앞에서는 크게 차이가 없다. 앞으로도 역

사의 재미를 널리 알리고 싶다."

기억이 선명하게 되살아났다. 그녀와 함께했던 시간에 대한 기억. 지금과는 전혀 다른 가치관과 태도로 살았던 아케미와 지금과는 분위기가 전혀 달랐던 노리코가 같은 장소에서 같은 시간을 보냈던 때의 기억이…….

시간을 때울 때면 늘 아이팟을 틀었다. 등하굣길 전철 안에서뿐만 아니라, 학교에서도 쉬는 시간마다 꼭 음악을 들었다. 격렬하고 시끄러운 장르의 음악이었다.

물론 음악을 좋아한다는 이유도 있었지만, 무엇보다 가장 큰 목적은 관심 없는 이야기를 차단하는 데 있었다.

멋있는 아이돌, 개그, 예쁜 옷. 반 아이들의 이야깃거리는 그때그때 달랐다. 다시 말해, 뭐든 상관없었다. 중요한 건 '반 친구들과 대화하고 있다는 상황' 그 자체. 아이들에게는 자신이 제대로 분위기를 파악할 줄 알고 반에서 소외되지 않은 존재임을 어필하는 것이 가장 중요했다.

어쨌든 불쾌한 사고방식이었다. '모두와 함께', '모두와 똑같이' 존재하는 것만 중시하고, 그러기 위해서라면 싫어하는 것도 좋아한다고 말하며 자신이 좋아하는 것도 멀리한다. 진절머리가 난 아케미는 '나한테 말 걸지 마' 오라를 방출하며 음악으로 주위와 벽을 쌓았다.

집에서 먼 고등학교에 입학한 지 한 달째. 같은 반 아이들과 변변히 말도 섞어보지 않았지만, 딱히 불편한 점은 없었다. 그대로 아무도 말을 걸지 않아도 아무 문제 없었다.

"저기, 있잖아, 에구치."

그러나 현실은 마음처럼 쉽게 흘러가지 않았다. 고등학교 입학을 계기로 남자들에게 인기를 얻으려 작정한 같은 반 여자아이가 '프렌들리'한 미소를 지으며 말을 걸어왔다.

"뭐야?"

아케미는 이어폰을 뽑으며 붙임성이라고는 한 조각도 느껴지지 않는 대답을 던졌다.

"에구치는 음악을 자주 듣던데."

하지만 그녀의 미소는 흐트러지지 않았다.

"무슨 노래 들어? 알려주라."

알려달라고 하니 알려주기로 했다.

어느 미국 밴드의 1집 앨범이다. 멤버 전원이 기분 나쁜 가면을 쓰고 똑같은 작업복을 입는다는 점이나, 시끄러운 기타와 절규하는 보컬을 밀어붙이는 음악성이—

"외국 노래구나. 나는 잘 몰라서."

하지만 반 아이는 외국 밴드라는 점에서 이미 흥미를 잃은 상태였다. 그다음에 이어진 이야기는 완전히 흘려들었다는 게 훤히 보였다.

"모르겠으면 듣는 척할 필요 없어."

열이 받아서 마음의 셔터를 쾅 하고 내리는 소리를 들려주었다. 반 아이는 얼어붙은 표정으로 "아하하" 하고 얼버무리며 자리를 떠났다.

아케미는 말없이 이어폰을 다시 꽂았다. 말해도 헛수고다. 결국 다들 자기가 관심 있는 일에만 주의를 기울일 뿐이다. 잘 모르는 것에는 손을 뻗지 않는다. 어차피 그런 식이겠지. 아하하.

'무슨 노래 들어' 사건 이후, 반에서 아케미의 위치는 단단히 굳어졌다. '알 수 없는 외국 음악을 듣는 무서운 사람'이다. 바라던 바였다.

쉬는 시간은 혼자서 보내고, 방과 후에는 학교 옥상에 올라가는 것이 아케미의 일과가 되었다. 바로 집에 갈 수도 있었지만, 길거리나 전철에서 같은 반 아이들과 마주치면

힐끔힐끔 쳐다봐서 성가시니 하교 시간을 늦추기로 했다.

옥상에는 아무도 없어서 그럭저럭 쾌적한 시간을 보낼 수 있었다. 여름이면 더울 테고 겨울이면 추울 테지만, 그건 그때 가서 생각해야지.

아케미는 혼자만의 시간을 만끽했지만, 그리 오래가지는 않았다. 부르지도 않은 누군가가 갑자기 나타났기 때문이다.

그날은 이슬비가 흩날렸다. 옥상에는 당연히 지붕이 없어서 아케미는 계단 입구의 차양 아래에서 비를 피하고 있었다. 학교 안에 들어가면 될 것을 굳이 바깥에서 버텼다. 오기 때문이었다.

늘 그렇듯 음악을 듣는데, 갑자기 문이 열렸다. 무슨 일인가 싶어 돌아보니 그곳에 한 여학생이 서 있었다.

키는 작은 편이었다. 안경을 쓰고, 머리는 쇼트커트 비슷한 모양새로, 왠지 쭈뼛쭈뼛 머뭇대는 분위기였다. 명찰 색을 보니 같은 1학년 같았다. 이름은 히라우치라고 적혀 있었다.

히라우치는 아케미를 힐끔 보고는 다시 고개를 숙이기를 반복했다. 참 이상했다.

"뭐야?"

아케미는 한쪽 이어폰을 빼며 물었다. 히라우치는 화들
짝 놀랐다.

이렇게 무서워하는 걸 보면 금방 도망치겠지. 아케미는
그렇게 생각했지만, 히라우치는 묘하게 끈질겼다. 우물쭈
물하며 작게 심호흡을 했다.

"옥상에 볼일이 있어서."

그러더니 뭔가 말하기 시작했다.

"그래."

아케미가 할 말은 아니지만, 이런 곳에 무슨 볼일이 있
단 말인가. 게다가 비도 오는데. 몹시 궁금했지만, 일단 젖
지 않을 정도로 옆으로 비켜 길을 만들어주었다.

히라우치는 옥상까지 걸어 나가더니 흩날리는 빗방울
에 놀라 차양 안으로 돌아왔다.

차양은 폭이 그리 넓지 않았다. 히라우치가 다시 들어오
니 꽤나 가까이 붙어 나란히 선 모양이 되었다.

왠지 마음이 진정되지 않았다. 그렇다고 딱히 말을 걸
이유도 없었다. 할 말도 없었다. 신경 쓰지 않기로 하고 아
케미는 이어폰을 다시 꽂으려 했다.

"저기."

그때 히라우치가 갑자기 말을 걸었다.

"왜?"

망설이며 아케미가 대답하자 히라우치는 바짝 긴장한 상태로 몸을 돌렸다. 교칙을 준수한 치마 길이에 단단히 조인 넥타이. 우등생이라기보다는 수수한, 성실하다기보다는 수수한, 아무튼 수수해 보이는 학생이었다.

"나는 히라우치 노리코라고 해."

히라우치는 자기 이름을 알려주었다. 점점 더 영문을 알 수 없었다. 갑자기 나타난 수수한 소녀에게 자기소개를 들을 이유는 없었으니까.

"잘 부탁해."

히라우치 노리코는 고개 숙여 인사했다. 그때 그녀의 가슴 언저리에서 무언가가 흔들렸다. 가슴 주머니에 꽂힌 펜 끄트머리에 방울이 달려 있었다. 작고 눈에 띄지 않는 데다 소리도 잘 들리지 않는, 그녀의 분위기와 꼭 닮은 방울이었다.

"내리실 문은 왼쪽입니다."

안내 방송이 추억에 잠긴 아케미를 현재로 불러냈다. 안내 모니터로 시선을 돌려보니 벌써 집 근처 역이었다.

까맣게 잊고 있었다. 그 시절을 떠올리기는 정말 오랜만이었다.

전철이 멈추었다. 스마트폰을 토트백에 넣고 지퍼를 잠근 다음, 자리에서 일어났다.

승강장에 내려서 개찰구를 지나 역을 나섰다. 머릿속은 과거에 대한 생각으로 가득했다. 음악이라도 들었다면 기분이 달라졌을지도 모른다. 하지만 지금 아케미에게는 아이팟 같은 기기가 없었다. 스마트폰에 이어폰을 꽂아두지도 않았다. 음악을 듣지 않은 지 벌써 오래되었다.

멍하니 길을 걸었다. 이제 와서 생각해 봤자 소용없는 기억들만 온통 되살아났다. 후회해 봤자 아무 의미 없는 실수들만 되돌아보았다. 가슴이…… 답답해졌다.

술을 마셔야겠다. 아케미는 그렇게 결심했다. 이 상태로는 내일까지 질질 끌게 될 것만 같았다.

드러그스토어에 들러 츄하이│소주 등의 증류주에 탄산수와 과즙 등을 섞은 술│와 과자를 잔뜩 샀다. 집에서 술 마시는 습관은 없어서 브랜드는 대충 골랐다. 계산대에서 비닐봉지에 담은 다음, 봉지째로 토트백에 집어넣었다. 비닐봉지는 필요 없지 않나 싶기도 했지만, 집에서 쓰레기통으로라도 쓰면 될 듯했다.

드러그스토어에서 나와 잠시 걸었을 때 토트백 속 스마트폰이 진동했다. 이 진동은 회사 메일 계정용 알림이다.

잠시 후 다시 같은 식으로 진동이 울렸다. 연속으로 두 번 오다니, 뭔가 급한 연락일지도 모른다. 확인하는 편이 좋을 듯했다.

멈춰 서서 토트백을 열려고 했다. 지퍼가 왠지 뻑뻑했다. 힘을 줘서 잡아당기자 지퍼 사이에 낀 드러그스토어 비닐봉지가 보였다. 봉지를 사이에 둔 채 지퍼를 닫아버렸나 보다. 미처 알아채지 못했다.

스마트폰을 꺼내 메일을 확인했다. 보낸 사람은 bloody_dark_nightmare 어쩌고저쩌고라는 주소였고, 제목은 각각 "오랜만이에요. 시가라키 안나입니다"와 "고모토입니다. 방금 메일은 잘못 보냈어요. 죄송합니다"였다.

대충 무슨 사정인지는 알았으니 메일을 삭제했다. 메일을 열어보지 않은 건 배려였다. 사적인 메일을 회사 상사에게 잘못 보낸 건 관리가 미흡하다는 뜻이니 얼굴을 보면 주의는 주어야겠다. 이런, 이런.

아케미는 스마트폰을 다시 토트백에 넣고 지퍼를 닫으

려 했다.

"엇."

그리고 신음했다. 지퍼가 닫히지 않았다. 서로 맞물리지 않은 지퍼를 반대쪽 끝까지 당기고 말았다.

일단 닫혀 있는 부분까지 돌아가서 신중하게 다시 한번 닫아보았다. 역시 잠기지 않았다. 틀림없다. 지퍼가 고장 나 버렸다. 엎친 데 덮친 격이란 이런 것인가.

일단 내일은 이 가방을 들고 출근했다가 퇴근할 때 어딘 가 들러 새것을 사는 수밖에 없으려나. 바지 정장에 토트백 조합은 제법 마음에 드는 코디였건만.

걸음을 옮기다가 다시 멈춰 섰다. 시가라키 어쩌구 씨에 게 또 메일이 온 건 아니었다. 가는 길에 간판 하나를 발견 했기 때문이다.

"물건 고쳐주는 가게, 네코이오리|猫庵, 庵은 일본어로 이오리라 고도 읽는다|", "무엇이든 고쳐드립니다". 간판에는 그렇게 적 혀 있었다. 디자인에 관한 지식이나 감각이 있는 사람이 만 들었는지 눈길을 끄는 모양새였다. '이오리' 부분은 위로 삐친 획 부분을 꼬리 모양으로 만들어서 아주 깜찍하기까 지 했다.

그건 그렇고, 뭐든 고쳐준다니 아주 다행스러운 일이었

183

다. 굳이 새로 살 가방을 고르지 않아도 된다. 애초에 지퍼 때문에 가방을 새로 사자니 너무 아까웠다.

네코이오리라는 가게의 건물 디자인은 깔끔하고 차분했다. 쇼윈도가 있고 옷이나 소품 등이 이것저것 놓여 있었다. 수선 기술을 어필하기 위해서인가.

쇼윈도 안을 대강 둘러보았다. 수예에 대해서는 잘 몰라서 좋고 나쁨을 평가할 수는 없지만, 일단 완성도가 괜찮아 보였다. 지퍼 수선 정도는 쉽게 해줄 것 같았다.

"실례합니다."

아케미는 문을 열고 인사하며 안으로 들어갔다.

카운터와 4인용 테이블석이 두 개. 가게 안은 마치 카페 같은 구조였다. 빨간 일본식 우산이 카운터 위를 덮듯 놓여 있는 걸 보니 전체적인 콘셉트는 일본식 찻집인 듯했다. '물건 고쳐주는 가게'라는 말을 보고 제페토 할아버지의 공방 같은 인테리어를 상상했던 터라 허를 찔린 기분이었다.

카운터 위에는 고양이가 있었다. 갈색 털에 검은색 줄무늬. 발라당 드러누워 아케미 쪽을 보고 있었다. 가게 마스코트 같은 존재일까. 돈을 받고 고양이와 놀게 해주는 고양이 카페도 널리 보급되었으니 나쁜 전략은 아닌 듯했다.

고양이와 눈이 마주쳤다. 오렌지……라고 하기에는 붉

은 기가 강한 색이었다. 가장 비슷한 것을 고르자면 저녁노을일까. 보는 사람의 마음에 쓸쓸함과 적막함을 불러일으키는 색이다.

"어서 오세요."

카운터 안쪽에 있는 문이 열리고 청년이 들어왔다. 나이는 20대 정도 될까. 젊은 인기 배우라고 해도 믿을 만큼 잘생긴 얼굴과 늘씬한 몸태의 조합은 한눈에 봐도 여자에게 인기가 많을 듯했다. 하지만 한편으로는 눈동자 속에 단순히 잘생긴 남자와는 조금 다른 빛이 담겨 있었다. 호락호락하지 않다고 해야 할지, 원숙하다 해야 할지. 예사롭지 않은 느낌이었다.

"점장님, 손님을 제대로 맞아주셔야죠."

청년은 고양이에게 말을 걸었다. 손님이 마음 편히 고양이와 스킨십을 할 수 있도록 배려하는 것이리라. 그럼 사양하지 않고 이 점장이라 부르는 고양이와 잠시 놀아볼까—

"에이 무슨. 내가 상대하면 꼬맹이가 할 일이 없어지지 않느냐. 워어크셰어링이라는 것이다."

그러자 점장은 억지스러운 핑계를 댔다. 아케미는 소스라치게 놀랐다. 고양이가 말을 했다. 워크셰어링 같은 단어를 고양이 입에서 듣는 날이 올 줄이야.

"제 일은 너무 많아서 곤란할 지경이에요. 줄여주셔도 전혀 상관없답니다."

청년은 아무렇지 않게 점장과 대화했다. 그에게는 일상적인 일인 듯했다.

"자리에 앉으시겠어요?"

당황한 아케미에게 청년이 웃으며 자리를 권했다. 웃는 얼굴도 역시 매력적이다. 하지만 거기에 속아 넘어갈 아케미가 아니었다.

"어째서 고양이가 말을 하는 거죠?"

우스꽝스러운 질문이지만, 이렇게 묻는 수밖에 없었다.

"거참 이상한 소리를 하는군."

점장이 카운터에서 내려와 바닥에 섰다.

"고양이는 말을 하면 안 된다고 누가 정했나? 사람도 말을 하는데 고양이가 말 못 하리란 법은 없지."

그렇다, 점장이 서 있었다. 뒷발로 똑바로 섰다. 이런 어처구니없는…….

"초등학생 같은 논리네요. '왜 나쁜 짓을 하면 안 되나요? 높은 사람도 하잖아요'처럼 말이죠. 그야말로 궤변이에요."

고양이의 말이 이치에 맞지 않는다고 청년이 지적했다.

고양이가 서 있는 방식은 물리적 이론에 어긋나는 듯한데, 그쪽은 지적하지 않는 모양이다.

"에잇, 그 입 다물라. 말꼬리 잡지 말거라."

고양이가 발을 동동 구르며 성을 냈다. 동작 하나하나가 고양이답지 않았다. 아니, 그건 그거대로 귀엽긴 하지만.

"여하튼, 그쪽은 앉게. 암주로서 손님을 세워두는 건 예의가 아니니."

점장이 아케미를 올려다보며 말했다.

"……네."

그 말에 따라 아케미는 카운터석으로 향했다.

"어떤 일로 찾아주셨나요?"

자리에 앉자 청년이 물었다.

"가방 지퍼가 망가져서요."

아케미는 들고 있던 가방을 카운터 위에 올렸다.

"음. 보여주게."

점장이 카운터 위로 뛰어올라 지퍼를 들여다보았다.

"꼬맹이. 이 가방에 맞는 지퍼와 실뜯개를 가져오너라. 그리고 가위 같은 여러 도구들도."

그리고 그대로 가방을 들여다보며 청년에게 지시를 내렸다.

"알겠습니다."

청년은 방금 전에 들어왔던 문을 열고 바깥으로 나갔다.

"이런, 이런. 자네, 억지로 지퍼를 닫았구먼."

얼굴을 든 점장이 아케미를 쳐다보았다.

"비닐봉지가 걸려서 그만."

아케미는 변명하며 내심 혀를 내둘렀다. 척 보고 거기까지 알아내다니 보통이 아니었다.

"가방 상태를 보면 평소에는 그리 험하게 다루지 않은 듯한데. 무슨 일 있었나?"

점장은 카운터 위에 무릎을 꿇고 단정히 앉더니 아케미에게 말했다.

"말해보게. 고양이 손을 빌려주지│'고양이 손이라도 빌리고 싶다'라는 일본의 속담을 패러디한 말로, 이 속담은 일이 바쁘거나 위급할 때 누군가의 도움이라도 받고 싶다는 뜻을 담고 있다│."

동그란 눈동자가 아케미의 눈을 가만히 들여다보았다. 신비로운 색의 눈동자는 마음속까지 꿰뚫어 보는 듯한 빛을 띠고 있었다.

"자, 사양 말고. 어서 말해보게."

점장은 망설일 틈도 주지 않고 몸을 자꾸자꾸 들이밀었다.

"아니, 딱히, 아무 일도 없었는데요."

아케미는 우물쭈물했다. 딱 잘라 단호하게 거절하지 못했다.

"정말 아무 일 없나? 혼자 대처할 수 있다고 자신 있게 말할 수 있다는 게지?"

점장의 말을 완전히 부정할 수 없었기 때문이다.

"저는……"

입을 열어도 그저 마음속 동요가 새어 나오기만 했다.

"점장님, 가져왔어요."

청년이 무언가를 잔뜩 끌어안듯 들고서 돌아왔다. 불편함이 점점 커졌다. 점장뿐 아니라 이 청년까지 내 이야기를 듣게 되는 건가.

"꼬맹이. 내가 됐다고 할 때까지 창고를 정리하거라."

아케미가 그런 생각에 빠져 있을 때 점장이 청년에게 명령했다. 아케미의 속마음을 알아챈 걸까.

"뭐예요, 그 심술 같은 명령은? 직장 내 괴롭힘이에요."

청년이 투덜투덜 항의했다.

"잠시 이야기를 들으려고 그런다."

점장은 조금 진지한 말투로 말했다.

"고민을 끌어안고 있다고 해서 모두 가여운 사람이라는

법은 없지."

그리고 힐긋 아케미 쪽을 보았다.

"자기 잘못이 원인인 고민도 있는 게야."

아케미는 어안이 벙벙해졌다. 아케미의 애매모호한 태도만 보고 거기까지 알아냈다는 말인가.

"알겠습니다. 무슨 일 있으시면 부르세요."

납득했는지 청년은 가져온 도구들을 카운터에 내려놓은 다음 문을 열고 밖으로 나갔다.

"자, 그럼 고치면서 들어보도록 하지."

점장은 그렇게 말하더니 아케미 옆 의자에 앉아 도구를 이것저것 만지기 시작했다. 고양이처럼 앉은 게 아니라, 사람처럼 엉덩이를 걸치고 앉았다.

"지퍼를 떼어내고 교체할 예정인데, 문제없나?"

점장이 물었다. 손, 이 아니라 앞발로 조각칼처럼 생긴 도구를 들었다. 조각칼보다 금속 부분이 가늘고 긴 데다 두 갈래로 갈라져 있다. 한쪽은 길고 다른 한쪽은 짧았다.

"떼어낸다고요?"

정확히 이해가 되지 않았다. 지퍼는 가방에 완전히 딱 달라붙어 있어서 뭔가로 붙여두었다는 느낌은 들지 않았다.

"지퍼 부분의 실을 풀고 새로운 지퍼를 꿰매 붙이는 것이네."

점장은 태연하게 말했다. 반면 아케미는 깜짝 놀라고 말았다. 굉장히 큰 공사 아닌가.

점장이 펼쳐놓은 도구들을 살펴보니 교체용 지퍼가 있었다. 이런 지퍼가 따로 존재하는 줄은 처음 알았다.

"내 입으로 말하기는 뭐하지만, 실력은 확실하다네. 상처가 난다든지 그런 걱정은 할 필요 없어."

점장이 말했다. 수리는 청년이 아니라 점장이 하는 모양이다. 하지만 좀 전에 스스로 말한 대로 점장의 손은 고양이 손이다. 정말 고칠 수 있을까?

"뭐, 맡겨 두게. 이 정도는 전혀 문제없으니까."

아케미의 걱정에도 아랑곳없이 점장은 자신만만했다.

"으음, 그렇다면야."

이렇게 된 이상 어쩔 수 없었다. 반신반의하면서도 가방을 맡기기로 했다. 안에 든 물건을 모두 꺼낸 뒤 가방을 점장에게 건넸다.

"마음 푹 놓고 있으면 된다네."

점장은 작업을 시작했다. 할 일이 없어진 아케미는 소지품을 내려다보았다.

술과 과자, 물건을 담은 작은 주머니, 화장품 파우치, 지갑, 손수건과 티슈, 스마트폰. 여기에 가끔 서류나 전자책을 읽기 위한 태블릿 PC가 들어가는 정도일까. 어쩌다 보니 추가된 과자와 술을 제외하면, 이것이 지금의 자신인 셈이다. 실용적인 걸 넘어서서 사무적이기까지 하다. 아무런 재미도 없다.

노리코의 모습을 떠올렸다. 전자 신문의 흑백 사진으로 보아도 느껴질 만큼 반짝반짝 빛났다. 이 거리, 이 차이.

과거의 노리코보다 지금의 자신이 더 시시할지도 모른다. 그 시절의 노리코가 '수수한' 사람이었다면, 지금 자신은 '무미건조한' 사람이 아닐까. 수돗물 같은, 아니 수돗물에도 석회질 냄새는 난다. 그보다 더 재미가 없다. 물이라기보다는 물 분자다. H_2O다.

"심각한 표정이군."

목소리가 들려 화학식의 세계에서 현실로 돌아왔다.

점장을 보니 조각칼 같은 도구로 빠르게 지퍼의 솔기를 풀어내고 있었다. 어떻게 고양이 손으로 그런 고도의 작업이 가능한 걸까. 이치에 맞지 않는다.

"이런저런 생각이 나서요."

아케미의 입에서 말이 툭 흘러넘쳤다.

"옛 친구가 아무래도 꿈을 이룬 것 같더라고요."

점장이 작업하는 모습을 보는 동안 왠지 묘하게 힘이 빠진 듯했다.

"호오."

점장은 작업을 계속하며 맞장구를 쳤다.

"그걸 기뻐할 수가 없어서."

말을 거듭할수록 그저 갑갑하고 복잡하기만 했던 마음의 모양이 조금씩 또렷해지기 시작했다.

"그리 친하지 않은 친구였나?"

"아니요. 사이는 좋았어요."

점장의 물음에 아케미는 고개를 가로저었다. 줄곧 노리코와 함께였다. 그 시절 자신의 가장 절친한 친구는 노리코였고, 그 시절 노리코의 가장 절친한 친구 또한 아케미였을 것이다.

"사이는 좋았어요. 하지만 뭐라 할지."

친구였다. 가장 절친한 친구.

"뭐라 해야 할지."

그 시절에는.

갑자기 자기소개를 한 히라우치 노리코는 그 후 "그럼 안녕"이라는 말을 남기고 돌아가 버렸다. 영문을 알 수 없었다.

다음 날, 한 가지 사실이 밝혀졌다. 히라우치 노리코는 놀랍게도 아케미와 같은 반이었다. 전혀 몰랐다.

한두 달쯤 지나면 반 안의 세력은 어느 정도 정리가 된다. 예쁘고 요령 좋은 여자아이를 핵심으로 가장 중심이 되는 그룹이 만들어지고, 운동부며 평범한 아이며 공붓벌레며 애니메이션 오타쿠며 여러 그룹이 그 '핵심'을 다트 과녁처럼 에워싼다. 참고로 아케미의 위치는 과녁 바깥이다. 벽 어디쯤. 틀림없이 빵점인 위치다.

히라우치 노리코는 어떤가 하면, 바깥쪽 원에 필사적으로 매달려 있는 느낌이었다. 가슴에 달린 작은 방울처럼 유심히 보지 않으면 눈에 띄지 않는, 그런 존재였다.

그렇다면 외톨이가 되지 않도록 보험 삼아 아케미에게 말을 건 걸까. 아니, 그렇게 계산속이 빠르다면 좀 더 제대로 된 방식으로 접촉해 왔을 것이다. 그건 너무 서툴렀다. 역시 수수께끼였다.

방과 후. 청소 당번을 마치고 옥상에 올라가니 이미 히라우치 노리코가 와 있었다. 멍하니 선 아케미에게 히라우치 노리코는 "안녕" 하며 고개 숙여 인사했다.

그 후 아케미가 돌아갈 때까지 히라우치 노리코는 아무것도 하지 않았다. 그저 말없이 무슨 책을 읽었다. 궁금증은 계속 깊어질 뿐이었다.

다음 날도, 그다음 날도, 히라우치 노리코는 옥상을 찾아왔다. 책 다음으로는 무슨 낡은 종이를 펼치고 열심히 들여다보았다.

아케미는 그동안 계속 이어폰을 꽂고 있었지만, 음악은 거의 듣지 않았다. 음악을 들을 때가 아니었다. 뭐지. 대체 뭐란 말인가.

어느 날, 아케미는 드디어 결심했다. 대체 무슨 생각인지 따져야겠다.

"저기! 에구치!"

그러자 상대방 쪽에서 먼저 말을 걸어왔다.

"왜?"

선수를 치는 바람에 저도 모르게 평소처럼 대답해 버렸다.

"에구치가 듣는 음악, 나도 들어보고 싶어!"

"뭐?"

예상치 못한 말에 아케미의 눈이 휘둥그레졌다.

"어, 음."

허둥지둥 재킷 주머니에서 아이팟을 꺼내 가수 목록을 들여다보았다.

힐끔 히라우치의 얼굴을 보니 결투 신청이라도 하듯 진지했다. 음악을 듣는 표정은 아니었지만, 아무튼 요전번의 누구누구 씨와 마음가짐이 다르다는 것은 명백했다. 이쪽도 진지하게 알려주어야 했다.

"이거려나."

가진 곡 중에 가장 유명한 밴드로 골랐다. 이것도 미국 밴드다. 리드미컬한 랩과 헤비한 기타가 애처로운 멜로디를 개성 있는 목소리로 노래하는 보컬과 어우러진, 일본에서도 인기가 많은 밴드다.

아이팟에 들어 있는 건 2집 앨범이었다. 어떤 곡으로 할까. 다 좋은 곡인데…… 뭐, 우선 세 번째 노래면 되려나. 곡을 고르고 일시 정지 상태로 만들었다.

"이게 오른쪽이야."

방향을 알려주면서 이어폰을 건넸다. 히라우치는 어색한 손놀림으로 이어폰을 귀에 꽂았다.

평소 듣는 것보다 음량을 조금 낮춘 다음 노래를 재생했다.

히라우치의 표정은 변화가 없었다. 긴장한 표정으로 아무것도 없는 허공을 노려보았다. 음악에 집중하고 있는 듯했지만, 그렇다 쳐도 과장이 심했다.

소리가 들리지 않으니 노래가 어디까지 흘렀는지 알 수 없었다. 아이팟의 시간 표기를 보았지만, 구체적으로 어느 부분인지는 명확히 나와 있지 않았다.

1분. 1분 30초. 그저 시간만 흘러갔다. 히라우치의 표정에 변화는 없었다. 아케미는 맥이 빠졌다. 역시 관심을 끌지 못했나. 좋은 곡인데.

……아니, 어쩌면. 아케미는 고개를 숙이고 생각하기 시작했다.

어쩌면 단순히 내가 다른 사람에게 생각을 전하는 데 서툰 것뿐일지도 모른다. 주변과 자꾸 충돌하는 건 원활하게 소통하지 못해서일지도 모른다.

갑자기 불안해졌다. '무슨 노래 들어' 사건도 실은 아케미의 잘못이 아닐까. 아케미는 스스로 원해서 혼자가 된 게 아니라, 주변 사람들이 원하지 않는 존재이기에 외톨이가 된 게 아닐까.

다시 한번 얼굴을 들었다. 재생 시간은 2분 20초 언저리. 히라우치는…… 눈물을 뚝뚝 흘리고 있었다.

"어어?"

너무 놀란 나머지 아이팟을 떨어뜨릴 뻔했다. 대체 이게 어떻게 된 일일까.

노래가 끝나자 히라우치는 이어폰을 뺐다. 그리고 안경을 밀어 올리며 재킷 소매로 눈물을 닦았다. 진짜 눈물이었다.

"왜 그래?"

아케미가 겨우 질문하자 히라우치는 아케미를 바라보았다. 몹시 올곧은 시선이었다. 거짓도 겉치레도, 겉과 속도 없는 솔직한 눈.

"엄청나게 감동했어."

그때, 둘은 친구가 되었다.

"이 밴드 정말 좋다!"

노리코는 아케미가 좋아하는 음악이라면 뭐든 관심을 보였다.

"대단해! 멋있다!"

"그치?"

아케미는 기뻐서 이것저것 알려주었다. 음악은 중학교 때부터 듣기 시작했지만, 이런 경험은 처음이었다. 아케미에게 음악은 늘 자기 자신만의 것이었다.

"있잖아."

아케미도 노리코에게 관심을 갖기 시작했다.

"노리코, 뭐 읽어?"

노리코는 옥상에서 어떤 종이를 펼쳐놓고 보고 있었다. 종이에 적힌 글씨는 꼬부랑꼬부랑 해독 불가능한 글자로, 아주 오래된 물건임을 한눈에 알 수 있었다.

"으음, 고문서야."

노리코는 쑥스러운 듯이 대답했다. 왜 쑥스러워하는지 모르겠지만.

"고문서가 뭐야?"

"옛사람이 남긴 오래된 문서지."

"그건 알아. 내가 알고 싶은 건, 왜 고문서를 읽느냐는 거야."

"읽고 싶어서?"

노리코는 좀 별난 구석이 있어서 가끔 이렇게 눈앞에서

사라지는 마구魔球를 연속으로 던지곤 했다. 캐치볼 상대를 대단히 애먹이는 사람이었다.

"우리 집에 말이야. 커다란 창고가 있는데."

드디어 이야기가 본론으로 들어가는 듯했다.

"창고 안에 우리 집안 조상님들이 남긴 고문서가 많이 있어서 어렸을 때부터 혼자 공부해 가면서 읽곤 했어."

"아아."

참으로 대단한 이야기다. 친가도, 외가도, 증조부모 윗 대부터는 같은 인류였겠거니 하는 것 외에 아무것도 모르는 아케미에게는 별세계 일처럼 느껴졌다.

"그런데 고등학교에 올라올 때쯤 되니 부모님이 반대하기 시작했어."

노리코의 표정이 조금 어두워졌다.

"여자애가 그런 거나 읽고 있으면 시집 못 간다고 말이야. 친구 사귀는 법부터 익히라고 하시더라."

노리코는 처음 만났을 때보다 제법 길어진 머리카락을 바람에 휘날리며 말했다.

"그래도 꼭 읽고 싶어. 좀 더 역사를 공부하고 싶어."

"그러면 돼."

아케미는 딱 잘라 단호하게 말해주었다.

"다른 사람한테 맞출 필요 없어. 남들이랑 똑같이 할 수 있다고 해서 무슨 소용이 있겠어. 노리코는 노리코가 할 수 있는 일을 하면 돼."

노리코는 잠시 놀란 표정을 하다가 미소 지었다.

"고마워."

보는 아케미가 깜짝 놀랄 만큼 근사한 미소였다.

"이런 점 때문에 아케미랑 친구가 되고 싶어서 말을 건 거야."

그러고 나서 노리코가 말했다.

"반 아이 눈치 따위는 전혀 보지 않고, 혼자가 되어도 당당하고. 테두리 안에 들어가려고 필사적인 나 자신이 바보처럼 느껴져서 이런 멋있는 사람과 친구가 되고 싶다고 생각했어."

"칭찬이 너무 과하잖아."

아케미는 부끄러워져서 얼굴을 돌렸다.

둘은 무엇을 하든 함께였다. 휴대전화 번호를 주고받은 건 물론, 점심 도시락은 책상을 붙여놓고 함께 먹었다. 노리코는 아케미를 따라 단단히 졸라맸던 교복 넥타이를 느슨하게 풀었다.

노리코는 겉모습뿐만 아니라 태도도 제법 달라졌다.

"있지, 이쪽이 더 좋지 않아?"

이렇게 평소에도 먼저 말을 걸 때가 많아졌다.

"으음, 뭐랑 비교해서?"

한편, 아케미는 영문을 몰라 어리둥절할 때가 많아졌다. 이때 노리코가 보여준 건 지갑이었다. 평범한 갈색 반지갑으로, 좋지도 나쁘지도 않은 느낌이었다.

"그거 전부터 쓰던 지갑이잖아."

하는 수 없이 직설적으로 지적하자 노리코는 뽀로통해졌다.

"그쪽이 아니라, 이쪽 말이야."

노리코가 지갑 끄트머리를 손가락으로 가리켰다. 그쪽을 보니 동전 포켓 지퍼에 뭔가 달려 있었다.

"아, 이거였어? 지갑에 달았구나."

방울이었다. 원래 펜에 달려 있던 그 방울이다.

"응. 얼마 전에 떨어뜨린 적 있잖아."

"아아, 그러고 보니 그런 일도 있었지."

언젠가 수업이 끝나고 둘이서 CD 가게에 갔을 때였다. 이것저것 들어보기도 하고 추천 코너도 둘러보는데, 노리코가 별안간 "방울이 없어!" 하며 허둥대기 시작했다. 펜에서 분리되어 어딘가에 떨어진 듯했다.

가게 직원과 마침 그 자리에 있던 힙합 패션 차림의 남자가 도와줘서 어찌어찌 방울은 찾아냈다. 힙합 패션을 즐겨 입는 사람은 왠지 별로라는 인상이 있었는데, 이 일을 계기로 그런 편견을 버리게 되었다.

"지갑은 평소 가방 안에 넣어두니까 떨어뜨릴 일도 거의 없지 않을까?"

노리코가 자신만만하게 말했다.

"그런가?"

사실 지갑에 방울을 다는 것은 오래된 미신인 듯했다. 할머니가 그러는 걸 본 기억이 있다.

하지만 뭐, 그 이야기는 나중에 해야지. 지금은 더 신경 쓰이는 것이 있으니까.

"그러고 보니 그 방울은 뭐야?"

본질적인 부분이었다. 처음 만났을 때부터 노리코는 이 방울을 몸에 지니고 있었다. 왜 방울을 지니게 되었을까.

"일족에 대대로 전해 내려오는 무언가? 히라우치 가문

의 문장이 방울이라든가?"

"아니. 우리 집안 문장은 동그라미 안에 접은 쥘부채 두 개가 X자로 겹쳐진 모양이야."

아케미가 아무렇게나 갖다 붙인 이야기를 부정한 노리코는 문득 아련한 표정을 지었다.

"그게 아니라, 선물 받은 거야."

노리코에게는 자주 놀라지만, 다음에 나온 말은 손에 꼽을 정도였다.

"이미 헤어졌지만, 첫사랑 상대가 선물해 준 방울이야. 중학교 때."

엄청난 충격에 아케미는 말문이 막혀버렸다.

"그렇게까지 놀라는 건 실례 아니야?"

노리코는 불만스러운 듯 얼굴을 찡그렸다.

고등학교 2학년 가을에는 둘이서 라이브 공연을 보러 갔다. 노리코가 처음 들었을 때 눈물을 흘린 그 밴드가 국내에서 공연을 연 것이다.

사실 볼 기회는 그전에도 있었다. 록 페스티벌이나 자선

콘서트 등에 몇 번인가 출연했으니까.

하지만 매번 노리코의 부모님이 허락해 주지 않았다. 히라우치 집안에게 록 밴드 라이브다 뭐다 하는 것들은 저속하고 반사회적인 장이었다.

이번에야말로 꼭 가고야 말겠다는 생각으로 둘은 작전을 짜서 주도면밀하게 준비했다. 자주 연락하겠다고 약속하고, 음악 잡지 등을 토대로 록 밴드의 라이브란 불량한 사람들이 모여 나쁜 짓을 하는 장소가 아니라고 프레젠테이션까지 했다. 가끔 놀러 가서 아케미가 얼굴을 익혀둔 것도 도움이 되어서 두 사람은 드디어 허락을 받아냈다.

오프닝 축하 공연까지 합해서 총 세 밴드가 연주를 했고, 공연이 끝날 무렵이 되자 밤 9시가 지나 있었다. 둘은 다른 관객들과 함께 공연장을 나와 역으로 향했다.

"굉장해! 정말 굉장해!"

노리코가 잔뜩 흥분한 채 재잘댔다. 공연 시작부터 끝까지 엄청나게 신이 나 보였는데, 아직 흥분이 완전히 식지 않은 듯했다.

"그렇지?"

아케미도 덩달아 달아올랐다. 아케미에게도 인생 최초의 라이브 공연이었기 때문이다. 생생한 소리를 그대로 느끼는 것은 완전히 색다른 경험이었다. 난생처음 들어보는 격렬한 저음, 넓은 공간에 울려 퍼지는 무시무시한 함성, 만 명 넘는 사람이 모여 뿜어내는 압도적인 열기. 모든 것이 강렬했다.

주변은 공연을 보고 돌아가는 사람들로 가득했다. 티셔츠를 입거나 타월을 목에 거는 등 그저 길을 지나가는 사람들과는 분위기가 달라서 바로 구별이 되었다. 팬들이 거리를 점령한 듯해서 왠지 모르게 어깨가 으쓱거렸다.

아케미와 노리코도 밴드 티셔츠를 입고 있었다. 투어 굿즈 판매소에서 샀는데, 디자인은 달랐다.

노리코는 같은 디자인으로 사고 싶어 했지만, 아케미가 단호히 거부했다. 똑같이 맞춰 입기는 부끄러워서였다. 그러면서도 지나가다 같은 티셔츠를 입은 사람을 보면 왠지 기분이 좋아지니, 사람 마음이란 참 간사했다.

"고마워, 아케미."

노리코가 불쑥 말했다.

"응? 뭐가?"

되묻자 노리코는 웃으며 아케미를 보았다.

"나 혼자였다면 분명 이런 세상이 있는 줄 몰랐을 거야. 아케미가 알려준 덕분에 뛰어들 수 있었어."

가슴에 간질간질한 기분이 퍼져 나갔다. 공연의 감동과는 또 다른, 부드럽게 스며드는 듯한 감정.

아케미는 깨달았다. 좋아하는 무언가의 매력을 누군가에게 전하는 것은, 좋아하는 무언가의 아름다움을 누군가와 나누는 것은, 이렇게나 멋진 일이었다.

아케미의 마음속에 목표가 생겼다. 명확하지는 않았다. 그저 막연히 생각했다.

이 마음을 좀 더, 좀 더 널리 펼치고 싶다고.

역에 도착해 보니 사람들로 가득했다. 공연을 보고 돌아가는 관객들이 우르르 몰려들어 몹시 혼잡해진 탓이었다. 승차권 발매기 앞에는 사람들이 장사진을 이루고 있었다.

"역시 돌아가는 표를 미리 사둘걸 그랬어."

노리코의 말에 고개를 끄덕이면서 아케미는 줄 맨 끝에 섰다. 머릿속은 온통 방금 전 생겨난 무언가로 가득했다.

이 마음은 어제오늘 갑자기 탄생한 것이 아니었다. 그런 느낌이 들었다. 아주 오래전 움트기 시작한 게 아니었을까?

옆에 있는 노리코는, 그녀와 함께 쌓아온 평범한 하루하루는, 아케미의 마음에 새로운 바람을 불러일으켰다. 그리고 그 바람이 새로운 씨앗을 옮겨와, 이제껏 본 적 없는 무언가를 싹트게 했다.

노리코에게 시선을 돌렸다. 왁자지껄 떠들썩한 소음 속에서 노리코는 콧노래를 부르고 있었다. 공연의 기억이 되살아난 듯했다. 만족스러운 듯, 하지만 어딘가 아쉬운 듯한 모습이었다. 좋은 공연을 보고 나면 누구나 이런 기분이 들기 마련인가 보다.

말을 걸려다가 도로 삼켰다. 여운에 젖은 노리코를 방해하면 미안하니까…… 아니, 그게 아니다. 용기가 없어서였다.

그날. 노리코에게 음악을 들려주고, 친구가 된 그날. 아케미의 인생에서도 눈에 띄게 반짝였던 그날, 밝은 빛과 완전히 반대되는 마음 또한 생겨났다. 그것은 빛에 그림자가 따르듯 줄곧 사라지지 않은 채 아케미의 마음에 어두운 점을 떨어뜨렸다.

나는 다른 사람과 잘 어울리지 못하는 게 아닐까? 때때로 그런 생각이 떠올라 막연히 불안해졌다.

지금 마음속에 있는 것을 자신은 온전히 전할 수 있을까? 노리코가 이해해 주지 않는다면, 노리코에게 내쳐진다면 어떻게 해야 할까?

조금씩 줄이 앞으로 나아갔다. 아케미는 몇 번이나 입을 열려다 다시 다물어버렸다.

안다. 지금 말하지 않으면 앞으로도 영영 말하지 못한다. 공연의 기세를 빌려 말하지 않으면, 잔열이 떠도는 이곳에서 말하지 않으면, 틀림없이 두 번 다시 말하지 못한다. 그럼에도 도무지 속마음을 온전히 드러낼 수가 없었다.

"왜 그래?"

갑자기 노리코가 물었다. 올려다보는 듯한, 들여다보는 듯한, 노리코의 눈.

"저기, 있잖아."

마치 끌려들 듯 아케미는 입을 열어버렸다.

"나 말이야, 음악에 대해 이야기하는 걸 해보고 싶어."

말하자마자 후회가 거센 파도처럼 밀려들었다. 이야기하는 걸 해보고 싶다니 대체 무슨 소리인지. 문장부터가 이상했다. 무슨 뜻인지 전혀 모르겠지.

"아아, 리뷰 같은 거 말이야?"

그런데 노리코는 가볍게 받아내고는 여유롭게 되물었다. 오히려 아케미가 제대로 말하지 못한 부분까지 간결하게 말로 표현했다.

그렇구나. 아케미는 이해했다. 자신이 하고 싶어 하는 일은 그런 것이었구나.

"좋은데. 나는 읽어보고 싶어."

감탄할 여유도 없었다. 노리코는 아주 가볍게 말도 안 되는 소리를 했다.

"아니, 그렇게 갑자기 하려고 해도 어떻게 해야 되는지 모르니까."

아케미는 완전히 당황했다. 참 가볍게도 말한다. 이제 막 깨달은 참인데, 갑자기 행동에 옮기라니 난처할 뿐이다.

"아앗."

노리코가 얼빠진 소리를 냈다. 어째서인지 가방을 여는 자세로 얼어붙어 있다.

"무슨 일이야?"

아케미가 얼떨떨한 상태로 묻자 노리코는 몹시 슬픈 얼굴로 말했다.

"방울이 없어졌어."

이번에도 주변 사람들의 도움을 받아 방울을 찾아다녔지만, 결국 어디에서도 찾지 못했다.

"그랬군. 그래서 자네의 '하고 싶은 일'에 대해서는 깊이 이야기하지 못하고 끝나버린 거로군."

점장이 그렇군, 그렇군, 하며 고개를 끄덕였다.

"네. 결국 타이밍을 놓친 것 같은 느낌이 들어서."

그때, 말을 하기는 했다. 하지만 한 걸음 더 내디디지는 못했다. 지금 생각해 보면 그것이 첫 번째 '계기'였는지도 모른다.

"자, 완성했네. 확인해 보게."

점장이 가방을 아케미에게 내밀었다.

"와아, 대단해."

저절로 탄성이 흘러나왔다. 새로 갈아 끼운 지퍼는 어색한 부분 없이 토트백에 녹아들었다. 말하지 않으면 아무도 지퍼를 교체했다는 사실을 알아채지 못할 것이다.

"감사합니다."

아케미가 인사하자, "음" 점장은 에헴 하고 점잔 빼듯 고개를 끄덕였다.

"자, 그럼 뒷이야기를 들어보지. 슬슬 중요한 부분이 나올 텐데."

점장의 말을 듣고 아케미는 입을 열려고 했다. 그러나 어째서인지 말이 나오지 않았다. 입을 벌린 채 잠시 굳어졌다가, 시선을 이리저리 돌리다가, 그런 다음 쓴웃음을 지으며 얼버무렸다.

"……흠, 그래."

점장은 눈을 가늘게 뜨더니 의자에서 내려왔다.

"한참 이야기만 한 참이니. 잠시 한숨 돌릴까."

그러고는 가게 안쪽으로 걸어갔다. 카운터 끝이 스윙도
어로 되어 있었는데, 점장은 그 문을 밀어서 열고 안으로 들
어갔다. 카운터 위에 올라앉기도 하니 그대로 타고 넘어가
도 될 듯한데, 그러지는 않는 모양이었다.

"잠시 기다리게."

카운터 너머에서 점장의 상반신이 불쑥 나타났다. 받침
대인지 뭔지에 올라선 듯했다.

"다과라도 내어주지."

점장은 그렇게 말하더니 찻주전자와 찻잔을 꺼냈다. 홍
차를 끓여주려는 듯했다. 가게 인테리어는 전통 찻집 분위
기인데 홍차인가.

주전자와 찻잔은 똑같은 꽃무늬였다. 컬러풀하면서도
요란하지 않아 아주 멋스러웠다.

"오늘은 치즈 케이크가 들어왔으니 홍차라네."

점장은 네모난 상자를 꺼내 카운터에 놓았다. 상자에는
'리쿠로 아저씨네 가게', '갓 구운 치즈 케이크'라고 적혀 있

고, 요리사 모자를 쓰고 방글방글 웃는 아저씨 일러스트가 그려져 있었다. 이게 리쿠로 아저씨인가. 얼핏 봐도 빵을 구울 것 같은 풍모였다.

"오사카의 유명한 디저트 가게에서 판매하는 치즈 케이크지. 홍차가 완성되면 잘라주겠네. 참고로 리쿠로 아저씨의 모델은 회사를 세운 창업자인데, 실제 얼굴하고는 그리 닮지 않았다네."

점장은 능숙하게 물을 끓이더니 찻잔을 데우고 찻잎을 주전자에 넣었다. 홍차를 끓이는 고양이. 왠지 이상한 나라의 앨리스가 떠올랐다. 아, 고양이와 홍차는 직접적인 관계가 없던가.

"자, 홍차가 다 우러났네. 케이크를 자를 테니 먼저 마시도록."

점장이 작은 잔받침에 놓인 홍차를 권했다. 부드러운 향기가 코를 간질였다. 가슬가슬 보풀이 인 기분을 살며시 어루만져 주는 듯한 상냥한 향이다. 잔을 손에 들고 한 모금 마셨다.

"……후우."

소리가 아니라 숨이 새어 나왔다. 깊고 부드러운 맛이 몸속으로 천천히 번져나갔다. 홍차가 혈액을 타고 평온함을

온몸으로 보내주는 듯했다. 홍차는 잘 모르지만, 전문 지식
이 없어도 얼마나 근사한 맛인지는 실감이 되었다.

"영차."

점장이 상자에서 치즈 케이크를 꺼냈다. 홀케이크다. 몸
체는 노란색이고 위쪽 표면은 갈색으로 겉모양은 일반적인
치즈 케이크와 같지만, 표면의 중앙 부분, 다시 말해 원의
중심에 리쿠로 아저씨가 새겨져 있고 바닥 부분에 검은 무
언가가 군데군데 박혔다는 점에서 차이가 있었다.

"케이크를 자르는 방법은 여러 가지가 있는데 말이야.
가게에서는 리쿠로 아저씨 얼굴을 그대로 남길 수 있도록
9등분하는 방법을 제안하지만, 지금은 평범하게 잘라볼까."

점장은 그렇게 말하고는 식칼을 꺼내 손에 들었다. 손에
들었다고 했지만, 어쨌든 몸이 평범한 고양이 크기이다 보
니 식칼을 들었다기보다는 검을 머리 위로 높이 들어 올린
듯한 자세가 되었다.

"엇, 호잇."

점장이 케이크를 자르기 시작했다. 점장 같은 자세로는
자르기 어려울 법한데도, 치즈 케이크는 예쁘게 8등분되
었다.

"이제 먹어 보게."

점장은 케이크 조각을 접시에 올리고 포크를 얹어 찻잔 옆에 놓아주었다.

"네, 그럼 잘 먹겠습니다."

아케미는 바로 치즈 케이크를 포크로 떠서 입으로 옮겼다.

"……으음!"

홍차를 마셨을 때와 달리 이번에는 목소리가 나왔다.

보드라운 맛이라는 점은 같았다. 하지만 방향성이 달랐다. 요동치는 것을 부드럽게 달래주는 홍차와 달리, 이쪽은 가라앉은 것을 살포시 치켜올려 준다.

촉촉하면서도 끈적이지 않으며, 폭신폭신한 보드라움을 모두 갖춘 식감. 결코 진하지 않지만, 그렇다고 너무 연하지도 않은 절묘한 단맛. 이를 즐기며 목으로 넘기면 치즈의 뒷맛이 입 안에 여운을 남긴다.

그것만으로도 차고 넘치도록 맛있는 디저트인데, 밑부분 여기저기에 박힌 거무스름한 무언가가 한층 새로운 각도에서 포인트를 더해 깊은 맛을 끌어 올린다. 뭔가 했더니, 건포도였다.

윤곽이 또렷한 건포도의 산미는 포인트 컬러처럼 치즈 케이크를 완성시켜 주었다. 웃는 얼굴이 멋진 리쿠로 아저씨이지만, 그냥 방글방글 웃기만 하는 건 아니었나 보다.

"맛있지? 이리도 큼직한데 예전에는 500엔짜리 동전 하나로 살 수 있었다니 참으로 놀라워. 최근에는 원가를 맞추느라 값이 약간 오른 편이지만, 그만한 가치는 충분하지."

점장은 그렇게 말하며 자기 몫의 홍차와 치즈 케이크 세트를 준비했다.

"음. 역시 내 솜씨로군. 절묘하도다."

점장은 자기가 끓인 홍차를 마시며 자화자찬했다. 잘난 척이 좀 심하지만, 사실은 사실이었다.

아케미도 홍차를 한 모금 더 마셨다. 그러자 처음과는 다른 맛이 느껴졌다. 아마도 치즈 케이크를 먹은 다음이라서 그런 듯했다. 과자와 음료는 어떻게 조합하느냐에 따라 새로운 풍미가 나타나는 모양이다.

"으음. 콤비네이션도 완벽하군."

포크로 치즈 케이크를 먹자마자 점장이 만족스럽게 웃었다. 아케미가 엉뚱한 느낌을 받은 건 아닌 듯했다.

"그런데, 자네."

잠시 치즈 케이크를 맛본 뒤, 점장은 문득 아케미에게 눈을 돌렸다.

"그 친구가 지금 어떻게 사는지 왜 그리 신경 쓰는 게지?"

점장이 던진 질문은 담백하면서도 무거웠다.

"그건⋯⋯."

대답하려다가 말문이 막혔다. 듣고 보니 그랬다.

어째서일까. 아케미는 자기 자신에게 물었다. 노리코의 성공을 시샘해서? ⋯⋯아니, 그렇지 않다. 너무 눈부셔 제대로 바라볼 수조차 없다고 느낀 건 사실이다. 하지만 부정적인 감정은 없었다. 노리코가 불행해지기를 바란다든지, 망해버렸으면 좋겠다든지, 그런 생각은 털끝만큼도 없었다.

그렇다면 노리코가 성공해서 행복한가? ⋯⋯뭔가 좀 달랐다. 기쁘지 않은 건 아니었다. 아닌데도 도무지 기분이 좋아지지 않았다. 자꾸 가라앉았다.

"인생을 보는 방식은 아주 다양하다네. 인간 만사는 새옹지마라는 말도 있는가 하면, 초코렛또 상자라고 표현하기도 하지. 어떤 놈이 '무거운 짐을 지고 먼 길을 가는 것'이라고 말했다는 이야기도 있고."

고양이가 인생을 논했다. 하지만 아케미는 웃어넘기지 못했다.

"이렇게 단순히 '인생이란 무엇인가'를 묘사하는 데도 참으로 다양한 표현이 있어. 인생에는 그야말로 인생의 수

만큼 다양한 형태가 존재하겠지. 그렇다면 과거에 아무리 가까운 상대였더라도 멀리 떨어져 각기 다른 삶을 걸을 수 있는 법 아니겠나. 그런데 왜 받아들이지 못할꼬?"

어째서인지 점장의 말이 가슴을 세차게 뒤흔들었기 때문이다.

"으음, 갑자기 묻는다고 대답할 수 있는 문제도 아니겠지. 뭐, 계기가 있으면 자연히 깨닫기 마련이니. 내가 보기에 인생이란 뒤엉킨 목걸이 줄과 비슷하다네. 복잡하게 뒤엉킨 듯 보여도 사소한 계기로 쉽게 풀리는 법이지. 무리하지 말고 때를 기다리면 된다네."

점장은 말이 없어진 아케미를 보고 미소 지었다.

"그럼, 뒷이야기를 들려주겠나?"

그리고 그렇게 덧붙였다.

"……네."

조금 망설이면서도 아케미는 다시 한번 과거를 떠올렸다.

"고3이 되고 나서였어요."

왜 망설이는가. 그건 지금부터 말할 내용이 가장 중요한 부분이자, "이런저런 일이 있었죠" 가장 말하고 싶지 않은 부분이기 때문이다.

아케미는 가사에 연연하는 것을 그리 좋아하지 않는다. 좋아하는 음악을 누군가에게 추천해도 가사가 영어라는 이유로 문전 박대 당할 때가 너무 많아서였다. 소리와 멜로디로 표현된 무언가를 느끼면 되지 않은가. 영어 시험도 아니건만.

"이 '제인의 일기'란 대체 뭐냐는 말이지."

반면 노리코는 정반대였다.

"제목이기도 하니까 틀림없이 가장 중요한 뜻일 텐데."

사전을 뒤지거나 검색을 하면서 마음에 드는 곡의 가사를 열심히 해석하려 했다.

3학년이 되어서도 두 사람은 늘 옥상에 있었다. 수업이 끝난 후 옥상에서 시간을 때우는 건 둘에게 이미 일상과 같은 일이었다.

"그보다 시험공부는 잘돼가?"

"응. 괜찮은 것 같아. 모의시험에서도 B등급이 나왔고."

3학년이다 보니 화제는 자연히 진로로 흘러갔다.

두 사람 모두 대학 입시를 준비 중이지만, 지망하는 학교는 달랐다. 아케미는 자기 성적에 맞춰서 적당히 들어갈 수 있는 곳을 골랐지만, 노리코는 '이 대학의 누구누구 선생님 강의를 듣고 싶다'는 이유로 들어가기 어려운 대학의 사학과를 제1 지망으로 선택했다.

그렇다. 사학과다. 노리코는 부모님을 설득하는 데 성공했다. 아케미도 여러 번 상의는 해줬지만, 결국 부모님의 마음을 돌린 것은 노리코 자신의 열의와 말이었다.

"그렇구나."

"응. 영어가 좀 올랐어. 음악 덕분인가? 재미있으니까."

그렇게 말하며 노리코는 에헤헤 하고 웃었다.

"역시 좋아하고 즐기면서 하는 게 최고야. 그냥 아는 사람은 좋아하는 사람을 이기지 못하고, 좋아하는 사람은 즐기는 사람을 이기지 못하니까. 그러니까—"

노리코는 뭔가 말하려다가 재킷 주머니에 손을 넣었다. 주머니에서 꺼낸 건 휴대전화였다. 메일이 온 듯했다.

노리코는 답장을 보내기 시작했다. 그 바람에 대화가 끊겨버렸다.

"미안, 오늘은 이만 가봐야겠어."

메일을 다 쓴 다음, 노리코는 안녕 하고 손을 흔들고는 그대로 옥상을 뒤로했다.

"그래."

딱히 붙잡을 이유도 없었다. 노리코를 배웅한 뒤 아케미는 이어폰을 귀에 꽂았다.

예전에는 하교 시간까지 줄곧 이야기를 나눴다. 하지만 요즘은 이렇게 노리코가 먼저 돌아가거나, 애초에 오지 않는 날도 많아졌다.

이래저래 볼일이 있는 듯 보였지만, 내용은 몰랐다. 이야기해 주지 않기에 묻지 않았다. 신경 쓰이지 않는 건 아니지만.

아케미는 휴우, 숨을 내쉰 뒤 옆에 둔 가방에서 노트 한 권을 꺼냈다. 평범한 줄노트다. 표지에는 아무것도 적혀 있지 않다. 펼쳐서 페이지를 넘기면, 글과 휘갈겨 쓴 메모가 여러 개 있다. 모두 아케미가 쓴 것이었다.

내용은 음악에 대한 감상이었다. 음악을 듣고 떠오른 생각을 이것저것 기록 중이다. 목표는 블로그를 개설하는 것이다. 자신이 좋아하는 음악을 소개하고, 여러 사람에게 알리기 위해서다.

재킷의 가슴 주머니에서 샤프펜슬을 꺼내 지금 듣고 있는 음악에 대한 감상을 적어보았다. 절규하듯 일그러진 소리와 평범한 소리가 교차되는데, 노래의 멜로디가 무척 좋다. 화려한 기타 솔로도 잔뜩 들어가서 멋있다. 보컬 겸 기타리스트가 목을 다쳤는지 그 때문에 갈등하는 내용의 곡이 수록되어 있는데…….

한숨을 쉬고 적던 손을 멈췄다. 완전히 틀렸다. 이런 글 따위 아무도 읽지 않을 것이다.

아케미는 이렇게 쓰다가 그만두기를 반복하고 있었다. 계속 '그림자'가 발목을 잡았다. '내가 하는 말은 아무에게도 전해지지 않을지 모른다.' 그런 기분이 들어 계속 써 내려갈 수 없었다.

아니, 아니다. 괜찮다. 노리코는 자신의 말을 들어주었다. 함께 공연도 보러 갔고, 고맙다는 말까지 해주었다. 내가 쓴 글을 읽고 싶다는 말도 했다. 글을 쓰지 못할 이유는 어디에도 없었다.

아케미는 노트를 가방에 넣고 자리에서 일어섰다. 이대로 생각에 빠져 있어봤자 아무 소용 없다. 조금 이르지만 슬슬 '준비'를 해야지.

아케미는 액세서리 가게로 향했다. 건물 디자인이 차분하고 세련되어 보이는 가게였다.

"으음."

아케미는 가게 앞에서 머뭇거렸다. 역시 들어가기가 쉽

지 않았다. 록과 관련된 가게라면 다소 험상궂어 보여도 망설임 없이 들어갈 수 있지만, 이렇게 귀엽고 멋스러운 가게 앞에서는 뒷걸음질치게 된다. 멋쟁이 결계 같은 뭔가가 있어서 사악한 아케미는 한 발짝 들어서자마자 정화될 것 같은 느낌이다.

그러나 반드시 들어가야만 했다. 이제 곧 노리코의 생일이기 때문이다.

지금껏 두 사람에게 생일이란 서로에게 파르페를 사주는 날이었다. 요란하게 축하하기보다는 그저 '공짜 파르페 최고!' 같은 느낌으로 맞이하곤 했다.

하지만 아케미는 이번엔 선물을 사기로 결심했다. 깊은 뜻은 없었다. 그저 무언가를 선물하고 싶어졌을 뿐이다.

가게 문이 열리고 안에서 여자가 나왔다. 긴 치마를 입은 평범한 여성이었지만, 왠지 기가 죽었다. 여자는 아케미 따위는 신경 쓰지 않고 성큼성큼 떠나갔다.

닫힌 문을 바라보았다. 계속 이러고 있을 수는 없었다. 굳게 마음먹지 않으면, 올해도 파르페로 어물어물 얼버무리게 될 터였다. 파르페를 이리저리 버무리다니 최악이다. 거의 짬뽕 수준 아닌가.

아케미는 드디어 결심했다. 될 대로 되라지! 문을 당겨 열고 가게로 들어갔다.

"어서 오세요."

점원이 말을 걸어 내심 기가 죽었지만, 아무렇지 않은 듯이 무뚝뚝한 표정을 유지했다. 무표정에는 자신이 있었다. 그리 자랑스럽게 말할 만한 일은 아니겠지만.

가게 안을 둘러보았다. 넓지 않은 공간에 다양한 물건이 빼곡히 들어차 있었다. 배경에 흐르는 음악은 재즈였다. 재즈에 관해서는 전혀 모른다. 일단 피아노와 드럼과 베이스 소리가 난다는 것 정도밖에 모른다.

가게 안에는 아케미와 여자 직원 한 명뿐이었다. 머리카락을 땋고 비즈 같은 머리 장식을 했다. 한눈에 봐도 액세서리 가게 직원 같은 공들인 패션이었다.

어쨌든, 직원을 보러 온 게 아니었다. 아케미는 진열대로 눈을 돌렸다. 찾는 물건은…… 방울이었다.

그날 공연에서 방울을 잃어버린 뒤, 노리코는 얼마간 충격에서 헤어나지 못했다. 추억이 담긴 물건이어서라기보다는 방울 자체가 꽤나 마음에 들었던 모양이다.

그래서 생일에 새로운 방울을 선물하기로 했다. 노리코의 마음에 드는 방울을 찾을 수 있을지는 모르겠지만, 어떤 방울이든 선물 받으면 싫어하지는 않을 것이다.

두리번두리번 가게를 둘러보다가 '방울·Bell'이라는 코너를 발견했다. 자, 그럼 괜찮은 걸 적당히 골라서…….

"으앗."

아케미는 자기도 모르게 앓는 소리를 냈다. 방울 디자인이 상상 이상으로 다양했다. 크기도 색깔도 각양각색이었다. 앞으로 평생 노리코의 생일 선물을 고민하지 않아도 될 정도였다. 아케미는 압도당하고 말았다. 대체 어떻게 해야 한다는 말인가.

고민하고 고민한 끝에 아케미는 지금까지 노리코가 달고 다니던 것과 아주 비슷한 작은 방울을 골랐다. 너무 안전한 길이어서 기분이 내키지는 않았지만, 모험을 하기에는 선택지가 지나치게 많았다.

며칠 뒤, 아케미는 포장된 방울을 재킷 주머니에 넣고 학교에 갔다. 몇 번이고 주머니에 손을 넣어 만지작거리다가 마침내 방과 후를 맞이했다.

노리코와 나란히 옥상으로 향했다. 아케미는 왠지 모르게 긴장해서 잠자코 있었다. 노리코도 말이 없어 두 사람은 그저 묵묵히 계단을 올랐다.

옥상으로 나왔다. 자, 슬슬 말을 꺼내자. 아케미는 조금

두근거리는 마음으로 다시 한번 주머니에 손을 집어넣었다. 어서 건네고 기뻐하는 얼굴을 봐야지.

"노리코."

잠깐 헛기침하고 말을 걸었다.

"응? 왜?"

왠지 고개를 약간 숙이고 있던 노리코가 얼굴을 들었다.

"어? 아아, 아니…… 그게, 요즘 꽤 많이 썼거든."

상관없는 이야기를 꺼내고 말았다. 지금 리뷰 이야기를 해서 무얼 한단 말인가. 실제로 꽤 많이 쓰기는 했지만, 글에 대해 이러쿵저러쿵하는 게 목적은 아니—

"많이 써? 뭘?"

노리코는 이해가 되지 않는다는 듯한 표정이었다.

"어……."

딱딱하게 굳어졌다. 지금 노리코가 "뭘?"이라고 말한 건가?

라이브 공연을 보고 돌아오는 길. 노리코는 아케미가 하고자 하는 말을 바로 이해하고, 무언가를 쓴다면 읽어보고 싶다고 말해주기까지 했다. 그 말을 의지 삼아 글을 써왔건만, 이 태도는 대체 뭔가.

아케미는 주머니 속에서 포장된 방울을 만졌다. 이걸 어서 건네고 기뻐하는 얼굴을 본다. 그저 그뿐이었는데, 뭔가가 이상하게 흘러가기 시작했다.

"아, 아냐. 아무것도."

아케미는 흐름을 원래대로 되돌리려 했다. 마음에 걸리는 점이 있는 것은 사실이었다. 하지만 지금 그걸 추궁하면, 돌이킬 수 없을 것만 같은 기분이었다.

"아아, 그래서 말이야."

반쯤 초조한 상태로 아케미는 말을 이었다.

"벌써 5월이잖아. 5월은─"

"있잖아, 아케미."

그때 아케미는 노리코에게 예상치 못한 말을 들었다.

"친구 두 명을 여기 데려와도 될까?"

"친구? 두 명?"

아닌 밤중에 홍두깨였다. 제대로 이해가 되지 않았다.

"응. 도서실에서 역사책을 찾다가 알게 됐어."

"언제."

아케미는 웃어 보일 생각이었다. 하지만 어째서인지 살짝 실패하고 말았다. 묘하게 딱딱하고 경직된 목소리와 미소가 되었다.

"으음, 얼마 안 됐어. 소개하려고 했는데, 낯을 가리는 애들이어서."

"그래."

노리코는 그 아이들을 제법 신경 쓰는 듯했다.

"내키는 대로 하지 그래?"

생각보다 더 가시 돋친 말이 입에서 굴러떨어졌다. 어?
왜 이러지?

"역사에 관심 있는 친구를 만난 건 처음이라."

노리코는 신경도 쓰지 않는 듯 웃는 얼굴로 말을 이었
다. 아주 기분이 좋아 보였다.

드디어 수수께끼가 풀렸다. 요즘 노리코가 오지 않는 이
유. 갑자기 먼저 돌아가 버리는 이유. 그런 이유 때문이었
구나.

"그래."

노리코는 아케미처럼 역사에 관심 없는 친구와 지내는
것보다 훨씬 더 즐거운 시간을 발견한 것이다.

"그렇겠지."

주머니 속에 손을 넣은 채, 아케미는 마음속의 무언가가
힘없이 찌그러지는 것을 느꼈다.

"미안하네. 역사에 관심 없는 친구라서."

……아아, 그렇구나. 공연을 보고 돌아오는 길에 있었던

일 따위 모두 잊어버렸구나. 더 즐거운 일이 생겼구나.

"그러면."

아케미의 입이 멋대로 움직였다.

"그럼—"

"그럼 네 멋대로 하라고, 제가……."

거기까지 말했을 때, 아케미는 또 다시 말문이 콱 막혔다. 스스로 생각해도 너무 유치했다. 그랬기에 오히려 돌이킬 수 없었다.

"흐음."

점장이 천천히 고개를 몇 번 끄덕였다. 무리해서 말할 필요 없다는 뜻인 듯했다.

"다투게 돼서 결국 한 번도 말을 섞지 않고 졸업해 버렸어요."

그 후 인생을 살아가며 아케미는 다양한 경험을 했다. 대학을 다니고 졸업을 하고, 살던 곳을 떠나 직장을 얻었다. 고백을 받고 사귄 적도 몇 번 있었지만, 누구와도 오래가지 못했다.

음악을 다른 사람들과 나누고 싶네 어쩌네 하는 일은 완전히 포기했고, 노트도 다시 펼치지 않은 채 그대로 버렸다. 음악 자체는 습관처럼 계속 들었지만, 몇 번째인지 사귀던 사람이 "어른이 돼서도 그런 노래를 듣는 건 좀 아니지 않나?" 같은 소리를 해서 듣는 것도 완전히 그만두었다.

하고 싶은 일을 하는 것이 아니라, 해야 하는 일을 하게 되었다. 그때그때 상황에 맞는 행동을 신경 쓰게 되었다. 그렇게 하니 불안이 사라졌다. 아케미는…… 어른이 되었다.

"방울은 어떻게 했고?"

점장이 물었다.

"이제 없어요."

방울은 그대로 가지고 돌아갔지만, 끝까지 열어보지 않았다. 그리고 절대 시야에 들어오지 않도록 깊숙이 넣어두었다.

취직해서 고향집을 나오고 몇 년인가 지났을 때였다. 엄마가 아케미의 방을 청소하다가 뭔가와 헷갈려 방울을 버리고 말았다. 그 사실을 깨달았을 때 마음이 놓였던 기억이 난다. 어깨의 짐이 가벼워진 듯한 기분이었다.

"음. 알겠네."

그렇게 말하더니 카운터 너머에 있던 점장이 별안간 사

라졌다.

"으음, 여기도 아닌가. 그렇다면 거기인가."

아무래도 뭔가를 찾는 듯했다.

"오, 찾았다, 찾았다."

목소리가 들리고 점장이 삐쭉 얼굴을 내밀었다. 점장의 손에는 작은 인형이 있었다.

"이걸 덤으로 주지."

작은 비즈를 모아 만든, 점장의 모습을 닮은 인형이었다. 복슬복슬한 털부터 검은색 세로 줄무늬까지 비즈 공예다운 맛을 살려 표현했다. 머리 부분에는 끈이 달려 있어서 열쇠고리 같았다.

"와아, 귀여워."

아케미는 자기도 모르게 소리 내서 말했다. 귀여운 물건에 크게 욕심이 있는 편은 아니지만, 비즈 점장은 그런 사람의 마음까지 사로잡는 매력이 있었다.

"수리에 대한 써비스네."

점장은 지퍼를 여닫는 부분(그러고 보니 이 부분은 이름이 뭐지?) 끝에 끈을 끼워 인형을 달아주었다.

인형을 다 달았을 때 딸랑 하고 경쾌한 소리가 울렸다. 자세히 보니 인형 목에 방울이 달려 있었다. 작고 귀여운 방울이었다.

"방울을 달아보았네. 고양이 목에 방울을 단다는 말은 도무지 마음에 안 드는 표현이지만."

점장은 쓴웃음을 지으며 말하고는 인형에 앞발 발바닥을 대고 꾹 눌렀다. 그러자 눈부신 빛이 뿜어져 나왔다. 점장이 앞발을 치우자 방울에 그전까지 없던 발바닥 표시가 생겼다.

"이제 됐군."

점장은 음, 하며 고개를 끄덕였다. 굉장히 신기한 일이 일어난 느낌이었다. 하지만 아케미는 그걸 신경 쓸 정신이 없었다.

방울은 몹시 크게 울렸다. 그것은 소리가 아니라 과거의 뒤울림이었다. 방금 전 되돌아본 기억이 잔잔한 파도처럼 마음으로 밀려들었다가 다시 멀어졌다.

"꼬맹이. 돌아와도 되느니라."

점장이 문 너머로 소리쳤다.

"휴우, 드디어 끝인가요? 창고도 뒷문 주변도 반짝반짝 빛날 정도로 깨끗해졌어요."

잠시 후 청년이 문을 열고 들어왔다.

"앗, 리쿠로 아저씨잖아요. 치사해요. 저도 먹고 싶었는데.”

청년은 치즈 케이크를 보고 뾰로통해졌다. 치즈 케이크
는 점장과 아케미가 이야기하며 먹은 터라 절반 이상 사라
진 상태였다.

“물론 손님께 대접할 음식이지만, 그래도—”

거듭 항의하려던 청년이 문득 입을 다물었다. 그의 눈길
은 수리가 끝난 토트백을 아니, 가방 지퍼에 달린 비즈 점장
인형을 향하고 있었다.

“점장님, 그건……”

청년은 조금 놀란 듯했다.

“음. 써비스로 냐앙이 특별히 제작한 오리지널 상품을
달아주었지.”

점장은 청년에게 그렇게 말했다. 아케미는 조금 어리둥
절해졌다. 지금 냐앙이라고 말한 건가? 냐앙이 뭐지? 냐앙,
냐, 앙…….

“아, 그런 거였구나.”

작게 목소리가 튀어나왔다. 냐猫, 앙庵. 아아, 그런 뜻인가.

“왜 그러세요?”

청년이 질문했다.

“냐앙이 가게 이름이었군요. 저는 네코이오리인 줄 알았

어요.”

아케미가 그렇게 대답하자, “푸훗!” 청년은 재미있다는
듯이 웃고, “으윽.” 점장은 불만스레 끙끙거렸다.

“점장님이 지은 이름인데, 손님들은 대부분 다르게 읽으
시거든요. 점장님, 차라리 개명하면 어떨까요? 연예인 중에
는 이름을 바꾸고 나서 뜨는 경우도 있잖아요.”

“나와 꼬맹이는 스승과 제자이지 만담 콤비가 아니다!”

“연예인도 선생님이라고 부르곤 하니까 비슷하지 않을
까요?”

“이이익!”

둘이 티격태격 말싸움하는 모습을 보면서 아케미는 토
트백에 손을 뻗었다. 짐을 다시 집어넣으려고 지퍼를 당겨
열었다.

딸랑. 비즈 점장 인형의 가슴에서 방울이 울렸다. 조그
마한 크기만큼 무척이나 작은 소리였다.

“그러고 보니.”

아케미가 돌아간 뒤, 카운터 자리에서 남은 치즈 케이크

를 먹던 청년이 문득 입을 열었다.

"점장님, 이번에는 평소랑 좀 달랐네요."

"그래."

사다리에 올라 카운터 안쪽 선반을 정리하던 점장이 대답했다.

"남 일 같지 않아서 말이다."

"그게 무슨, 아, 아니에요."

청년은 뭐라고 말하려다 멈추었다.

"제가 들으면 안 되겠네요. 손님도 말하기 어려워하시는 것 같았으니까요."

"……인연이란 말이다."

점장은 선반에 다기를 늘어놓았다. 똑같은 것 하나 없이 모양이나 크기가 각각 조금씩 달랐다. 처음부터 끝까지 기계가 아니라 사람 손으로 만들었음을 한눈에 알 수 있는 모양새였다.

"옆에서 보기에는 별것 아닌 일로도 쉽게 잃어버리곤 하지. 나중에 아무리 후회해도 한번 망가지면 고칠 수 없어. 한번 버리면 두 번 다시 찾을 수 없고. 나는 그 사실을 뼈저리게 느꼈지."

점장은 다기를 늘어놓던 손 혹은 앞발을 멈추었다.

"하지만 상대방이 살아 있다면, 어쩌면 고칠 수 있을지도 모른다. 사라지지 않는 인연도 있을지 모른다. 그렇게 생각하니…… 나도 모르게."

점장의 눈은 몹시 쓸쓸해 보였다.

"자신의 마음이라는 건 스스로도 좀체 이해하기 힘든 법이지. '깨달음을 위한 물음'은 이미 던졌으니 자기가 끌어안은 걸 그저 떠안는 게 아니라 꼭 껴안을 수 있게 된다면, 그 아가씨의 고민은 곧 해결될 게야."

점장은 다시 다기를 정리하기 시작했다. 청년은 그런 점장을 잠시 바라보고는 입을 열려다가 결국 그만두었다. 그리고 작게 숨을 내쉰 뒤 치즈 케이크를 입 안에 던져 넣었다.

🐾

아케미의 나날은 아무 일도 없이 흘러갔다. 똑같이 반복되는 일과, 그러니까 루틴을 크게 벗어나는 사건은 그 가게를 방문한 이후 아무것도 일어나지 않았다.

그런 나날 속에서도 아케미의 고뇌와 갈등은 좀처럼 색이 바래지 않았다. 하루하루 사이사이마다 불쑥 고개를 쳐들었다. 스마트폰의 액정 화면에, 어두운 밤 전철 유리창에,

회사 건물의 자동문에. 모습을 드러내지 않은 채 나타나 아케미를 답이 보이지 않는 소용돌이로 끌어들였다.

아케미는 냐앙을 몇 번인가 찾아보았다. 하지만 아무리 해도 가게를 찾을 수 없었다. 인터넷에서 검색해도 '물건 고쳐주는 가게, 냐앙'이라는 가게는 나오지 않았다.

생각해 보면 당연한 일이기는 했다. 고양이가 서서 자박자박 걷고, 홍차도 내주고 치즈 케이크도 준다니 현실에서는 있을 수 없었다.

하지만 단순히 백일몽이라고 할 수도 없었다. 왜냐하면 아케미의 토트백은 새 지퍼로 바뀌었고, 지퍼를 여닫는 부분에는 비즈로 만들어진 귀여운 고양이가 달려 있기 때문이다.

그날 밤. 아케미는 평소 출퇴근 경로에서 벗어나 다른 역에 있었다. 외근을 나왔다가 바로 퇴근하게 되어서였다.

역에서도 목에 방울을 단 비즈 점장 인형은 그대로 달려 있었다. 인파가 넘치니 방술 소리가 시끄럽다고 불평하는 사람도 있을 법도 했지만, 크기가 작고 소리도 크지 않아서 그럴 걱정은 없었다.

무엇보다 역은 시끌시끌했다. 들고 나는 전철, 도착을

알리는 음악 소리, 쏟아지는 역내 안내 방송, 오고 가는 수많은 사람들. 모두가 다소간 소리를 내며 혼연일체가 되어 역을 물들였다.

이 공간 안에서 방울은 무력하다고, 아케미는 생각했다. 어떤 소리를 울려도 그저 묻혀 사라진다. 그 시절의 아케미처럼 압도적인 현실 앞에서 티끌 하나 없이 사라져버린다.

딸랑, 하고 아케미의 생각을 부정하듯 방울 소리가 주변에 울려 퍼졌다. 지금까지 들어본 것 중 가장 큰, 주위에서 덮쳐오는 잡음을 꿰뚫는 힘 있고 맑은 소리였다.

아케미는 자기도 모르게 걸음을 멈추고 토트백에 눈길을 주었다. 비즈 점장 인형이 보이지 않았다. 어딘가에 떨어뜨린 듯했다.

주변을 둘러보니 방울 소리에 반응한 사람은 아무도 없었다. 그렇게 큰 소리가 나면 누구나 땅바닥을 들여다보기 마련이었다. 하지만 너나없이 멈춰 선 아케미를 힐긋 쳐다볼 뿐, 방울 따위는 신경 쓰지 않았다.

……아니, 딱 한 사람만은 달랐다. 긴 치마에 밑자락이 흰색인 카디건을 입고, 예쁘게 웨이브 진 긴 머리를 한 무척 아름다운 여성이 허리를 구부리고 있었다. 어디선가 본 적이 있는 듯한 기분이 들었다.

여성이 바닥에서 무언가를 주워 들었다. 비즈 점장 인형이었다.

"저, 실례합니다."

아케미는 여성에게 말을 걸었다.

"앗."

얼굴을 들자마자 여성의 표정이 변했다. 마치 꿈에도 생각지 못한 일을 맞닥뜨린 듯한 표정이었다.

"혹시, 아케미?"

아케미는 그 자리에 멈춰 섰다. ……자신은 어떤 표정을 짓고 있을까?

"설마 만날 수 있을 줄은 몰랐어."

오랜만에 얼굴을 마주한 노리코는 역시 그 시절과는 여러모로 달랐다.

"정말 감동이야. 틀림없이 운명이야. 붉은 실이네, 붉은 실|일본에서는 천생연분을 '붉은 실로 맺어진 사이'라고 표현한다|."

우선, 노리코는 밝아 보였다. 본래도 어둡다고 할 만한 성격은 아니었지만, 그렇다고 이렇게까지 발랄하지는 않았다. 패셔너블한 옷차림이나 안경 대신 콘택트렌즈를 낀 모습도 그런 인상을 더 강하게 만들었다.

"우선 생맥주 주시고요. 파닭꼬치랑 닭 껍질 그리고 연골 2인분 부탁드려요. 아, 맞다, 양배추도요. 아케미는 어떻게 할래?"

그리고 이런 자리에 익숙해 보였다. 유서 깊은 집안의 아가씨 같은 모습은 거의 느껴지지 않았다. 그 무렵의 자신에게 '노리코는 나중에 저렴한 닭꼬치 체인점에서 한꺼번에 척척 주문할 줄 알게 된다'고 알려주어도 분명 믿지 않으리라.

"맛있다!"

게다가 잘 먹었다. 고등학교 시절 노리코는 소품 상자처럼 작은 도시락에 담긴 알록달록한 반찬을 천천히 다소곳하게 먹었는데, 지금은 파닭꼬치를 파까지 한입에 베어 물고 연골도 오도독오도독 먹어 치웠다. 그 무렵의 자신에게 '노리코는 나중에 어쩌고저쩌고……', 이하 생략이다.

"그래서 그다음에 어떻게 됐냐면. 그 방송에서 치매 특집을 한다기에 이래저래 생각해 봤어. 이를테면 에도시대에는 치매로 추정되는 사람에 대한 기록이 잔뜩 남아 있는데, 정말 다양한 이야기가 있거든. 노인을 산에 버려 가엾이

죽게 만든 건 아니지만, 그렇다고 해서 모든 사람이 '옛 시절이 좋았지' 할 만큼 또렷한 경로사상으로 노인들을 돌본 것도 아니야. 경제적인 사정에 따라 달라지기도 하는데, 이런 점은 지금하고 비슷하지."

그리고 말이 끊이지 않았다. 고등학교 때도 말이 없었던 건 처음 뿐, 나중에는 말을 제법 많이 했지만 이 정도는 아니었다.

"그런 점을 다뤄서 시청자들에게 생각할 거리를 주면 어떻겠냐고 제안했더니 방송 담당자가 '히데요시가 치매였다' 정도면 충분하다고, 시청자들은 본질적으로 자세한 내용에는 관심이 없다면서 퇴짜를 놓더라고."

술을 마셨다는 점도 물론 영향을 주었을 것이다. 하지만 술기운만으로 술술 늘어놓는 건 아닐 터였다.

"그것만 알면 되지 않느냐는 둥, 어찌 됐든 상관없지 않느냐는 둥, 그런 생각들을 극복하고 싶어. 역사는 단순한 심심풀이 토막 지식의 공급원이 아니니까. 나도 지식을 뽐내려고 역사를 말하는 게 아니고. 치매 운운한 것도 전하고 싶은 부분이 있어서 이야기한 건데 말이야!"

의지다. 무언가를 이루고 싶다는 목적을 가지고 그것을 달성하기 위해 어떻게 해야 할지 궁리한다. 노리코는 이미 단순히 역사를 좋아하는 여자아이가 아니었다. 역사학이라는 학문에 진지하게 몰두하는 학자였다.

"현재의 모습을 과거에 비추어 새로운 시각을 얻는다. 이런 사고방식을 소중히 여기고 싶어."

눈부셨다. 테이블 너머에 있는데, 아주 멀리 서 있는 듯한 기분이 들었다.

"그랬구나."

그럴싸한 맞장구 하나만 치고서 테이블로 시선을 떨어뜨렸다. 눈앞에는 되는대로 주문한 카시스 오렌지와 타코 와사비│낙지나 쭈꾸미 등에 와사비, 술, 소금 등을 넣어 버무린 음식│가 놓여 있었다. 스스로 보기에도 대체 무슨 조합인가 싶었다.

카시스 오렌지 옆에는 비즈 점장 인형도 있었다. 노리코가 주워준 다음 아직 가방에 달지 않았다. 진짜 점장처럼 움직이고 말하며 도와주지 않을까 기대했으나, 그런 낌새는 없었다. 비즈 점장은 어디까지나 비즈 인형인가 보다.

목에 달린 방울에는 발바닥 표시가 있었는데, 어느새 사라졌다. 칠이 벗겨진 게 아니라 씻은 듯 말끔히 지워졌다. 불가사의한 일이었다.

"아, 미안. 내 얘기만 잔뜩 해버렸네."

아케미의 침묵을 다른 의미로 받아들였는지 노리코가

그렇게 말했다.

"아니야, 괜찮아."

아케미는 고개를 가로저었다.

그대로 두 사람 사이에 침묵이 찾아들었다. 노리코는 분명 아케미가 뭐라고 말하기를 기다렸으나, 아케미가 한마디도 하지 않았기 때문이다.

"그나저나 정말 대단하다. 과장님이라니."

노리코가 좀 전에 아케미가 한 이야기에 다시 한번 놀라움을 표현했다. 아케미가 잠자코 있으니 틈을 메우려 한 듯했다.

"나처럼 세상 물정 모르는 사람도 아케미네 회사 이름 정도는 알거든."

아케미를 배려하며 이야기한다. 어른스러운 행동이었다.

"아니, 별거 없어."

그렇게 대답하면서 아케미는 자기 안에서 정체 모를 감정이 끓어오르는 것을 느꼈다. 말로는 표현할 수 없는 바로 그 기분이었다.

어른이 된 노리코를 순수하게 칭찬하지 못하는 자신이 싫었다.

'고민을 끌어안고 있다고 해서 모두 가여운 사람이라는

법은 없지.'

　……점장의 말이 되살아났다. 아아, 정말이다. 정말 그
말대로다.

　"아, 그러고 보니."

　노리코가 화제를 바꾸었다. 아케미의 반응이 시원치 않
음을 알아채고 방향을 수정하려는 듯했다.

　"아케미는 요즘 뭐 들어?"

　기대에 찬 표정. 틀림없이 화기애애해질 만한 주제라고
생각한 듯했다. 하지만 그건 큰 착각이었다.

　"나는 요즘 밴드는 많이 못 들어봤어. 슬리핑 위드 사이
렌도, 애스킹 알렉산드리아도, 이제 요즘 밴드는 아니겠지?
그래도―"

　노리코가 이것저것 언급하는 밴드는 전부 다 모르는 이
름들뿐이었다.

　"디스터브드도 올해 새 앨범 나오잖아. 나 공연 보러 갔
었거든. 그, 몇 년 전 낫페스트에 출연했을 때 말이야."

　당연히 알 거라 생각하고 말하는 내용도 정확히 이해가
되지 않았다. 그 밴드가 국내 공연을 했었구나.

　"응, 그렇구나."

　아케미는 맞장구도 제대로 치지 못해 테이블에서 시선

을 들기가 어려워졌다. 노리코는 무척 생기가 넘쳐 보였다. 그 시절처럼 음악을 즐기고 있었다.

아케미는 쓸쓸한 맛과 함께 깨달았다. 노리코와 아케미에게는 크나큰 차이가 있다. 노리코는 그 시절 그대로 지금의 노리코로 성장했다. 반면, 아케미는 그 시절의 자신을 버리고 지금의 자신이 되었다. 그런 차이다.

"아케미?"

노리코가 당황한 모습을 보이다가 뭔가를 깨달은 듯이 표정을 바꾸었다.

"아, 미안해. 혹시 요즘은 노래 잘 안 들어?"

작게 끄덕였다. 응, 하고 목소리를 내지도 못했다.

"그랬구나."

그런 다음 노리코는 닭꼬치를 먹기 시작했다. 결국 이야깃거리가 다 떨어진 듯했다.

아케미는 카시스 오렌지에 입을 댔다. 더 센 술을 주문할 걸 그랬다. 그랬다면 술기운을 빌려 조금은 마음을 달랠 수 있었을 텐데.

대화가 끊어지자 그때까지 신경 쓰이지 않았던 주변의 시끌벅적함이 와르르 몰려들었다. 고함치는 듯한 웃음소리, 맥주잔과 테이블이 부딪치는 소리. 주의를 기울이면 떠들썩한 소리를 뚫고 호기심 어린 시선이 이쪽을 향하고 있다는 사실도 알 수 있었다.

당연한 일이었다. 여자 두 명이서 이런 술집에 오는 건 그리 흔치 않은 데다, 그중 한 명이 상당히 눈길을 끄는 미인이니까. 혹은 그 미인이 방송에 자주 나오는 존재임을 알아채기 시작했을지도 모른다.

역시 사는 세상이 다르다. 아케미는 마음속 깊이 그렇게 느꼈다. 노리코는 날개를 펼쳐 하늘을 자유롭게 나는 새고, 아케미는 그 모습을 올려다보는 잡초다.

동시에 또 그 느낌이 불쑥 솟아올랐다. 마음 틈새로 차디찬 바람이 불어 드는 듯한 느낌. 그러면서도 따끔따끔 마음이 타들어 가는 듯한 느낌. 이름 짓지 못할 마음이, 정체 모를 감정이, 아케미를 내면에서부터 망가뜨려 갔다.

'왜 받아들이지 못할꼬?'

점장의 질문이 머릿속에서 되살아났다. 여전히 답은 찾지 못했다. 어째서, 왜, 자신은 이 모양인지—

"미안해……."

불쑥, 노리코가 그렇게 말했다.

"어?"

아케미는 얼굴을 들었다.

"역시 난 틀렸나 봐."

노리코는 다 먹은 꼬치를 손에 쥐고 고개를 푹 숙이고 있었다. 아무리 봐도 상태가 이상했다. 금세 취기가 오른 걸까.

"미안해."

아니, 그런 건 아닌 듯했다. 노리코는 아무래도 심히 의기소침해 보였다.

"난 아직도 그때 그대로인가 봐. 자기 멋대로 지껄여서 난처하게 만들고."

노리코는 한숨을 쉬었다. 지금까지의 밝은 모습과 180도 다른 그늘이 표정에 서렸다.

"아케미는 완전히 어른이 되었는데 말이야. 정말 어엿한 사회인이라는 느낌이잖아."

노리코의 말에 아케미는 얼떨떨해졌다.

"왜 그렇게 생각해? 난 전혀 대단하지 않아. 그야 회사 이름은 유명하지만, 일은 무지 평범한데? 맘에 안 드는 상사한테 멋지게 배로 되갚아주거나 하지도 않는데?"

농담을 조금 섞어보았지만 노리코는 반응하지 않았다. 안 먹혔나.

"그렇게 치면, 노리코야말로 대단한 걸."

하는 수 없이 말을 이었다.

"노리코는 하고 싶은 일을 하면서 살잖아. 난 적당히 타협하고 있을 뿐이야."

좀 과장해서 말하자면, 아케미가 내일 갑자기 알 수 없는 병으로 쓰러져 한 달 이상 입원하게 되더라도 아케미의 역할을 대신할 사람은 얼마든지 있다. 큰 조직이란 그런 것이다. 복잡한 구조로 이루어진 기계는 고장에 대비해 각각의 부품을 쉽게 교환하고 수리할 수 있도록 만들어진다. 이와 마찬가지다.

하지만 노리코는 다르다. 물론 노리코가 사라진다면 구멍은 다른 사람이 메우겠지만, 완벽하게 메우기란 불가능하다. 노리코의 모양대로 구멍이 생기므로 그녀가 아닌 누군가 메꾸려 해도 반드시 빈틈이 생기고 만다.

"노리코는 멋있어."

열심히 아케미를 흉내 내던 노리코는 이제 없다. 지금 그녀는 자기 자신답게 살고 있다.

"나야말로 틀렸어."

반면, 아케미는 전혀 성장하지 못했다.

"지금도 여전히."

여전히 감정에 사로잡혀 있다. 앞으로 앞으로 나아가는 노리코를 보면 솟구치는 이 마음.

"지금도 여전히, 나는."

노리코가 아케미를 바라보았다. 조금 소심하지만, 어딘가 줏대 있어 보이는 눈. 지금은 후자의 비율이 예전보다 훨씬 높아졌다. 아아, 역시 노리코는 훌륭해졌다.

"여전히 나는."

줄곧 마음에 걸렸던 점장의 질문이 되살아났다.

'왜 받아들이지 못할꼬?'

입술을 깨물었다. 이왕이면 그냥 가르쳐 주지. 그만큼 인생이 어쩌네, 뒤엉킨 목걸이 줄과 비슷하네 어쩌네 할 정도라면 힌트쯤은 있었을 텐데. 의미심장하게 이러쿵저러쿵 늘어놓아 헷갈리게 할 뿐이라면 차라리 아무 말도 하지 않는 편이 나았다. 덩그러니 혼자 남겨진 꼴이 아닌가.

"나는."

혼자 남겨지다? 뭔가가 서서히 풀려가는 느낌이 들었다. 그래, 홀로 남겨지는 것이다. 눈앞에 노리코가 있는데도 점점 작아지는 뒷모습을 바라보는 듯한 기분이 들었다.

"……아아, 그런 거였어."

불현듯 아케미는 이해했다. 이 기분의 정체를.

"나, 사실 쓸쓸했어."

모든 것이 하나로 연결되었다. 갑자기 생일 선물을 준비한 것도, 앞으로 앞으로 나아가는 노리코에게 어째서인지 화가 난 것도, 그 후 음악과 서서히 거리를 두게 된 것도. 모두 홀로 남겨진 쓸쓸함 때문이었다.

"그랬던 거야."

점장은 말했다. "쉽게 풀리는 법이지"라고. 그 말이 무슨 뜻인지 이제야 알았다. 복잡하게 엉킨 듯 보이지만, 사실은 아주 단순한 모양이었다.

쓴웃음이 절로 나왔다. 그런가, 그런 거였나. 점장은 거기까지 내다보고 일부러 아케미의 감정에 의문을 제시하는 데서 그친 거였나. 아케미가 스스로 고민하고 깨달을 수 있도록.

"아케미?"

노리코가 어리둥절한 표정을 지었다.

"쓸쓸했던 거야, 그때도 지금도."

아케미는 미소 지으며 해야 할 말을 입에 담았다.

"미안해, 노리코. 그때 잘못한 건 나였어."

스스로도 놀라울 만큼 말이 술술 나왔다.

"정말 미안해."

그렇게 말하며 아케미는 머리를 숙였다.

"어, 엇."

노리코는 당황해서 허둥댔다.

"그치만, 그게, 나는 당연히."

목소리가 점점 울먹이는 소리로 변해갔다.

"당연히, 당연히, 미움받은 줄……."

놀라 고개를 드니 노리코는 엄청난 얼굴을 하고 있었다. 눈에서 눈물이 줄줄 넘쳐흘렀다.

"잠, 잠깐만."

아케미는 당황했다. 술집에서 갑자기 우는 것도 큰일인데, 무엇보다 노리코는 유명인이다. 연예부 기자가 지켜보고 있다면, 주말 주간지에 "방송에서 대인기인 학자가 술집에서 대성통곡!" 같은 기사가 실릴지도 모른다.

"자, 이거 써."

아케미는 허둥지둥 가방에서 손수건을 꺼냈다. 노리코를 스캔들 속의 인물로 만들 수는 없었다.

"으응."

노리코는 손수건을 받아 들고 눈가를 눌렀다. 흘러넘칠 것 같은 감정을 가라앉히려는 듯이 위를 보며 심호흡했다.

"렌즈 빠지지 않게 조심하고. 아, 거기 팔꿈치에 젓가락 닿는다. 케첩 묻어."

아케미는 미주알고주알 잔소리를 했다. 정말이지, 오랜

세월 맺혀 있던 응어리가 이제 막 풀렸건만 여운에 잠길 새
도 없었다.

"……하, 하핫."

그러자 노리코가 갑자기 웃기 시작했다. 웃다가 다시 흐
느꼈다가, 콜록콜록 목멘 소리를 냈다.

"울든 웃든 하나만 해. 희로애락이랑 재활용 쓰레기는
제대로 구별해야지."

노리코는 더욱 웃으며 콜록댔다. 되는대로 던진 엉성한
농담이었는데, 묘하게 반응이 좋았다. 아케미가 보기에는
상사에게 배로 되갚아준다는 농담 쪽이 더 나았던 것 같
지만.

"역시 대단해. 아케미, 정말 멋져."

칭찬이 너무 과하다. 이 정도 농담으로 극찬을 받다니,
사실 지금까지의 아케미는 터무니없이 재미없는 인간이었
던 걸까.

"다정하고, 다른 사람을 잘 챙겨주고."

그렇게 생각했으나, 농담에 대한 칭찬은 아니었던 모양
이다.

"내가 물건을 잃어버렸을 때도 늘 찾아줬잖아."

"뭐, 그야 도와주긴 했지만."

아케미는 고개를 갸우뚱했다. 그렇게 굳이 되돌아볼 만큼 대단한 일인가?

"모르는 사람들이 무슨 일인지 궁금해할 때, 먼저 가서 '이런 걸 잃어버렸는데요' 하면서 도와달라고 말하기도 하고."

"그랬나?"

잘 기억이 나지 않았다. 어떻게든 찾아야겠다는 마음에 여러 사람에게 도움을 받은 기억은 있지만, 그렇게까지 적극적으로 움직였던가.

"그럼, 그럼."

마음이 조금 차분해졌는지 노리코가 미소를 지었다.

"아케미는 역시, 나의 멋진 아케미구나."

"에이, 그만해. 하나도 대단할 거 없어."

아케미는 홱 고개를 돌렸다. 고등학교 시절에도 들을 때마다 부끄러웠던 대사다. 지금은 그보다 더했다.

"대단한 게 없어? 대체 어디가?"

노리코는 어리둥절해 보였다. 이럴 때 시치미를 뚝 떼는 건 예나 지금이나 변함이 없다.

"노리코처럼 뭔가를 이룬 것도 아니고. 커다란 목표를 가지고 사는 것도 아니고. 하고 싶은 일을 하는 것도 아니니까."

"그럼 하면 되잖아."

노리코는 아무것도 아니라는 듯이 말했다. 아케미는 숨을 삼키며 시선을 돌렸다.

"지금부터라도 하고 싶었던 일을 하면 되잖아. 사람들에게 좋아하는 걸 전하고 싶다는 목표, 이루면 되잖아."

말도 나오지 않았다. 믿을 수 없었다. 노리코는 기억하고 있는 걸까?

"잊어버린 건 아니었어. 하지만 그때는 잠시 머릿속에서 떨어져 나왔나 봐."

노리코가 아케미를 바라보았다.

"정말 멋진 일이라고 생각했고, 완성되기를 기대하기도 했어. 그런데 하필 그때는 아케미의 말에 귀 기울이지 못했어. 내 생각하느라 바빠서."

노리코의 눈길은 무척 진지했다. 거짓이나 핑계를 대는 표정이 아니었다.

"아케미와 만나지 않게 된 뒤로도 계속 후회했어. 아케미가 날 응원해 준 덕에 좋아하는 길로 나아갈 수 있었는데, 나는 아무것도 해주지 못했다고."

그랬구나. 그런 거였구나. 아케미의 마음에 따뜻한 온기가 촉촉이 번져나갔다.

"그러니까 이번에야말로 내가 아케미의 등을 밀어주고 싶어. ……지금부터라도 늦지 않았어. 써보는 거야."

아아. 역시 노리코는 아케미의 가장 절친한 친구였다.

「있잖아, 요즘 우리 상사 상태가 좀 이상하단 말이지.」

점심시간. 고모토 나쓰키는 스마트폰의 메시지 앱으로 친구에게 이야기를 꺼냈다.

「상태가 이상해?」

친구 지사토가 대답했다.

「안나네 상사라면, 그 사람이지? 무지무지 유능한 사람.」

「응, 응.」

나쓰키는 머릿속에서 잠시 문장을 정리한 다음 답신을 보냈다.

「지금까지 점심은 맨날 가까운 메밀국숫집에서만 먹었는데. 요즘은 근처 공원에서 도시락이나 샌드위치를 먹는단 말이지. 게다가 매일 노트북도 가지고 가고.」

무척 유능하고 멋지지만, 한편으로는 좀처럼 다가가기

어려웠던 그녀에게 갑자기 알 수 없는 변화가 나타났다. 동료들 사이에서도 화제였다.

「흐음.」

지사토는 귀여운 고양이가 팔짱을 낀 이모티콘을 보냈다.

「그냥 점심시간에도 일하는 거 아니야?」

「나도 그런 줄 알았는데. 아닌가 보더라고.」

화면을 직접 들여다보지 않아서 확실히는 모르지만, 일과 관련은 없는 듯했다. 그 능력 있는 상사가 점심시간에도 일을 한다면 업무 속도가 훨씬 더 빨라졌을 텐데, 그렇지는 않았기 때문이다.

「정보 수집이나 공부 같지도 않고. 너무 궁금해.」

「음.」

지사토는 귀여운 고양이가 물음표를 띄우는 이모티콘을 보냈다.

「아, 맞다.」

그 이모티콘을 보다가 나쓰키는 문득 무언가를 떠올렸다.

「요즘 가방에 액세서리를 달고 다니더라. 무슨 귀여운 고양이 인형.」

그러고 보니 그런 일이 있었다. 미인이지만 여러모로 심플한 스타일이었는데, 갑자기 고양이라니. 처음 발견했을 때는 주변 사람들이 조용히 술렁였다.

「그래? 남자 친구라도 생긴 거 아니야? 그 사람한테 선물 받았다든지?」

지사토의 지적은 지당했다. 그녀 같은 사람에게 변화가 나타났을 때, 가장 있을 법한 일은 새로운 연인이 생기는 것이다.

「근데 그것도 아닌 것 같단 말이야.」

하지만 나쓰키는 동의할 수 없었다. 그 귀여운 액세서리는 비즈 공예품이었다. 평범한 센스를 가진 남자가 선물할 만한 물건은 아니었다.

게다가 남자 친구가 생겼다고 하기에는 점심시간에 노트북을 들고 공원에 가는 행동과 딱 맞아떨어지지 않는다. 뭔가 긴 글이라도 쓰는 게 아니라면 노트북은—

「아, 미안.」

나쓰키의 생각은 지사토의 말에 의해 도중에 끊어졌다.

「슬슬 남은 야채 싸게 팔 시간이니까 슈퍼 다녀와야겠다. 또 연락할게!」

생활감이 듬뿍 묻어나는 대사다. 화려한 한자를 사용한

중2병스러운 닉네임이지만, 지사토血沙都는 주부다.

　나쓰키도 회사원인데 한자를 유치하게 풀어낸 시가라키 안나紫香楽闇奈라는 닉네임을 쓰고 있으니 도긴개긴이다. 옛 지인에게 보내려던 메일을 상사에게 잘못 보냈을 때는 죽는 줄 알았다.

　「응. 잘 다녀와.」

　나쓰키는 인사를 하고 지사토와 대화하던 메시지 창을 닫았다. 점심시간이 끝나려면 아직 조금 시간이 남았다. 나쓰키는 SNS의 타임라인을 휙 훑어본 뒤 즐겨찾기해 둔 블로그로 넘어갔다. 격렬한 음악과 관련된 CD나 공연의 감상을 올리는 블로그다.

　나쓰키는 특히 비주얼계 록 밴드 음악을 좋아해서 출퇴근길 전철에서 자주 듣는데, 이런 블로그는 잘 보지 않는다. 당최 이해가 가지 않아서다.

　'누구누구의 영향을 강하게 받은 기타 리프', '핫한 무엇무엇과 가사가 어쩌고저쩌고', '바흐의 정신성이 이러쿵저러쿵'. 어떤 장르든 마찬가지다. 각 장르 특유의 전문 용어들을 구사하며 다른 마니악한 밴드며 뮤지션과 비교해 대서 결국 나쓰키 같은 초보자에게는 문턱이 너무 높았다.

　하지만 이 블로그는 달랐다. 되도록 이해하기 쉬운 말을 사용해서 음악의 매력을 폭넓게 전하려 하기 때문이다.

개설한 지 얼마 되지 않은 블로그라서 아직 부족한 부분도 있었다. 역시 내용이 어렵거나 가볍게 설명하려다 실패한 부분도 보였다. 하지만 그렇게 열심히 노력하는 모습도 꽤 보기 좋았다.

블로그 자체는 아직 인기가 많지 않았다. 가끔 '노릿코'라는 사람이 장문의 댓글을 남기는 정도였다. 접속자 수는 모르겠지만, SNS가 완전히 보급된 요즘 시대에는 이런 블로그도 인기를 얻기가 힘들 터였다.

"좋았어."

잠시 생각한 뒤, 나쓰코는 댓글을 남기기로 했다. 보는 사람의 말이 힘이 된다는 사실을 알기 때문이었다.

지금 생각하면 치명적인 흑역사지만, 예전에 '피로 물든 어두운 꿈'이라는 이름의 블로그를 운영한 적이 있었다. 검은색 배경에 빨간색 글씨라서 눈이 아픈 블로그인 데다 도저히 봐주기 힘든 일기를 쓰곤 했는데, 댓글이 달리는 건 기뻤다. 처음 댓글이 달렸을 때는 캡처까지 해서 저장해 두었다.

「좋아하는 뮤지션이 영향을 받았다는 밴드에 대해 조사하다가 이 블로그에 도달했는데, 그대로 눌러앉게 됐습니다.」

첫 문장은 이런 식이겠지. 구구절절하지만 어쩔 수 없다. '좋아하는 뮤지션'이란 화장이 진한 비주얼계 기타리스트라서 블로그 주인은 짐작하기 어려울지도 모른다.

「모르는 밴드가 많아서 매일 새로운 발견이에요.」

뻔한 말일지도 모른다. 요전에 소개해 준 앨범에 관심이 생겨서 음원을 구입했다는 이야기도 덧붙였다. 다음은 이름인가.

「이름: 시가라키 안나」

큰일 날 뻔했다. 무심코 습관대로 적을 뻔했다. 주변을 둘러보다가 눈에 들어온 것을 입력했다.

「포스트잇(노란색)」

너무 대충인가 싶지만, 괜찮지 않을까. 나쓰키는 댓글을 저장했다.

스마트폰 화면을 끄고 책상 위에 올려둔 뒤 의자에 벌렁 늘어졌다. 나쓰키의 책상은 과장 바로 옆이라서 일하는 중에는 게으름을 피울 수가 없다. 이 틈에 조금이나마 휴식을 취하려는 것이다.

"다녀왔습니다."

잠시 후 목소리가 들려왔다. 매우 밝은 목소리다. 누구인가 하고 보니, 바로 그 에구치 아케미 과장이었다.

"거짓말."

나쓰키는 깜짝 놀랐다. 과장이 발랄하게 인사를 하다니, 예상치 못한 사태였다.

주변 사람들을 보니, 모두 서로 눈치만 살피고 있었다. 시선이 여기저기서 엇갈리다가 이윽고 나쓰키에게 모여 들었다. 소리 없는 목소리가 들려왔다. 자리가 제일 가까운 네가 물어봐.

거부하고 싶었지만, 불가능했다. 어쨌든 나쓰키는 이 부서에서 가장 신참이기 때문이다.

"저기, 무슨 일 있으세요?"

마지못해 과장에게 질문을 던졌다.

"아뇨, 별일 없어요."

과장은 그렇게 대답했지만, 도무지 믿기지 않았다.

"자, 그럼 힘내서 일해볼까요?"

왜냐하면 싱글벙글하고 있었으니까. 그런 모습은 처음 봤다.

"네, 넵."

나쓰키는 눈을 동그랗게 뜨며 고개를 끄덕였다.

정말 신기한 일이다. 늘 담담한 사람인데, 대체 얼마나 기분 좋은 일이 있었기에 저렇게 기뻐할까?

5장

희미해진 나를 찾아주는
털실 목도리

　'매번 같은 것만 나온다'는 생각은 사실 '보고 싶지 않은 것이 계속 보일' 때만 드는 생각이다. 뉴스나 와이드쇼도 그렇고, 드라마나 만화, 소설도 마찬가지다. 관심이 없거나 마음에 들지 않는 것이 눈에 띄었을 때, 불만을 느끼고 "다 똑같아서 재미없어"라고 말하게 되는 것이다.

　물론 이 원리는 인터넷에도 그대로 적용된다. 지금까지 즐겁다고 느꼈던 것을 즐길 수 없게 되었을 때, 온라인 세계는 메마른 황무지가 된다.

　#카페투어 #왓츠인마이백 #오늘의패션

　혼조 이즈미는 SNS를 보며 그 사실을 통감했다.

#멋쟁이들과소통하고싶어 #셀카 #디즈니씨

　사진을 가공하고 일상을 담아 '근사한 자신'을 연출한다. 이즈미의 타임라인에서 펼쳐지는 것은 모두 그런 광경이었다.

　나란히 몰두하는 한 괜찮은 환경이다. 서로 "좋아요!" 하고 하하 호호 웃으며 기분 좋은 사이클을 끝없이 돌릴 수 있다. 하지만 한 번 따라잡을 수 없게 되면 모든 톱니바퀴가 거꾸로 돌기 시작한다.

　꼬리에 꼬리를 물고 밀려드는 '근사한 자신'. 한 사람, 한 사람이 고르고 고른 최고의 한 장이 끊임없이 알림을 울려댄다.

　무수히 많은 사진을 보고 있으면, 누가 누군지 점점 알 수 없게 된다. 근사하다는 개념은 유행에 영향을 강하게 받으므로 화장이든 옷차림이든 모두 고만고만하기 때문이다.

　뭐, 자신도 크게 다르지 않았으니 큰소리는 치지 못한다. 유행을 좇고, 새로운 것에 맞춰 옷도 얼굴도 속속 바꾸었다. 그렇게 하면 좋아할 거라 믿었고, 결국 쓴맛을 보았다.

　기분이 점점 울적해졌다. 이즈미는 SNS 앱을 쓸어 넘겨 화면 밖 저편으로 날려 버렸다. 이제 끝이다, 끝, 끝.

　이즈미는 스마트폰에서 얼굴을 들었다. 온라인에서 오

프라인으로 의식이 돌아오자 주변 풍경이 색채를 띠기 시작했다.

가을이 깊어가는 캠퍼스. 오고 가는 학생들의 옷차림은 두꺼운 옷과 얇은 옷 중 약간 두꺼운 쪽에 가까웠다. 강한 바람이 실제보다 체감 온도를 낮춘 탓이었다.

이즈미는 혼자 벤치에 앉아 있었다. 이즈미 또한 체스터필드 코트에 니트 상의, 무릎까지 오는 치마에 타이츠 조합의 가을겨울용 옷차림이었다. 이 정도로 입으면 춥지 않다.

드르륵드르륵 스마트폰이 진동했다. 전화가 온 듯했다. 다시 화면에 눈길을 주니 '엄마'라고 표시되어 있었다. 이런이런, 또인가.

"여보세요?"

약간 퉁명스럽게 전화를 받았다.

"여보세요? 얘, 이즈미. 날이 꽤 추워졌는데 괜찮니? 감기 안 걸렸고? 넌 기온 변화에 약하니까 몸을 따뜻하게 해야 해."

완벽하게 예상한 그대로였다. 엄마는 이틀에 한 번 이상 이래저래 연락을 하는데, 매일 이런 식으로 일방통행이다. 이즈미를 걱정해서인지, 단순히 말 상대가 필요해서인지 도무지 알 수가 없다.

"괜찮아."

목소리의 언짢음 농도를 높여봤지만, 엄마는 눈치채지 못했다.

"그래, 그거 있잖아. 왜, 선물로 받은 목도리—"

그러고는 대형 지뢰를 터뜨려 버렸다.

"자주 두르고 다니던 거. 그쪽에 가지고 갔었잖아. 따뜻하게 두르고 다녀야 한다."

이즈미는 얼어붙었다. 이 타이밍에 잘도 생각나게 해주시는군.

"……알았다고. 그럼, 곧 아르바이트 가야 하니까 끊을게."

폭발해 버리기 전에 이즈미는 전화를 끊었다. 어쨌든 걱정해서 해준 말이고, 평소 같았으면 좀 더 수다를 나누었겠지만, 지금은 아무리 생각해도 무리였다.

스마트폰의 화면을 보았다. 통화하는 사이 SNS 알림이 와 있었다. "muneyuki0507 님이 방금 사진을 게시했습니다." 여름 끝자락까지 이즈미의 남자 친구였던 사람이 SNS에 무언가를 업로드한 듯했다.

보지 않는 편이 좋다. 아니, 보면 안 된다. 이즈미의 이성이 최대 음량으로 경고를 울려댔다. 100퍼센트 옳은 말이라는 건 알았다. 하지만 이즈미는 매번 그 경고를 무시하고 만다. 마치 화면 정중앙에 나타나는 인터넷 광고처럼 X 버튼을 연타해 밀어내는 것이다.

이즈미는 SNS 앱을 열었다. 최신 게시물로 표시된 것은 남자 일곱에 여자 셋 정도가 모여 찍은 단체 사진이었다.

어느 강변. 뒤에는 바비큐 도구. "정말 즐거운 시간이었다! 모두에게 감사. 앞으로도 자주 모여서 더 친해지고 싶다"라는 게시글. 그림같이 완벽하게 '충실한 일상'을 어필하는 사진이었다.

사진을 올린 젊은이는 집단의 중심 언저리에 있었다. 반듯한 얼굴, 멋을 낸 머리 스타일과 옷차림. 옆에는…… 다른 여자.

이즈미는 한숨을 쉬고 스마트폰 화면을 껐다. 기분은 최대한 돌려 말해도, 최악이었다. 본래 내 자리였던 곳에 다른 누군가가 있는 광경을 보는 게 즐거울 리 없었다.

패밀리 레스토랑에서 아르바이트하는 동안, 이즈미는 일부러 더 열심히 일했다. 아르바이트라고 해도 사적인 일로 업무에 나쁜 영향을 미치기는 싫었다. 그러면 뭔가 진 듯한 기분이 들어서였다.

"……후유."

그 결과, 퇴근할 무렵 이즈미는 흐물흐물 녹초가 되었다. 평소보다 무거운 부담을 짊어지고 평소처럼 일했으니 당연하다면 당연한 일이었다.

"이즈미, 오늘 많이 힘들었어?"

사무실에서 출퇴근 카드를 찍을 때 아르바이트 리더인 이케다 씨가 말을 걸었다. 걱정하는 듯했다.

"아뇨, 그런 건 아니에요."

"요즘 기운이 없어 보여. 필요하면 이 언니가 상담해 줄까?"

이케다 씨는 그렇게 말하고 씩 웃었다. 친절하고 서글서글하고 다정한 인품이 그대로 묻어나는 미소였다.

"감사해요. 하지만 정말 괜찮아요."

이케다 씨에게 거짓말을 하자니 조금 가슴이 아팠다. 그러나 말할 수 없었다.

"고생하셨습니다."

이즈미는 고개 숙여 인사하고 사무실을 뒤로했다.

이케다 씨뿐만이 아니다. 이즈미는 아무에게도 털어놓

지 않았다. 이유는 스스로도 알지 못했다. 그렇게 무겁고 깊게 상처 받은 것도 아닐 텐데.

열쇠로 문을 열고 안으로 들어갔다. 처음에는 낯설었던 원룸도 반년 넘게 지내고 보니 제법 익숙해졌다.

문을 잠그고 신발을 벗은 뒤 방으로 들어갔다. 가방은 근처 아무 데나 휙 던져두고 그대로 침대까지 가서 풀썩 앞으로 쓰러졌다.

"……읏!

이즈미는 주먹을 꼭 쥐고 있는 힘껏 침대에 내리쳤다. 익숙한 공간에 혼자 있을 때만 겉으로 드러낼 수 있는 감정이었다.

"대체 뭐 하는 거야."

조바심 섞인 작은 목소리가 누구에게도 닿지 못하고 베개로 스며들었다.

춥다. 이즈미는 문득 눈을 떴다. 어느새 잠들어 버렸나
보다. 어쩌면 감기에 걸렸을지도 모른다. 그렇게 남 일처럼
생각하면서 꿈지럭꿈지럭 이불을 덮었다. 엄마 말대로 이
즈미는 기온 변화에 약하다. 지금 같은 환절기에는 특히 더
조심해야 했다.

"목도리라."

잠깐 찾아볼까 하는 생각에 이즈미는 자리에서 일어
났다.

방 한쪽에 놓인 수납장 앞으로 이동했다. 상하 2단. 두
칸 모두 본가에서 가져온 옷이 들어 있다.

겨울옷은 아래 칸이었다. 운동복과 스웨터, 내의 등이
주로 들어 있다. 고등학교 때는 아무렇지 않게 입었는데, 지
금 보니 하나같이 촌스럽게 느껴졌다.

목도리는 서랍 안쪽에서 나왔다. 옅은 흰색 털실을 보자
마자 감회가 불쑥 북받쳤다. 이즈미에게 이 목도리는 단순히
추위를 막아주는 도구가 아니었다. 이른바 전우였다.

궁도에 열중했던 고등학교 시절. 겨울철 아침 훈련이라
는 시련에 맞설 때, 이 목도리가 늘 곁에 있어 주었다. 비가

오든, 눈이 오든, 복사냉각|낮 동안 흡수했던 열보다 더 많은 열이 밤사이 날아가면서 지표면의 온도가 떨어지는 현상| 탓에 길이 얼든, 이즈미는 학교까지 가는 길을 이 목도리와 함께 달렸다.

그리고 이 목도리에는 추억이 또 하나 담겨 있다. 그렇다, 이 목도리는―

"응?"

이즈미는 불현듯 위화감을 느꼈다. 목도리 뒷면의 감촉이 군데군데 조금 이상했다. 원래는 뒤쪽도 좀 더 도톰했을 텐데.

"앗."

뒤집어 확인하고서 그대로 얼어붙었다. 목도리에 구멍이 나 있었다. 그리 크지 않은 구멍이 몇 개나 뚫렸다. 구멍의 크기와 털실이라는 소재로 미루어 짐작건대, 벌레 먹은 흔적 같았다.

"어?"

갑자기 시야가 흐려졌다. 어떻게 된 거냐고 스스로에게 묻기도 전에 양쪽 눈에서 액체가 뚝뚝 흘러 떨어졌다.

"엇, 어."

닦아도 닦아도 멈추지 않았다. 남자 친구의 지금 모습을 보아도, 아르바이트하느라 녹초가 되어도 나오지 않던 것.

그것이 끊임없이 넘쳐흘렀다.

아아, 대체 왜 이럴까. 눈물은 남자 친구와 헤어졌을 때 몽땅 말라버렸다고 생각했는데.

"어, 그러니까 큰 기업들도 '지속 가능한 사회'라는 목표를 이루기 위해 힘쓰고 있습니다. 예를 들면 일본의 유명 전자 제품 회사에서는 구내식당에서 인증을 받은 지속 가능한 수산물을—"

다음 날, 이즈미는 충격을 미처 다 털어내지 못한 채 강의를 듣고 있었다. 큰 강의실 뒤편에서 마이크와 스피커로 증폭된 교수님의 웅얼대는 목소리를 그저 듣기만 했다. 관심이 있어서 신청한 강의였건만, 제대로 집중할 수 없었다.

강의가 끝나자 곧바로 학교를 나섰다. 돌아가서 무얼 할지 생각해 둔 건 아무것도 없었다. 오늘은 아르바이트도 쉬는 날이니 적당히 인터넷을 돌아다니든 뭘 하든 하다 끝날 것이다.

스스로 생각하기에도 그렇게 할 일이 없나 싶기는 했다. 다만, 그렇다면 뭘 하면 좋을까 고민해도 아무것도 떠오르지 않았다. 원래는 여러모로 의욕이 넘치는 사람이었는데 어쩌다 이렇게 되었는지—

"아얏!"

별안간 이즈미의 다리에 무언가가 퍽 하고 부딪쳐 우당탕탕 소리를 내며 쓰러졌다. 이즈미도 넘어질 뻔했지만 어찌어찌 자세를 바로잡았다.

"죄송합니다!"

이즈미는 엉겁결에 사과하며 뒤집어진 무언가에 눈길을 주었다.

세워두는 간판이었다. 칠판 같은 생김새에 "물건 고쳐주는 가게, 네코안"이라는 글씨가 분필로 적혀 있었다. '안庵' 자는 마지막 획 부분이 고양이 꼬리 모양이어서 매우 귀여웠다. "환절기는 특별 찬스! 점장님 털갈이 기간 할인"이라는 말도 쓰여 있었다. 전체적으로 보기 좋은 디자인이었다.

"괜찮으세요?"

허둥지둥 간판을 세우려 하는데, 누군가가 말을 걸었다.

"죄송합니다. 간판이 방해가 됐나 보네요."

목소리의 주인은 어떤 청년이었다. 고양이 디자인이 들어간 앞치마를 몸에 두른 걸 보니 네코안의 점원인 듯했다.

"아, 아니에요."

이즈미는 당황했다. 간판을 차서 넘어뜨린 현장을 들켜 겸연쩍다는 이유도 물론 있었다. 하지만 이즈미가 당황한 더 큰 이유는 점원이 너무나도 미남이라는 점이었다.

약간 곱슬한 머리에 반듯한 이목구비. 기름한 눈은 다정한 빛을 띠고 있으며, 나이는 이즈미와 비슷해 보였다. 하지만 어째서인지 이즈미보다는 연상처럼 느껴졌다.

"다친 데는 없으세요?"

청년은 간판은 신경도 쓰지 않고 이즈미를 걱정해 주었다.

"네, 정말 괜찮아요!"

이즈미는 우왕좌왕하며 겨우 간판을 일으켜 세웠다. 얼굴이 뜨거웠다. 창피함인지 아니면 다른 감정 때문인지.

"그러세요? 다행이네요."

청년이 부드럽게 미소 지었다. 이즈미는 한층 더 허둥대다가 눈을 돌려버렸다.

그곳에는 가게가 하나 있었다. 갈색 문과 쇼윈도. 쇼윈도 안에는 다양한 소품과 겨울용 방한 용품들이 진열되어 있었다. 고양이를 모티프로 한 물건이 많은 것으로 보아 이곳이 네코안인 듯했다.

"멋진 가게네요."

이즈미가 말하자 청년은 기쁜 듯 웃었다.

"그렇죠? 이곳은—"

"이곳은, 이 몸의 암자이기 때문이지."

목소리가 울려 퍼졌다.

"센스 있는 사람의 암자는 자연히 센스가 좋아지는 법."

가게 문이 열렸다. 안에서 나타난 것은 두 발로 서서 걷는 고양이 한 마리였다.

"내가 암주라네."

이즈미는 너무 놀라 어안이 벙벙해졌다. 그럴 만도 했다. 이족 보행하는 고양이가 말을 걸었을 때 침착할 수 있는 사람은 거의 없을 것이다.

"그러니까, 지금 칭찬해 주신 건 제 덕분이라는 뜻이네요. 가게를 실질적으로 운영하는 건 점장님이 아니라 저니까요."

청년은 태연하게 대꾸했다. 고양이가 말을 걸어도 침착함을 유지할 수 있는 몇 안 되는 사람이 바로 여기 있었다.

"뭐라! 꼬맹이, 하극상을 일으키겠다는 것이냐! 그리고 점장이 아니라 암주라고 늘 말하지 않느냐!"

점장이라 불린 고양이가 몹시 성을 냈다. 팔다리를 바동대는 모습은 '톰과 제리'의 톰처럼 익살맞았다.

"하극상은 아랫사람이 윗사람을 쓰러뜨리고 권력을 손에 쥐는 거잖아요? 저는 이미 실권을 쥐고 있으니까 하고 싶어도 못 하는걸요."

"말도 안 되는 소리! 꼬맹이가 실권을 쥐고 있다니, 배꼽에서 차가 끓겠구나|몹시 우습다는 뜻의 일본 속담|!"

"그 차를 제가 우에노 씨에게 발주하고 관리하죠. 만약 제가 처우 개선을 요구하면서 파업에 들어가면, 점장님이 마시고 싶을 때 원하는 차가 없는 사태가 발생할 텐데요?"

"잇, 이이익."

점장은 잔뜩 못마땅한 표정을 지으며 입을 다물었다. 뭐가 뭔지 잘 모르겠지만, 청년이 점장을 말로 이긴 듯했다.

"좋다. 그렇게까지 말한다면 나한테도 생각이 있지."

잠시 팔짱을 끼고 곰곰이 생각하던 고양이가 말했다.

"꼬맹이, 이번에는 네가 이 아이를 대접해 보거라."

"네?"

점장은 얼떨떨한 이즈미를 올려다보았다.

"이 녀석이 원하는 것을 훌륭하게 '고쳐'보거라. 이번에는 고양이 손은 빌려주지 않을 게다."

그런 관계로 이즈미는 자신의 의사와는 상관없이 청년

에게 대접을 받게 되었다.

"맛있게 드세요."

청년이 이즈미 앞에 차를 내주었다. 부드러운 향이 나
는 녹차다. 전통 찻집 스타일의 인테리어와 딱 맞는 느낌이
었다.

"감사합니다."

이즈미는 차를 입에 댔다. 이런 정체 모를 곳에서 내준
음식은 사양해야 마땅하겠지만, 거부감은 전혀 들지 않았
다. 아니, 미남이 준 음식이라서 그런 건 아니었다.

"⋯⋯아."

한 모금 마시자마자 절로 목소리가 새어 나왔다. 은은한
쓴맛이 차 맛의 중심을 견고하게 잡아주었다.

"마음에 드셨나요?"

카운터 너머에서 청년이 웃었다.

"네, 맛있어요."

뭔가 '진짜'를 맛본 듯한 기분이었다. 거리에 넘쳐 나는
차들이 모두 가짜라는 뜻은 아니지만, 대량 생산된 상품으
로는 절대 낼 수 없는 품격 같은 것이 느껴졌다.

"뭐, 이 정도쯤이야."

뒤에서 점장이 거들먹거리며 품평하는 목소리가 들려

왔다.

돌아보니 점장이 테이블 자리를 독차지하고 있었다. 허리를 곧게 펴고 의자에 앉아 앞발을 양손처럼 써서 찻잔을 들었다. 정말 현실감이 어긋나는 광경이다. 간판에 부딪힌 순간, 이세계로 전생이라도 해버린 걸까.

"하지만 냐앙의 진수는 차뿐만이 아니지."

한 번 더 차를 후루룩 마신 다음 점장이 그렇게 말했다. 그렇구나, 냐앙이라고 읽는구나. 억지스럽다면 억지스럽지만 말하는 고양이보다는 어느 정도 납득이 됐다.

"우리 가게의 진수 말씀이세요? 그야 잘 알지요. 물건을 고쳐주는 가게니까요."

청년은 흥흥 하고 자신 있게 코웃음을 치더니 이즈미에게 몸을 돌렸다.

"저, 하나 여쭈어도 될까요?"

그러고는 눈을 지그시 들여다보았다.

"아, 네."

이즈미는 자기도 모르게 눈을 돌리며 앞머리를 매만졌다.

"혹시 고치고 싶은 물건이 있지 않으신가요?"

청년이 질문했다.

"어, 네?"

어리둥절했다. 질문의 뜻을 제대로 이해할 수 없었다.

"이 가게를 찾는 분들은 소중한 무언가를 고치고 싶어 하시는 경우가 많아서요. 운명이라고 할까요?"

"소중한 무언가……."

소리 내어 말한 다음, 이즈미의 뇌리에 그 목도리가 떠올랐다.

"있으신가 보네요."

청년이 상체를 조금 가까이 내밀었다.

"아아, 아뇨."

이즈미는 말문이 막혔다. 과연 소중한 물건일까? 아니, 꺼내보고서 눈물을 흘릴 정도이니 소중한 물건이기는 할 것이다. 그래도 그렇게 딱 잘라 말하기에는 뭔가 거부감이 들었다.

"사양 말고 말씀해 보세요. 고칠 수 있을지 어떨지 판단하는 것도 저희들 일 중 하나니까요."

이즈미의 침묵을 다르게 받아들였는지, 청년은 친절하게 덧붙여 주었다. 점점 더 겸연쩍어졌다. 역시 별거 아니라고 말하기는 조금 힘든 분위기였다.

"목도리인데요."

결국 이즈미는 단념했다. 이렇게나 살뜰하게 챙겨주는데 아무것도 부탁하지 않기도 미안했다.

"목도리군요. 무엇으로 만든 목도리인가요?"

청년이 팔짱을 끼며 생각하기 시작했다.

"털실이에요."

"그렇군요. 지금 가지고 계실까요?"

"지금은 집에 있어요. 가지고 올까요?"

머릿속으로 아파트까지의 거리와 가는 데 걸리는 시간을 계산했다. 그런대로 멀지만 못 갈 거리는 아니었다.

"네. 괜찮으시다면 부탁드립니다."

"그럼 다녀올게요."

이즈미는 그렇게 말하며 자리에서 일어섰다.

"기다리고 있겠습니다."

청년은 일어나 가게 문까지 열어주었다.

"조심히 다녀오세요."

그리고 가게를 나서는 이즈미를 배웅했다.

빨리 갔다 와야겠다. 왠지 그런 생각이 들어 이즈미는 달리기 시작했다. 동아리 활동으로 단련된 터라 장거리 달리기에는 자신이 있었다. 후다닥 가서 가져와야지.

그러나 집까지 가는 데 시간을 왕창 잡아먹고 말았다. 대학 생활을 하며 몸이 둔해졌다든지 심폐 기능이 떨어져서는 아니었다. 전성기까지는 아니더라도 그렇게 체력이 약해지지는 않았다.

문제는 신발이었다. 굽 있는 부츠를 신어서 마음껏 달릴 수 없었다. 몇 번이나 넘어질 뻔해서 다급히 몸을 바로 세워야 했다. 굽 있는 구두를 신으면 멋있다든가 맵시가 좋아진다고 해서 신기 시작했는데, 달리는 데는 순 방해만 되었다.

겨우 집에 도착하자 이즈미는 꺼내두었던 목도리를 움켜쥐어 가방에 쑤셔 넣었다. 그리고 이번에는 운동화를 신고 집을 뛰쳐나왔다.

효과는 굉장했다. 이즈미는 날듯이 뛰어 눈 깜빡할 사이에 냐앙으로 돌아왔다.

"가져왔어요!"

문을 열고 안으로 들어갔다.

"빨리 오셨네요."

청년이 놀란 듯 눈을 동그랗게 떴다.

"다리가 제법 튼튼한 모양이구나."

점장의 눈은 원래도 동그랬다.

"이거예요."

이즈미는 카운터 자리에 앉아 가방에서 목도리를 꺼냈다.

"잠시 살펴볼게요. ……아아, 좀이 슬었나 보네요."

청년은 목도리를 받아 들고 진지한 눈으로 살피기 시작했다.

"그렇군요."

청년은 목도리에서 얼굴을 들었다. 그의 눈이 이즈미를 향했다. 마음속까지 꿰뚫어 보는 듯한 시선.

"안타깝지만, 저는 이 목도리를 고칠 수 없겠네요."

청년은 그렇게 말했다.

"……네."

이즈미는 당황했다. 생각했던 것보다 훨씬 더 낙담했기 때문이다. 어째서일까. 이 목도리가 멀쩡해진다고 해서 뭔가가 원래대로 돌아가는 것도 아니건만…….

"하지만 할 수 있는 일은 있어요."

청년이 말을 이었다.

"새 목도리를 뜨는 거예요."

"네?"

이즈미는 멍해졌다. 혼란스러운 상황에 알 수 없는 말까지 들어서 머리가 얼어붙어 버렸다.

"같이 열심히 해봐요."

얼떨떨해진 이즈미에게 청년은 싱긋 웃어 보였다.

이즈미는 뭐가 어찌 된 일인지 영문도 모른 채 다음 날부터 뜨개질 강좌를 듣게 되었다.

"우선 뜨개바늘 두 개를 같이 잡아주세요."

"네."

냐앙의 테이블석에 청년과 마주 앉아 뜨개질을 배우고 있다.

"그다음, 털실로 이 정도 길이쯤에 고리를 만들고 뜨개바늘 두 개로 걸어서 죄어줍니다."

"네."

"네, 네만 하는 아해구나."

덤으로, 말하는 고양이가 훼방을 놓는 서비스도 포함이다.

"어쩔 수 없잖아요."

이즈미는 점장에게 항의했다. 거들먹거리는 태도 때문인지 저절로 존댓말을 쓰게 되었다.

"뜨개질 같은 거 제대로 해보기는 처음이란 말이에요."

자랑은 아니지만, 이즈미는 손재주가 없다. 가족들도 거의 모두 마찬가지라서 숙명인가 보다 하고 체념했다.

"어렵지 않으니까 괜찮아요."

청년은 그렇게 말해주었지만 올바른 위치에 고리를 제대로 만들 수가 없었다. 활시위라면 단단하고 무거워도 얼마든지 당길 수 있는데 흐느적거리는 털실은 어찌할 바를 모르겠다.

"어허, 서투른 데도 정도가 있지. 그 뭣이냐, 페퍼 | 일본 소프트뱅크에서 출시된 휴머노이드 로봇 | 인지 페파인지 그 로봇이 있지 않느냐. 그 로봇도 아해보다는 낫겠구나."

점장이 이즈미를 로봇보다 못하다고 평가했다. 분해서 필사적으로 시도했지만 자꾸 이상한 위치에 고리가 만들어졌다.

청년이 이즈미에게 준 털실은 초록에서 짙은 파랑으로 그러데이션이 들어간 실이었다. 촉감은 폭신폭신하니 틀림없이 따뜻한 목도리가 될 듯했다. 하지만 지금은 아직 털실 단계에 불과하며 목도리를 향한 여정은 한없이 멀고도 험했다.

"앗."

너무 열중하다가 팔꿈치로 털실 뭉치를 건드리고 말았다. 털실 뭉치가 바닥에 떨어져 데굴데굴 굴러갔다.

"음!"

지금껏 옆에서 참견만 하던 점장이 갑자기 이에 반응했다. 사람처럼 얌전히 앉아 있던 의자에서 뛰어내려 네 발로 털실 뭉치를 쫓아갔다.

"에에잇."

점장은 굴러가는 털실에 고양이 펀치를 먹여댔다. 완전히 고양이 그 자체였다.

"풋!"

청년이 보란 듯이 웃음을 터뜨리자 점장이 퍼뜩 정신을 차렸다.

"아니, 아니다. 이건 말이다."

점장은 얼버무리려 하면서도 털실 뭉치에서 시선을 떼지 못했다. 너무너무 신경이 쓰여 어찌할 줄 모르는 듯했다.

"이해해요. 고양이는 결국 고양이라는 거죠."

청년이 후훗 하고 코웃음을 쳤다.

"뭐라! 바보 취급하다니! 이까짓 유혹, 마음만 먹으면—"

"자, 자!"

벌떡 일어나서 소리치는 점장에게 청년은 자기가 쓰던 털실 뭉치를 굴렸다.

"에잇!"

점장은 꼼짝없이 굴러가는 털실 뭉치를 뒤쫓았다.

"비겁한 자식, 부끄러운 줄 알거라!"

원통한 목소리를 내며 털실 뭉치에 펀치를 날리는 점장에게 뭐라 말로 표현할 수 없는 비애가 감돌았다.

"쌤통이네요. 그쵸?"

청년은 재미있다는 듯이 웃고는 털실 뭉치를 그대로 둔 채 다시 목도리를 뜨기 시작했다.

두 개 나란히 겹친 뜨개바늘에 실을 복잡하게 얽어간다. 다 감은 다음에는 뜨개바늘을 하나 빼서 자꾸자꾸 움직여 실을 목도리로 만들어 나갔다.

"대단해요."

이즈미의 입에서 감탄이 새어 나왔다. 그의 손놀림은 과장을 보태지 않아도 달인처럼 굉장했다. 초보자인 이즈미도 한눈에 알아볼 수 있을 정도였다.

"익숙해져서 그래요."

이즈미의 시선을 눈치챘는지 청년이 웃으며 말했다.

"천천히 시간을 들여서 꾸준히 하다 보면 자연히 늘죠.

손님도 그런 경험이 있지 않으세요?"

그 말을 듣고 이즈미는 곰곰이 생각했다. 무언가에 착실하게 몰두했던 경험.

"없지는 않지만요."

"오, 역시 있으시군요."

청년이 관심을 보였다.

"고등학교 때 3년 동안 동아리에서 궁도를 했어요."

이즈미는 거기에 이끌리듯 자기도 모르게 하나둘 이야기를 털어놓기 시작했다.

"달리기나 근육 단련이 대부분이었지만요. 담당 선생님은 말로는 '잘하는 사람은 근육이 아니라 뼈로 시위를 당긴다'고 하면서 근육만 마구 단련시키지 뭐예요."

궁도복이나 방어구가 멋있다는 이유로 찾아온 초보 부원들은 보름도 채 되지 않아 나가떨어졌다. 사실 이즈미도 그런 쪽이었지만, 오기가 강한 성격 덕에 끝까지 버텼다.

"그래도 3학년 때는 처음보다 실력이 많이 늘었어요."

에이스로서 활약했다든가, 대회에서 좋은 성적을 거두었다든가, 그런 대단한 무언가를 이룬 건 아니다. 하지만 몰두한 만큼 얻은 것이 있었다.

"……뭔가 자랑하는 것처럼 되어버렸네요."

이즈미는 에헤헤 웃으며 얼버무렸다. 너무 우쭐했는지도 모른다.

"아뇨, 전혀요. 재미있는 이야기였는걸요. 뼈로 시위를 당긴다니."

청년은 상냥하게 말해주었다.

"활잡이였군. 요즘 젊은이치고는 기특하도다."

점장도 털실 뭉치를 쿡쿡 찌르며 칭찬해 주었다.

"자신을 낮출 필요는 없어요."

청년이 이즈미를 지그시 바라보았다.

"당신이 노력해서 익힌 기술, 들인 시간, 노력했다는 경험 그 자체. 모두 당신의 보물이에요. 자랑스럽게 여겨도 된다고 생각해요."

"……네."

똑바로 정중앙으로 날아 들어오는 직구. 그 어마어마한 3단 기술에 관통당해 이즈미는 빨개진 얼굴을 뜨개바늘로 감추는 수밖에 없었다. 이렇게 멋진 말을 듣고 과연 어떤 반응을 보여야 할까.

"아니, 구내염 때문에 아파서 그런지 뭔지 모르겠지만, 무지하게 기분 나빴어. 나는 그냥 아르바이트생이지, '화풀이용 샌드백 수당' 같은 건 받은 적 없는데 말이지."

대학에서 점심을 먹을 때는 주로 친구들과 학생식당에서 밥을 사 먹는다. 시간에 따라 사람이 많을 때는 앉을 자리가 없어서 학교 밖 가게를 찾아가기도 하지만, 오늘은 아직 그 정도로 붐비지 않았다.

"근데 구내염은 아프긴 하지. 한번 생기면 자꾸 깨물게 되고."

"으, 맞아. 약 같은 거 있으려나?"

"약국에서 팔아. 바르는 거라든지 붙이는 거라든지."

"아아. 어느 게 더 효과가 좋으려나."

이즈미는 친구들이 늘어놓는 시시한 잡담을 대충 흘려들었다. 머릿속이 그 가게에 대한 생각으로 가득했기 때문이다.

말하는 고양이와 미남이 운영하는 신기한 가게. 이렇게 일상생활 속에 있으면, 꿈이나 환상처럼 느껴진다. 하지만 그 가게는 틀림없이 현실에 존재한다. 뜨다 만 목도리가 지금도 뜨개바늘째로 가방 안에 들어 있으니까.

그날부터 이즈미는 매일같이 냐양에 드나들고 있다. 여전히 목도리 뜨는 솜씨는 늘지 않았고, 점장에게 바보 취급을 당하기만 한다. 하지만 청년은 이즈미를 따뜻하게 지켜보며 꾸준한 노력은 결과로 이어진다고 격려해 준다.

"있잖아, 이즈미는 뭐가 나은 것 같아?"

친구의 말에 정신이 들었다.

"아아, 그치. 뚱한 사람은 참 대하기 힘들지."

이즈미의 반응을 듣자마자 친구들은 하나같이 표정이 이상해졌다.

"어? 왜?"

"뒷북치는 데도 정도가 있지, 이즈미."

당황하고 있으니 친구들은 더 당황한 듯이 타일렀다.

"미안해."

제대로 귀 기울이지 않은 건 사실이었다. 이즈미는 사과하고서 아무렇지 않은 듯한 얼굴로 괜히 점심으로 나온 덮밥만 퍼먹었다.

"그보다 이즈미는 얼마 전부터 계속 이상하더니, 요즘은 더 이상하네."

친구 중 한 명이 그렇게 지적하자 다른 친구들이 동의

했다.

"진짜, 진짜. 계속 멍하고 말이야."

"얼마 전까지는 심각한 얼굴로 세상에 절망하는 듯한 느낌이었는데, 지금은 정신이 계속 다른 세상에 가 있는 분위기야."

"뭐야. 내가 얼마나 이상한지 입 모아서 지적하지 말아 줄래? 내가 엄청 이상한 사람 같잖아."

"아니, 실제로 이상한걸. 점심 메뉴까지 이상하잖아."

그 말을 듣고 이즈미는 양손으로 받쳐 든 덮밥에 눈길을 주었다. 마쓰하마 치즈 소고기덮밥. 메뉴를 개발한 문학부 교수의 이름이 붙었다고 전해지는, 1000킬로칼로리가 넘는 헤비급 메뉴다.

"이즈미는 원래 토끼 먹이 같은 채소류만 먹었는걸."

"갑자기 육식이 됐지."

"어, 그게."

대학에 와서 사귄 친구들은 모른다. 이즈미는 원래부터 이런 음식만 먹었다. 동아리에서 근육을 단련하는 여고생으로 살아가려면 이를 뒷받침할 에너지원이 반드시 필요했다.

대학에 입학한 뒤, 이즈미는 식생활을 채소가 많은 저칼로리 식사로 바꾸었다. 몸매가 신경 쓰이기 시작했기 때문이다.

주변에 대개 비슷한 여자아이들만 가득했던 지방 고등학교와 도시의 사립대학은 외모에 관한 개념이 근본적으로 달랐다. 패션 잡지에서나 볼 법한 반짝반짝 빛나는 여자아이들이 캠퍼스 곳곳에서 무리를 이루고 있었다. 처음 대학에 왔을 때, 이즈미는 자신이 촌뜨기가 된 것 같았다.

이대로는 안 된다. 남자 친구를 빼앗겨 버릴지도 모른다. 그런 절박감에 체형에 신경 쓰고 옷차림과 화장도 열심히 연습하게 되었다. 결국 아무 의미도 없었지만…….

"거봐, 역시 이상해."

"어쩐지 갑자기 침울해지고 말이야."

"아, 아냐. 그냥, 아무것도 아니야."

이즈미는 허둥대며 얼버무렸다. 실연당했다는 이야기는 대학 친구들에게도 말하지 않았다.

"그러고 보면 옷도 달라지긴 했지."

지금껏 잠자코 있던 다른 친구가 그렇게 덧붙였다.

"여태까지는 그냥 평범하게 잘 입는다는 느낌이었는데, 요즘은 개성이 있어. 보이시하다고 해야 할까, 멋있는 느낌?"

이즈미는 운동화를 신고 크롭팬츠와 차분한 색의 외투를 입었다. 스타일이 예전과 크게 달라졌다.

……아아, 역시 이상하다면 이상하다. 남자 친구와 헤어진 후에도 이즈미는 줄곧 '평범하게 멋을 낸 스타일'을 유지해 왔다. 오기 때문이었다. '여기서 그만두면 패배를 인정하는 기분이 드니까', '반드시 이 생활을 유지해 주겠어' 그런 강한 신념이 있었다.

그랬건만 지금 자신은 어째서 운동화를 신고 1000킬로칼로리짜리 점심을 먹고 있을까?

정오가 조금 지났을 무렵. 이즈미가 냐앙의 문을 열자, 안에 판다가 있었다.

"이거, 이거, 참 귀여운 손님이시네."

대형 의자에 철퍼덕 앉은 판다가 이즈미를 보고 말했다.

반면 이즈미는 너무 놀라 말도 나오지 않았다. 요즘 판다는 대나무 먹기뿐만 아니라 인사치레도 할 줄 알게 진화한 걸까? 아니, 그럴 리가 없다. 종의 진화란 그렇게까지 단숨에 일어나지 않는다.

"매입업자인 우에노 씨예요. 늘 신세 지고 있죠."

카운터 안에 있던 청년이 판다를 소개했다.

"우에노 씨의 안목은 나도 신뢰하고 있지."

마주 보고 앉아 있던 점장이 판다를 칭찬했다.

놀란 건 이즈미뿐이므로 다수결에 의해 이즈미의 반응이 상황에 적합하지 않다는 결론이 나왔다. 궤도를 수정할 수밖에 없지만, 그래도 역시 이상하지 않나?

"아이고, 뭘 그런 말을. 쑥스럽네."

우에노 씨라 불린 판다가 얼굴 앞에서 앞발을 파닥파닥 흔들었다. 고양이와 판다가 언어로 의사소통한다. 디즈니 만화 영화에 나올 법한 모습이었다. 왕자님도 있고. 문제는 이즈미가 공주가 아니라는 점 정도일까.

"이번에 가져다주신 과자도 참 훌륭해요."

청년이 그렇게 말하자 "가메주亀+의 도라야키|둥글납작하게 구운 반죽 사이에 팥소를 끼운 화과자|다!"라고 외치며 점장이 깡충 뛰어올랐다. 아주 기분이 좋아 보였다.

"아이고, 뭘."

우에노 씨는 또 앞발을 파닥파닥 흔들었다.

"가메주?"

딱 한 사람, 이즈미만 혼자 어리둥절했다.

"아사쿠사의 오래된 화과자 가게예요. 도라야키는 하루 3000개만 한정 판매하는데, 매일 사람들이 줄을 서서 산답니다."

우에노 씨가 그렇게 말하고 테이블 위를 가리켰다. 거기에는 쟁반이 놓여 있고, 쟁반 위에는 하나하나 낱개로 포장된 둥근 화과자가 있었다.

"그렇군요. 저는 아사쿠사에 대해서 잘 몰라서."

아사쿠사 하면 조건 반사처럼 가미나리오코시|강정과 비슷한 과자로, 아사쿠사 지역의 명물이다|가 떠오른다. 그 밖에 다른 명물 과자가 있는 줄은 처음 알았다.

거기까지 생각했을 때, 문득 궁금해졌다. 우에노 씨는 한정 판매하는 이 도라야키를 대체 어떻게 샀을까. 아사쿠사의 기나긴 행렬에 판다가 나타난다면 큰 소란이 벌어질 텐데.

"맞아요, 아주 맛있어요. 지금 차를 끓일 테니 손님도 같이 드세요."

청년이 그렇게 말하자 점장이 표정을 바꾸었다.

"녀석에게 주면 양이 적어지지 않느냐."

얼굴을 찡그리며 입을 벌린 표정이 마치 플레멘 반응|입 안에 야콥슨 기관이 있는 동물이 페로몬을 감지하기 위해 입을 벌리고 독특한 표정을 짓

297

는 행동| 같다. 다시 말해 엄청 언짢아 보였다.

"자, 자. 또 들여오면 되지."

우에노 씨가 점장을 달랬다. 좋은 사람, 아니 좋은 판다 같다.

"하는 수 없군. ……자, 어서 와 앉게."

점장이 벽 쪽으로 이동해서 자리를 비워주었다.

"고맙습니다."

이즈미는 살짝 고개를 숙였다. 좀 전에 본 표정은 무척 마음에 걸리지만, 어쨌든 양보해 준다니 감사 인사는 해야지.

"그럼 잘 먹겠습니다."

의자에 앉자마자 이즈미는 도라야키에 손을 뻗었다.

"웃."

점장처럼 이상한 소리를 내버렸다. 손에 들기만 해도 느껴졌다. 이 도라야키…… 보통이 아니다.

"묵직하네요."

겉보기에도 꽤 크지만, 무엇보다 무게가 묵직했다. 안에 든 팥소가 얼마나 푸짐할지 기대되는 감촉이었다.

"그렇죠? 깜짝 놀랄 정도예요."

청년이 다가와 차를 내주었다. 처음 대접받았을 때와 같은 녹차였다.

"감사합니다."

이즈미가 인사하자 청년은 생긋 웃었다. 이즈미는 고개를 숙였다. 아무래도 이상했다. 대체 이 느낌은 뭘까.

……아니, 아무튼 지금은 이 과자를 맛보자. 그렇게 마음을 고쳐먹고 포장지를 뜯은 다음 도라야키를 꺼냈다.

역시 묵직했다. 두께도 도톰하니 든든한 기세마저 느껴졌다. 실제로 가격도 제법 나가겠지만…… 아니, 지금은 가격을 생각할 때가 아니다. 대접받은 음식이니 감사히 먹어야지. 이즈미는 도라야키를 덥석 베어 물었다.

"……!"

정말 충격적이었다. 이 반죽은 대체 뭐란 말인가. 탱글탱글 쫀득쫀득하니 역동적인 식감은 마치 생명이라도 깃든 듯한 느낌이었다. 빵 반죽은 생지生地라고도 부르는데, 한자로는 '살아 있는 땅'인 셈이다. 그 이유를 이제 알 것 같았다.

"……!!"

충격에는 두 번째 단계가 있었다. 베어 문 반죽 안에서 팥소가 튀어나온 것이다. 온천처럼 또는 유전처럼 향긋한 단맛이 뿜어져 나왔다.

이즈미는 전율했다. 아사쿠라 하면 가미나리오코시 외

에는 거대한 등롱을 촬영하는 외국인 관광객밖에 떠오르지 않았다. 그런데 이렇게나 무시무시한 무기가 있었다니…….

정신을 차리고 보니 도라야키를 모두 먹어 치운 후였다. 이럴 수가! 이게 대체 무슨 일인가. 이 도라야키는 너무 맛있어서 먹는 사람을 타임 슬립하게 만드는 힘이 있는 걸까?

"자, 자, 너무 급하게 먹으면 목 메여요."

청년이 그렇게 말하며 차를 권했다.

"아, 고맙습니다."

이즈미는 인사하고 녹차를 입에 댔다.

"……휴우."

올곧은 쌉쌀함이 이즈미를 도라야키의 충격에서 제정신으로 되돌려 주었다. 극과 극의 맛이 만나 평평한 저울처럼 아름다운 균형이 만들어진 것이다. 청년은 그런 조합까지 고려해서 차를 내준 듯했다.

"백앙금도 있어요."

청년이 다른 도라야키를 가리켰다.

"잘 먹겠습니다!"

거절할 이유 따위는 없었다. 이즈미는 바로 다른 도라야키의 포장을 뜯었다.

백앙금이 든 도라야키는 겉모양도, 손으로 집었을 때 드는 느낌도, 팥소가 든 도라야키와 완전히 똑같았다. 하지만 한 입 먹어보니…… 전혀 달랐다.

강렬하게 앞으로 치고 나오는 팥소와 달리 자기주장은 강하지 않았다. 대신 그만큼 빵의 매력을 또렷이 느낄 수 있었다.

하지만 결코 존재감이 약한 것은 아니었다. 하얀색이라는 말이 불러일으키는 이미지 그대로 은은한 단맛이 부드럽고도 완만하게 번져나갔다.

요컨대 비율이 다른 듯했다. 팥소와는 다른 맛의 비율로 도라야키의 매력을 한층 더 강렬하게 드러냈다.

도라야키라는 디저트의 심오함에 이즈미는 감명을 받았다. 자연계에서 황금비는 단 하나뿐이다. 하지만 도라야키의 황금비는 하나가 아닌 듯했다. 즉, 도라야키는 초자연적인 존재일지도 모른다. 자연을 초월한 위대한 무언가, 그것이 바로 도라야키가 아닐까?

"아직 더 있으니까 마음껏 드세요."

청년이 도라야키를 쟁반까지 통째로 내밀었다. 그건 악마의 속삭임과 다름없었다. 점심에 배 터지게 먹고, 거기다 도라야키까지 실컷 먹다니. 자연의 섭리에 따르면 그저 칼로리 과다 섭취일 뿐이다.

"네!"

하지만 도라야키는 자연을 초월한 존재였다. 그러니 많이 먹어도 칼로리 과다 섭취가 되지 않는다. 이즈미는 그렇게 결론짓고서 마음껏 도라야키를 먹었다.

"아해야, 목도리는 어떠하냐? 잘되고 있느냐?"

도라야키를 만끽한 이즈미에게 점장이 말을 걸었다.

"네? 아아, 네. 집에 가서도 종종 뜨고 있어요."

이즈미는 가방 안에서 뜨다 만 목도리를 꺼냈다. 처음에는 뜨개바늘에 휘감은 실에 불과했지만, 이제는 뜨개 목도리라고 말해도 벼락은 안 맞을 정도로 모양이 잡혔다.

"흐음."

의자에 앉은 점장이 목도리를 들여다보았다.

"그리 엉망은 아니지만, 애석하게도 시간이 너무 많이 드는군. 완성될 즈음에는 겨울이 끝나버리겠어."

그러고는 품평을 해댔다. 이즈미는 내심 욱했다. 펀치나 할퀴기 같은 기술밖에 없는 고양이 주제에 참으로 건방지다.

"지금 고양이 주제에 잘난 척한다고 생각했지?"

점장이 눈을 부릅뜨고 이즈미를 노려보았다.

"좋다. 입신의 경지에 다다른 나의 솜씨를 보여주마."

점장이 앞발을 내밀었다. 고양이가 뜨개질을 하겠다는 말인가. 이즈미는 속으로 슬쩍 비웃으며 뜨개바늘을 건넸다. 홧김에 나선 모양이지만, 아무리 생각해도 고양이 앞발로는 뜨개질을 할 수 없다. 참 볼만한 광경일 듯했다.

"이렇게, 이렇게, 자."

점장이 뜨개바늘을 움직이기 시작했다. 이즈미보다 대략 열 배 이상 빠른 속도로 목도리를 떴다.

"거짓말."

이즈미는 경악했다. 볼만하기는커녕 보란 듯이 넘어간 기분이었다. 말도 안 되는 속도였다. 이럴 수가. ……아니, 어쩌면 고양이가 빠른 게 아니라 이즈미가 너무 느린 게 아닐까? 지나치게 손재주가 안 좋은 탓에 보통 고양이의 10분의 1 정도 되는 속도로밖에 목도리를 뜨지 못한다든지.

"에이, 그렇게 충격받을 필요는 없어요."

너무 동요한 나머지 이상한 생각을 떠올리던 이즈미를 청년이 위로해 주었다.

"점장님은 요괴나 마찬가지예요. 고양이가 말을 하는 것 자체가 이치에 맞지 않으니 수예 기술도 비합리적으로 뛰어난 거죠."

"꼬맹이! 스승의 기술을 초자연적 현상 취급하다니 무엄하도다!"

"적어도 평범한 일은 아니잖아요. ……아시겠죠, 손님?"

청년은 점장의 항의에도 아랑곳없이 테이블 옆에 쪼그려 앉았다. 이자카야에서 점원이 주문을 받을 때 자주 하는 그 자세다.

"속도도 제각각, 할애하는 시간도 제각각이에요. 나만의 것을 만드는데 다른 사람이 어떤지 신경 써서 뭐 하겠어요. 아, 점장님은 사람이 아니라 고양이지만요."

이즈미를 올려다보며 청년이 싱긋 웃었다.

"물론 기본이라는 건 있으니 차근차근 밟아나가야겠지만, 방법이나 자세를 너무 틀에 끼워 맞출 필요는 없어요. 뭐든 그렇잖아요."

신기하게도 그 말은 이즈미의 마음에 깊이 와닿았다. 몇 겹이나 되는 마음의 장벽을 뚫고 아주 깊은 곳까지 스며들었다.

"당신은 있는 그대로도 괜찮아요."

똑, 하고 눈물이 이즈미의 뺨을 타고 흘러내렸다.

"어?"

당황이 앞섰다. 이게 대체 무슨 일인가.

"어? 나 왜 이러지."

뚝뚝. 눈물이 끝도 없이 흘러넘쳤다.

"죄송해요. 제가 뭔가 불쾌한 말을 했을까요?"

청년이 일어서서 허둥거리기 시작했다. 그럴 만도 했다. 아무런 전조도 없이 별안간 울음을 터뜨리면 아무리 그라도 어찌할 바를 모를 것이다.

"괜찮아요?"

우에노 씨도 걱정하는 듯 보였다.

"저, 점장님—"

청년이 점장에게 말을 걸려고 하자 "참, 우에노 씨." 점장은 앞발의 양 발바닥을 뽕 하고 맞댔다.

"도라야키도 잔뜩 먹었으니 소화시킬 겸 스모나 한 판 하지 않겠소?"

너무 분수를 모르는 것 아니냐고 이즈미는 울며 생각했다. 판다와 고양이가 스모를 하면 체급 차이가 너무 커서 상대가 되지 않을 터였다.

"어어, 스모?"

그러나 우에노 씨는 눈에 띄게 난처한 표정을 지었다.

"점장님은 시작하는 자세가 너무 낮아서 힘든걸."

그야 위치가 낮기는 하겠지만, 그게 문제인가?

"아무튼 한 판 붙어보세. 어서, 어서."

점장이 우에노 씨의 엉덩이를 밀어내며 가게를 나섰다. 자연히 청년과 이즈미만 남겨졌다.

"우선 이걸 써주세요."

청년이 손수건을 꺼내주었다. 손수건에는 귀여운 고양이 자수가 들어가 있었다. 쓰기가 망설여질 정도로 근사한 솜씨였으나 빌려주는 걸 거절하기도 뭐했다. 이즈미는 감사히 손수건을 받아 들고 눈물을 닦았다. 손수건에서는 은은하게 좋은 향이 났다.

"잠시만 기다려주세요."

청년은 그렇게 말하더니 테이블을 벗어나 카운터 안으로 들어갔다. 얌전히 기다리고 있자 청년이 모락모락 김이 나는 찻잔을 쟁반에 올려 가져다주었다.

"허브티예요. 마음이 진정될 거예요."

"감사합니다."

찻잔에서는 손수건과는 다른 좋은 향이 났다. 무척 나긋한 향기였다. 허브티, 이름은 자주 접하지만 마셔본 적은 없었다.

찻잔을 들어 살며시 입에 대보았다. 허브라고 하니 어쩐지 HP가 회복될 것 같은 푸릇푸릇한 맛을 상상했는데, 그렇지 않았다. 매우 보드라운 풍미가 느껴졌다.

"마음이 뒤숭숭할 때면 허브티, 라는 것도 정해진 법칙처럼 뻔한 말 같지만, 꽤 효과가 좋죠?"

청년은 그렇게 말하며 이즈미의 맞은편에 있던 우에노 씨 전용 의자를 다른 테이블의 의자와 바꾸었다.

"법칙이라는 건 역시 그럭저럭 효과가 있거든요. 법칙은 신뢰 관계가 있어야만 성립되는 거니까요."

청년은 가져온 의자에 앉아 이즈미와 마주 보았다.

"고민은 결국 누군가에게 털어놓는 게 일종의 법칙일 테고요. 저라도 괜찮으면 들려주지 않을래요?"

바로 그러겠노라고 답하지는 못했다. 스스로도 마음속으로 전혀 정리를 하지 못한 데다, 누군가에게 털어놓은 적도 없었기 때문이다. 모두 가슴속에 묻어두기만 했다.

"……그게, 사실은."

하지만 결국 이즈미는 말하기로 했다. 어째서일까. 청년에게는 숨기지 않아도 될 것 같은 기분이 들었다.

"대학에 입학한 뒤로 계속 뭐랄까, 지나치게 애를 쓴 것 같아요."

작정하고 새로운 모습으로 변신해서 화려하게 대학에 입학한 것까지는 아니었지만, 완전히 틀린 말도 아니었다.

겉모습도 바꾸고, 생활 습관도 바꾸고, 마치 다른 사람처럼 행동했다.

"사귀던 남자 친구를 붙잡아 두고 싶어서."

청년은 아무 말도 하지 않고 작게 고개를 끄덕였다.

무네유키를 만난 건 고등학교 1학년 때였다. 그때까지 반이 달라 의식해 본 적도 없고 존재조차 몰랐는데, 우연한 계기로 사이가 가까워졌다.

별로 로맨틱한 이야기는 아니다. 오히려 상당히 바보 같은 이야기다. 청소 시간에 복도를 걷다가 친구와 빗자루 싸움을 하던 무네유키에게 휘말렸다.

"뭐 하는 거야."

이즈미는 화를 냈다. 걷다가 빗자루로 머리를 맞았으니 그럴 만도 했다.

"미안, 미안."

게다가 무네유키는 태연하니 반성하는 기색도 전혀 없었다. 첫인상은 최악 수준이었다.

하지만 그 일 이후로 무네유키는 여러 가지로 말을 걸기 시작했다. 처음에는 귀찮아했지만 구김살 없는 무네유키의 모습에 점점 마음을 열게 되었다.

무네유키는 농구부의 주전 선수였다. 체육 시간이나 동아리 활동 시간에 큰 키를 이용해 활약하는 모습은 제법 멋지기도 해서 이즈미는 서서히 그를 의식하게 되었다. 근처에 남자라고는 아빠나 나이 차이 나는 오빠가 전부였던 이즈미에게는 처음일지도 모를 경험이었다.

"남자를 싫어한다든가 그런 건 아니었지만요."

이즈미는 쓰게 웃었다. 지금 생각하면 참 철이 없었다.

"아버지나 오빠와 무슨 일이 있으셨나요? 으음, 사이가 안 좋았다든지."

청년이 걱정스러운 듯 물었다.

"아뇨, 그런 건 아니에요. 아빠는 말하자면, 흔히 볼 수 있는 무뚝뚝한 사람이에요."

아빠는 말수가 적은 데다 지나치게 말이 짧아서 무슨 말을 하고 싶은지 도무지 알 수가 없다. 이쪽이 이해를 못 하면 혼자 토라지기도 한다. 30년 늦게 태어났으면 커뮤니케이션 능력이 낮다는 말을 들었을 법한 사람이지만, 그렇게 싫지는 않다. 이러니저러니 해도 다정한 아빠다.

"오빠는 어떠려나."

한편 오빠에 대해서 어떻게 생각했느냐 하면, 꽤나 복잡하다.

"뭐, 여동생이 흔히 가질 법한 마음이죠. '오빠만 챙겨주고 치사해!' 같은 마음이요."

부모님은 늘 오빠가 우선이었다. 적어도 이즈미에게는 그렇게 느껴졌다. 이즈미가 학교에서(대부분 체육이지만) 좋은 성적을 내도 별로 칭찬해 주지 않았다. 반면 오빠에게는 여러모로 신경을 써 주었다. 특히 엄마는 이즈미를 오빠와 비교하기까지 했다. 지금 엄마를 퉁명스럽게 대하는 데는 이런 경험이 영향을 미쳤는지도 모른다.

"그랬군요."

청년은 조금 겸연쩍어 보이는 표정을 지었다. 아뿔싸, 하지 않아도 되는 이야기까지 몽땅 말해버렸다. 이 세상의 여동생들은 대부분 적당히 타협하고 마음을 정리했겠지만 이즈미는 완전히 해결하지 못한 채 지금에 이르렀다. 그런 면이 겉으로 드러났을지도 모른다.

"이어서 말하자면요."

이즈미는 말을 돌렸다. 좀 부끄러운 내용이지만 어쩔 수 없지.

"좋아해. 나랑 사귀지 않을래?"

어느 날, 무네유키는 이즈미에게 꾸밈도 멋도 없는 소박한 고백을 했다. 장소는 집에 가는 길의 어느 언덕이었다. 초가을 무렵이어서 불그스름한 낙엽이 흩날렸다.

"응."

갑자기 누가 지나가면 창피하겠다고 생각하며 승낙했던 것을 이즈미는 또렷이 기억한다. 이러니저러니 해도 기뻤으니까.

그 후로는 서로의 대회를 응원하거나, 동아리 활동이 없는 날에 데이트를 했다. 그리 번화한 동네가 아니다 보니 갈 만한 곳은 교외의 쇼핑몰 정도였지만 그래도 충분히 즐거웠다.

무네유키는 마냥 태평한 남자 같으면서도 상대를 배려할 줄 알았다. 매일 추위에 떨며 아침 훈련에 임하는 이즈미를 위해 방한 용품을 사준 것이다.

"이거 줄게."

그것 역시 학교에서 돌아가는 길에 받았다. 쇼핑몰 포장지. 당시 무네유키로서는 최대한 공들인 장식이었을 것이다.

근처에 있던 버스 정류장 벤치에 나란히 앉아 포장을 뜯었다. 안에서 나온 물건, 그것은—

"아아."

청년이 고개를 끄덕였다.

"그게 이 목도리였군요."

청년의 손에는 벌레 먹은 목도리가 있었다. 그날 이후 줄곧 냐양에서 보관 중이다. 이야기하는 사이 청년이 카운터 안쪽에서 꺼내 왔다.

"네."

이즈미는 목도리를 바라보았다. 수많은 추억이 어른거리듯 떠올랐다가 사라져갔다.

"겨울에는 매일 두르고 다녔죠."

그때의 감각마저 되살아났다. 목도리의 온기, 등하굣길에 불던 바람의 냄새.

"정말 매일매일요."

그리고…… 무네유키의 목소리.

　두 사람은 같은 대학의 다른 학부에 지원했다. 빗자루 싸움이나 하는 농구부 부원치고 성적이 좋았던 무네유키와 달리, 뇌 속까지 근육에 가까웠던 이즈미는 제법 고전했지만, 그럼에도 어떻게든 합격해서 같이 고향을 떠나 하숙 생활을 시작하게 되었다.

　이즈미는 우선 아르바이트를 시작했다. 고등학교 때는 교칙 때문에 아르바이트를 할 수 없었기 때문이다.

　한편 무네유키는 농구 동아리에 들어갔다. 생각해 보면 이때 첫 단추를 잘못 끼운 셈이었다.

　무네유키가 가입한 동아리는 진지하게 농구에 몰두한다기보다는 농구를 핑계로 술자리 및 기타 등등에 열중하는 모임이었다. 무네유키의 SNS는 눈 깜짝할 사이에 '충실한 캠퍼스 라이프'에 침식되어 갔고, 농구공은 등장하지도 않게 되었다.

　무네유키는 점점 세련되어졌고, 동시에 주변에 많은 여자들의 그림자가 어른거리기 시작했다. 농구 동아리와 교류하는 다른 대학 동아리의 여자들이었다.

　"걱정 마. 나한테는 이즈미가 우선이니까. 이즈미는 다른 여자애들하고 전혀 다르니까."

무네유키는 자주 그런 말을 했다. 말솜씨는 고향에 있었을 때보다 훨씬 매끄러웠고, 매끄러운 만큼 마음에 남지 않고 쓱 미끄러져 사라졌다.

내가 예뻐지면 된다. 이윽고 이즈미는 그렇게 생각하게 되었다. 촌뜨기가 아니게 되면, 남자 친구도 한눈팔지 않을 것이다.

패션, 화장, 다이어트. 이즈미는 온갖 노력을 기울였다. 그런 면에서도 지기 싫어하는 성격이었으니까. 사실은 아르바이트가 익숙해지면 고향집에 두고 온 궁도 장비를 가져와서 궁도를 다시 한번 시작할 생각이었다. 하지만 그럴 때가 아니었다. 궁도는 멋있다는 말은 들어도 예쁘다는 말은 거의 듣지 못한다.

활을 버리면서까지 쏟아부은 '노력'은 그런대로 효과가 있었다. 무네유키가 성과를 하나하나 칭찬해 준 덕에 조금이나마 마음이 놓였다. ……결국 겉치레일 뿐이었지만.

몇 개월 전, 초여름이었다. 아르바이트가 끝난 뒤 이즈미는 문득 무네유키가 보고 싶어져서 그의 집을 찾아갔다. 아파트 바로 근처에서 이즈미가 본 것은 무네유키와 그의

SNS에 자주 등장하는 키 작은 여자가 밀착하다시피 한 채
걷는 모습이었다.

"그게, 술자리 끝나고 어쩌다 보니 같이 가게 돼서. 바래
다주는 참이었어."

무네유키는 말을 건 이즈미에게 당당한 태도로 대답했
다. 여자는 아무렇지 않게 이즈미에게 인사하더니 그대로
돌아갔다.

앞뒤가 맞지 않는 부분은 얼마든지 있었다. 두 사람의
거리는 지나치게 가까웠고, 바래다주는 참이라면서 이즈미
와 맞닥뜨리자마자 따로 행동하는 것도 이상했다. 애초에
오늘 술자리가 있다는 이야기도 들은 적이 없었다. 하지만
무네유키가 이런저런 말을 술술 늘어놓고 마지막으로 이렇
게 덧붙이니 이즈미는 고개를 끄덕일 수밖에 없었다.

"나 믿어줄 거지?"

무네유키를 좋아했으니까.

한 번 배신한 상대를 믿으려 하는 것만큼 덧없는 일은
없었다. 무네유키는 속이 빤히 보이는 거짓말을 하기 시작
했다. 이즈미가 말이 안 되는 부분을 지적해도 "그때 나 믿
어준다고 했잖아"라며 말을 듣지 않았다. 이즈미의 마음은
한계에 다다를 때까지 몇 번이고 짓밟혔다.

8월에 들어설 무렵. 이즈미는 끝내 이별을 고하는 메시지를 보내기로 했다.

"이제 그만 헤어지자."

메시지로 이별을 말하기는 싫었지만 어쩔 수 없었다. 그 무렵 무네유키는 바쁘다면서 전화도 받지 않았기 때문이다.

무네유키에게서 "연애란 참 어렵지. 조각의 모양이 무작위로 바뀌는 퍼즐 같아"라는 무슨 시 같은 답이 돌아와 마음 깊이 상처받았다. 그가 마지막의 마지막까지 이즈미를 속일 수 있다고 생각했다는 사실을 깨달았기 때문이다.

이즈미는 얼마간 텅 빈 껍데기처럼 지냈다. 추석에는 돌아오라며 엄마가 다그쳤지만, 도저히 그럴 기분이 들지 않았다. 아르바이트도 없어서 연휴에는 줄곧 누워서 스마트폰만 만지작거렸다. 스마트폰 속에서는 무네유키가 즐거운 여름방학을 만끽하고 있었다. 옆에는 그 여자도 있었다.

"이제 그만 잊어버리자고 마음먹었는데, 저도 모르게 자꾸 신경이 쓰이는 모양이에요."

또 눈물이 날지도 모른다고 생각했다. 하지만 모두 털어놓고 보니 감정은 그리 격해지지 않았다. 어째서일까?

"그런 일이 있었군요."

청년은 천천히 고개를 끄덕였다. 다른 말은 하지 않았지만, 온전히 귀 기울여 주었음은 알 수 있었다. 그 사실이 무척 기뻤다.

얼마나 시간이 흘렀을까. 이즈미는 무심코 뜨개바늘을 집어 들었다. 점장이 귀신같이 빠른 기술을 선보인 뒤 두고 간 그대로였다.

신들렸다……라고 할 만큼 대단한 건 아니었다. 그저 뭔가, 저절로 목도리를 뜨고 싶다는 생각이 들었다.

이즈미는 바늘을 움직여 코를 만들어 나갔다. 서서히 마음이 잔잔해졌다. 단순한 작업을 반복하면 마음이 차분해지는 걸까.

한 코 한 코 만들 때마다 무언가를 밖으로 내보내는 듯한 느낌이 들었다. 나란히 늘어선 코 하나하나에서 무언가가 떠오르는 것처럼 느껴지기도 했다.

"……어."

번뜩 정신이 들자 이즈미는 깜짝 놀랐다. 여태껏 본 적 없을 만큼 목도리가 길어져서였다.

"잘하셨어요."

청년이 칭찬했다.

"아주 깊이 집중하셨네요."

이즈미는 그 말을 듣고 바깥에서 저녁노을이 비쳐 들고 있음을 깨달았다. 계절상 해 지는 시간이 빨라지는 시기이기는 하지만, 그렇다고 해도 믿기지 않았다. 그야말로 눈 깜짝할 사이 같았다.

"사람과 사람 사이에 일어난 일에 대해 함부로 참견할 수는 없는 노릇이지요."

청년이 천천히 입을 열었다.

"그래도, 제가 생각하기에는—"

"이야, 땀 한번 제대로 흘렸구먼."

청년의 이야기가 핵심으로 다가가려는 찰나, 문이 쾅 하고 열렸다.

"52승 51패인가. 오늘은 나의 승리로구나."

"70번째 판은 논의의 여지가 있지. 고양이가 사냥하듯이 눈앞에서 손을 흔들어대다니, 치사하잖아."

점장과 우에노 씨가 들어왔다. 두 사람의 대화를 들어보니 계속 스모를 한 듯했다.

"오, 그새 많이 떴나 보군."

점장이 이즈미의 손에 눈길을 주었다.

"어디 한번 보여주게."

그러고는 테이블 위로 뛰어올라 목도리에 눈을 가까이 대고 살펴보기 시작했다. 대체 뭘 보는 걸까?

"흠, 그렇군."

점장은 잠시 뜨다 만 목도리를 물끄러미 바라보더니 이해했다는 듯이 고개를 끄덕였다. 뭐가 그렇다는 건지.

"그런데 아해야. 시간이 꽤나 늦었는데 다른 볼일은 없느냐?"

목도리를 테이블에 내려놓고 점장이 질문을 던졌다. 볼일. 글쎄, 뭐가 있던가…….

"앗!"

비명 같은 목소리가 튀어나왔다. 아르바이트. 그러고 보니 오늘은 아르바이트가 있는 날이었다.

테이블 위에 올려두었던 스마트폰으로 시간을 확인했다. 아주 아슬아슬했다.

"저, 죄송합니다. 아르바이트가 있어서."

가방에 스마트폰과 뜨던 목도리를 집어넣고 자리에서 일어났다.

"오늘은 정말 감사했습니다."

가게를 뛰쳐나가기 전에 청년에게 감사 인사를 했다.

"아니에요. 신경 쓰지 마세요."

청년은 다정한 미소로 대답해 주었다.

"아해야, 하나 묻겠네만."

점장이 불쑥 입을 열었다.

"지금 뜨는 목도리가 완성되면 이건 어찌할 텐가?"

점장의 시선 끝에는 그 목도리가 있었다. 테이블 구석에 접힌 채 놓여 있다.

"글쎄요……."

아주 잠시 망설였다.

"여러분께 맡길게요."

"그렇군."

점장은 깊이 파고들지 않았다.

"그럼 이만 가보겠습니다."

다시 한번 머리를 숙인 다음 이즈미는 가게 문으로 다가 갔다.

왜 그렇게 대답했을까. 스스로도 알 수 없었다. 자기도 모르는 사이에 그렇게 말해버렸다.

후회는 없었다. 오히려 속이 후련하기까지 했다. 이런 기분은 오랜만이었다. 시원하다고 해야 할까. 짐을 몽땅 내 려놓은 듯한 느낌이었다.

가방을 어깨에 메고 달리기 시작했다. 운동화를 신은 발로 한 걸음 한 걸음 땅을 차는 감촉이 몹시 든든했다. 잊고 있었던 무언가가 점점 되살아나는 듯했다.

날이 완전히 저물고 우에노 씨도 돌아갔다. 점장과 청년은 가게를 닫을 준비를 시작했다. 쇼윈도의 조명을 끄고, 드나드는 문에는 "준비 중"이라는 팻말을 걸었다. 청년은 가게 안을 빠릿빠릿하게 청소하고, 점장은 카운터 위에서 자기 털을 할짝할짝 다듬었다.

"꼬맹이."

점장이 청년에게 불쑥 말을 걸었다.

"답을 너무 쉽게 알려주려 해서는 아니 되느니라."

움찔. 테이블을 닦던 청년이 손을 멈춘 채 굳어졌다.

"처음 '있는 그대로도 괜찮다'고 조언했을 때는 눈감아주었지. 하나 또 한 번 그래서야 되겠느냐."

점장은 털 고르기를 그만두고 청년에게 그렇게 말했다.

"……아, 엿들으셨어요? 고양이는 귀가 좋다지만, 그래도 좋지 않은 행동이에요."

청년이 항의하는 듯한 눈으로 카운터를 돌아보았다.

"오해할 소리 하지 말거라. 어쩌다 보니 들린 것뿐이다."

하지만 점장은 창피해하는 기색도 없다.

"그야 한 발짝만 더 가면 되니까요."

청년은 테이블 앞에 놓인 의자에 걸터앉았다.

"그 아이는 냐앙에 온 뒤로 달라졌어요. 본인은 눈치채지 못했겠지만. 억지로 뒤집어쓴 겉모습을 벗어던지고 본래의 자신으로 돌아가기 시작했어요. 옷차림도, 잘 먹는 것도, 원래 그 애다운 모습이겠죠. 한 번만 더 등을 밀어주면 그 아이는 앞으로 나아갈 수 있어요."

청년이 열심히 말했다. 손님이 있을 때는 드러내지 않는 필사적인 모습이었다.

"음."

점장은 천천히 고개를 까딱였다.

"그건 그렇지. 꼬맹이가 뜨개질을 권한 이유를, 그 아해는 이제 거의 깨달은 참이었으니."

"그렇죠? 그러면—"

"답은 스스로 찾는 것이다."

점장의 말에 청년은 말문이 콱 막혔다.

"인생이란 시험에서 '커닝'을 하면, 언젠가 그 빚이 자신에게 돌아오지. 다른 사람이 정답을 알려주지 않으면 아무 것도 못 하는 사람이 되어버리는 게야."

"……그건."

청년은 고개를 떨구었다.

"걱정 말거라. 목도리의 코를 보면 알 수 있지."

그런 청년에게 점장은 다정하게 말했다.

"뜨개질의 매듭 하나하나에는 그 사람의 됨됨이가 드러나는 법이야. 그 아해가 만든 코는 무척 단단하고 힘이 있었다. 가끔 멈춰 서기는 하더라도 결코 쓰러져 버리지는 않을 게다."

"정말 그럴까요……?"

청년이 얼굴을 들었다. 매우 걱정스러운 표정이었다.

"그렇고 말고."

점장은 다시 한번 고개를 끄덕였다.

"그러니 우리가 할 일은 여기까지다. 냐앙이 빌려줄 수 있는 손은 충분히 빌려주었어."

"……알겠습니다."

청년은 잠시 골똘히 생각하다가 의자에서 일어나 다시 청소를 시작했다.

"점장님."

청소를 하며 청년이 말했다.

"그 아이를 맡겨주셔서 감사해요."

"오냐."

점장은 표정을 조금 누그러뜨리고는 카운터 위에서 몸을 둥글게 말았다.

생각해 보니 혼자 살기 시작한 뒤로 한 번도 고향에 돌아간 적이 없었다. 이즈미는 오랜만에 익숙한 거리를 걸으며 그런 생각을 했다.

그리 시골은 아니다. 자동차가 없으면 조금 불편한 정도다. 하지만 도시에 나가 살다 돌아와 보니 역시 차이가 느껴졌다. 건물의 높이, 지나다니는 사람들의 평균 연령, 개인 상점의 존재감. 그런 작은 것들이 쌓인 결과일 터였다.

바람이 불었다. 맑게 갠 하늘에서 세차게 불어오는, 복사냉각 현상 탓에 차게 식은 겨울바람이었다. 하지만 이즈미는 이제 춥지 않았다. 따뜻한 목도리를 목에 둘렀기 때문이다. 색깔은 초록에서 파랑으로 넘어가는 그러데이션. 직접 뜬 목도리다.

그날 실연의 고통을 털어놓은 이후, 이즈미는 더 이상 냐앙에 갈 수 없게 되었다. 그때까지는 아무렇지 않게 찾아 갈 수 있었건만, 아무리 찾아도 가게가 보이지 않았다.

냐앙은 사라져버렸다. 뜨던 목도리만 남기고, 마치 환상처럼.

그 후에도 이즈미는 목도리를 계속 떴고 결국 끝까지 해냈다. 마지막에는 '코 막기'라는 작업이 필요해서 인터넷으로 "초보도 쉽게 할 수 있다!" 같은 동영상을 찾아보았다. 그럼에도 좀처럼 알 수 없어 고생했지만 겨우겨우 완성했다.

완성된 목도리를 목에 둘러보고서 이즈미는 청년이 목도리를 떠보자고 말했던 이유를 이해했다. 목도리를 고쳐 달라고 부탁하는 이즈미를 보고 청년은 이즈미가 마음속 어딘가에서 이미 끝난 일에 집착하고 있음을 알아챘을 것이다. 뜨개질을 하자는 말은, 새로운 목도리를 만들자는 말은, 이즈미를 향한 메시지였다. 새로 한 걸음 내디디자는 조언이었다.

냐앙은 정말로 물건을 고쳐주는 가게였다. 이즈미가 지닌 마음의 모양을 고쳐주었으니까.

이즈미의 본가는 아주 평범한 주택이다. 현관문을 잠

그지 않는다는 건 이미 알고 있으니 그대로 문을 열고 들어갔다.

"다녀왔습니다."

인사하고는 운동화를 휙휙 벗어 던지고 안으로 들어갔다.

"그래, 어서 와. 너—"

종종걸음으로 나타난 엄마가 이즈미의 모습을 보자마자 눈을 크게 떴다.

"여보!"

물론 이즈미는 엄마에게 여보가 아니라 딸이다. 그러니 이 소리는 이제 막 돌아온 이즈미가 아니라 거실에서 뒹굴뒹굴하고 있을 아빠를 향한 말일 것이다.

"왜, 뭔데."

잠시 후 아빠가 어슬렁어슬렁 나타났다.

"엇!"

아빠도 이즈미를 보자마자 크게 동요했다.

"왜 그러는데?"

엄마도, 아빠도, 잠시 못 본 사이에 딸이 완전히 도시 사람이 되었다고 놀라는 듯한 태도는 아니었다. 뭔가 꿈에도 생각지 못한 일에 맞닥뜨린 것 같은 반응이었다.

"잠깐만 기다려봐. 아니, 거기 말고도 괜찮으니까. 고타

쓰|열원 위에 탁자 같은 틀을 씌우고 이불을 덮은 일본의 난방 기구|에 들어가 있어도 되고.”

엄마가 허둥지둥 어딘가로 뛰어갔다.

“아, 아아.”

아빠도 그 뒤를 따라갔다.

“대체 왜 그러는 거야?”

혼자 남겨진 이즈미는 뾰로통해졌다. 좀 더 평범하게 환영받고 싶었다.

“정말이지.”

그렇다고 현관에 멀뚱히 서 있어 봤자 소용없었다. 이즈미는 거실로 향했다.

거실은 다다미방이다. 고타쓰가 있고, 텔레비전이 있으며, 불단이 있고, 서랍장이 있다. 변함없는 우리 집이다.

텔레비전으로 눈을 돌리자 와이드쇼가 나오고 있었다. 연말답게 올 한 해 있었던 일들을 돌아본다. 생각해 보니 올해 초에는 아직 고등학생이었다. 왠지 믿기지 않았다.

집에 돌아왔으니 우선 불단에 향을 올려야지. 그렇게 생각했을 때, 엄마가 우당탕거리며 나타났다.

“역시, 역시 맞았어.”

정신없이 돌아온 엄마가 그렇게 말했다. 엄마는 어떤 상자를 들고 있었다. 못 보던 상자였다.

"뭐가 역시야?"

"이즈미는 이거 처음 보지?"

뒤이어 나타난 아빠가 상자 안에서 물건을 꺼냈다.

"그건……."

이즈미는 숨을 멈추었다. 아빠가 꺼낸 것은 뜨다 만 목도리였다. 색깔은 초록에서 파랑으로 변하는 그러데이션. 이즈미가 뜬 목도리와 완전히 똑같았다.

"설마."

한 가지 가능성이 떠올랐다. 부모님이 소중하게 보관하는 물건이라면.

"응."

엄마가 고개를 끄덕였다.

"오빠가 마지막으로 만들려고 했던 거야. ……너를 위해서."

이즈미는 멍하니 불단으로 눈을 돌렸다. 그곳에는 한 소년의 사진이 장식되어 있다. 곱게 미소 짓는 가냘픈 소년.

이즈미는 멍한 얼굴로 불단 앞에 앉았다. 소년의 사진을 바라보았다. 모습이 겹쳐졌다. 아아, 왜 알아채지 못했을까. 이 사진 속 소년이 어른이 된다면 분명…….

🐾

이즈미의 오빠는 선천적으로 고치기 어려운 병을 안고 태어났다. 그는 15년 남짓 되는 삶의 대부분을 침대에서 보냈다.

부모님이 오빠에게 유독 관심을 기울이는 것도, 오빠만 칭찬하는 것도 그게 이유였다. 어쩔 수 없는 일이라고 머리로는 이해했지만, 납득은 할 수 없었다. 이즈미도 오빠처럼 관심받고 칭찬받고 싶었다.

어쩌면 이때 지기 싫어하는 성격이 생겼을지도 모른다. 상대해 주지 않는다고 해서 꺾일쏘냐. 이즈미는 늘 그렇게 스스로를 타일렀고, 어느덧 그것이 신념이 되었다.

"이즈미는 대단하네."

병문안을 온 이즈미에게 오빠는 항상 그렇게 말했다.

"나는 이런 것밖에 못 하니까."

그럴 때마다 오빠는 늘 무언가를 만들고 있었다. 종이접기라든지, 찰흙이라든지. 오빠의 병실은 오빠가 만든 것들로 가득했다. 부모님도 친척들도 대부분 손재주가 없었지만, 오빠는 몇 안 되는 예외였다.

풀을 쓰면 손이 끈적끈적해지고 가위로 종이를 자르면

329

점점 비스듬해지는 이즈미의 입장에서는 비꼬는 말처럼 느껴졌다. 결국 오빠는 이길 수 없다, 그런 말을 듣는 기분이기도 했다. 미술 시간에 여러모로 노력해 보았지만 결국 극복하지 못했다. 이즈미에게는 노력해도 극복하지 못한 쓰디쓴 기억 중 하나가 되었다.

"참 신기한 일이 다 있구나."

이즈미와 엄마, 아빠는 고타쓰를 둘러싸고 앉았다. 향냄새가 은은하게 떠돌았다.

"그 애는 말이야, 네가 겨울에 얇은 옷차림으로 병문안 오는 걸 걱정했어."

귤껍질을 벗기면서 엄마가 말했다. 갈기갈기 조각조각 벗겨내는 가장 서투른 방법이다. 뭐, 남 말할 처지는 아니었다. 이즈미도 같은 방식으로 귤껍질을 벗기니까.

"그런 일도 있었구나."

뚜렷하지는 않지만 어렴풋이 기억난다.

이즈미가 다니던 초등학교에서는 아이와 장독은 얼지 않는다는 가치관을 바탕으로 겨울철에 얇은 옷 입기를 유난히도 장려했다. 승부욕이 강한 이즈미는 그런 방침을 고지식하게 준수하느라 한겨울에도 외투를 제대로 걸치지 않고 돌아다녔다. 지금 생각하면 자주 아픈 오빠와 자신은 다르다는 생각도 한편에 있었을지 모르지만, 오빠는 그런 이즈미를 걱정했던 모양이다.

"그래서 이즈미가 감기 걸릴까 봐 걱정이라고 하지 뭐야. 엄마는 바보는 감기 안 걸리니까 괜찮다고 말했지만, 그 애는 말을 안 들었지."

"너무한 거 아니야?"

이즈미는 항의했다. 아무리 오래전 일이더라도 해도 되는 말과 해서는 안 되는 말이 있는 법이다.

"농담이야, 농담."

엄마가 웃었다. 그 목소리와 그 웃음에, 이즈미는 깨달았다. 이러니저러니 해도 엄마는 이즈미를 아꼈다. 오빠가 있을 때 엄마가 오빠에게만 매달려 있었던 건 그만큼 오빠가 힘든 상황이었기 때문이지, 이즈미를 함부로 대해서가 아니었다.

자주 걸려오던 전화를 떠올렸다. 이즈미가 퉁명스럽게 대해도 엄마는 괘념치 않고 계속 연락을 해주었다. 그 의미, 그 이유.

"열심히 떴는데 상태가 나빠져서 결국 끝내지는 못했지만 말이야."

엄마는 갑자기 쓰라린 표정으로 입을 다물었다.

"무리하면 안 좋으니 그만하라고 했지만, 끝내 그만두지 않더구나."

텔레비전을 보던 아빠가 그렇게 덧붙였다.

오빠가 세상을 떠난 것은 새해가 되고 얼마 지나지 않았을 때였다. 그렇다는 건—

이즈미는 가슴이 뻐근해졌다. 오빠는 질투하기 바빴던 이즈미를 계속 걱정해 주었다. 이 세상을 떠나는 그날까지 줄곧.

아니, 그렇지 않다. 세상을 떠나는 날까지가 아니었다. 오빠는 아마도, 분명히.

"그거 직접 뜬 거니?"

아빠가 이즈미의 목도리를 슬쩍 보며 말했다.

"응, 맞아."

이즈미는 에헴 하며 자랑스럽게 답하고서 불단을 바라보았다.

"가르쳐 줬거든."

그렇다, 이즈미는 아주 소중한 것을 배웠다.

"아, 엄마. 내 궁도 장비랑 도복 어디 있어?"

불단에서 시선을 돌리고 엄마에게 물었다.

"네 방에 뒀는데?"

엄마가 어리둥절한 얼굴로 말했다.

"네에."

이즈미는 고타쓰에서 나왔다. 따뜻한 온기에서 벗어나기는 아쉬웠지만, 지금 당장 하고 싶은 일이 생겼기 때문이다.

이즈미의 방은 떠나기 전과 대체로 변화가 없었다. 뭔지 모를 상자가 늘어났다는 점이 신경 쓰이지만. 위험한 징조다. 2, 3년 지나는 동안 이 상자들이 증식해서 이즈미의 방을 창고로 만들어버릴지도 모른다.

그렇다고 미래 걱정만 할 수는 없었다. 지금 이즈미에게는 해야 할 일이 있었다.

벽에 기대어 세워놓은 활과 화살통, 궁도용 가죽 장갑, 가슴 보호대 등의 도구 일체 그리고 궁도복. 모두 방바닥에 늘어놓고 스마트폰으로 사진을 찍었다. ……아. 빛이 좀 아쉬운데. 창문 커튼을 열고 다시 한번. 됐다.

그럭저럭 괜찮은 컷이 나왔기에 SNS에 로그인했다. 타임라인을 가득 메운 연말 파티 사진 따위에는 눈길도 주지 않고 방금 찍은 사진을 업로드했다.

'내년 목표: 복귀!'

이런 글도 덧붙였다. 누군가에게 보여주기 위한 것은 아니었다. 누군가를 바라보기만 했던 자신을 매듭짓기 위해서였다. 다른 사람의 마음을 얻기 위해 자신을 꾸미는 것이 아니라, 자신다운 모습을 보여주는 것이다.

아니, 어쩌면 보여주고 싶은 사람이 있을지도 모르겠다.

만약 어딘가에서, 예를 들어 고양이가 운영하는 신기한 가게에서 오빠가 지켜보고 있다면, 이 모습을 보여주고 싶었다. 오빠에게 배운 것을 가슴에 간직한 채 새로이 한 걸음 내디디려 하는 모습을.

"에취!"

녹화한 시대극을 보던 점장이 갑자기 재채기를 했다.

"어이, 꼬맹이. 춥지 않느냐?"

"글쎄요?"

청년이 고개를 갸웃했다.

"점장님은 폭신폭신한 털가죽이 있으니 안 추우실 텐데요. 털가죽이 제법 훌륭하기도 하고요."

거기까지 말하고 나서, 청년은 문득 뭔가를 깨달은 듯한 표정을 지었다.

"설마 탈모가 시작된 걸까요? 환절기 때마다 잔뜩 빠지니까요. 슬슬 다시 나지 않게 됐다든지."

"무, 무엄하구나! 온풍기 상태가 이상한 것뿐이다!"

점장은 펄펄 뛰며 성을 냈다.

"고양이용 가발도 있으려나요? 이럴 줄 알았으면 빠진 털을 좀 모아둘 걸 그랬어요."

"가발 따위 필요 없다! 에잇, 바보 취급하다니. 그만 됐다!"

점장은 뾰로통하게 고개를 획 돌렸다.

"에이, 농담이에요. 그렇게 화내지 마세요."

청년이 달래도 점장은 고개를 돌리지 않았다.

"에휴, 정말."

청년은 토라진 점장에게 다가갔다. 그럼에도 점장은 돌아보지 않았다. 꼬리를 획획 움직이며 텔레비전을 빤히 본다.

"자, 여기요."

청년은 점장의 목에 뭔가를 둘러주었다.

"뭣—"

"본보기로 중간까지 만들었으니까 마침 잘됐다 싶어서 완성해 봤어요."

그건 목도리였다. 초록에서 파랑으로 그러데이션이 들어간 털실. 폭은 고양이에게 딱 알맞은 정도로 맞추었다.

"흐음."

점장의 커다란 눈이 동그래졌다.

"어때요?"

"흐음."

"흐음 이외에는 할 말이 없으세요?"

"흐음."

"이런, 이런. 어쩔 수 없죠. 그럼 창고 정리 좀 하고 올게요."

청년은 그렇게 말하고는 뒷문을 통해 밖으로 나갔다.

"……흠."

혼자 남은 점장은 미소 지으며 그릉그릉 목을 울렸다.

"아 참."

나갔던 청년이 다시 돌아왔다.

"어, 엇헙!"

그러자 점장은 요란스럽게 기침을 해댔다.

"설마 감기 걸리신 건 아니죠? 고양이한테도 감기가 있는지 어떤지는 모르겠지만요."

청년이 걱정스러운 기색을 보였다.

"감기 따위 걸리지 않았느니라."

점장은 또다시 얼굴을 홱 돌렸다.

묘한 수리점,
마음까지 고쳐드립니다

초판 1쇄 인쇄 2024년 11월 12일
초판 1쇄 발행 2024년 11월 19일

지은이   아마노 유타카
옮긴이   지소연

책임편집   이현지
디자인   형태와내용사이
책임마케팅   김서연, 김예진, 김소희, 김찬빈, 박상은, 이서윤, 최혜연, 노진현,
              최지현, 최정연, 조형한, 김가현, 황정아
마케팅   최혜령
경영지원   백선희, 권영환, 이기경
제작   제이오

펴낸이   서현동
펴낸곳   ㈜오펜하우스
출판등록   2024년 5월 16일 제2024-000141호
주소   서울시 강남구 테헤란로 419, 11층(삼성동, 강남파이낸스플라자)
이메일   info@ofh.co.kr

ⓒ 아마노 유타카

ISBN 979-11-94293-36-1 (03830)

모모는 ㈜오펜하우스의 출판브랜드입니다.

* 이 책은 저작권법에 따라 보호받는 저작물이므로 무단전재와 무단복제를 금지하
  며, 이 책 내용의 전부 또는 일부를 이용하려면 반드시 저작권자와 (주)오펜하우
  스의 서면동의를 받아야 합니다.
* 책값은 뒤표지에 표시되어 있습니다.
* 잘못된 책은 구입하신 서점에서 바꿔드립니다.